KB251652

飛雷刀

비
뢰
도

비뢰도 11

검류혼 新무협 판타지 소설

2판 1쇄 찍은 날 § 2005년 12월 9일
2판 1쇄 펴낸 날 § 2005년 12월 19일

지은이 § 검류혼
펴낸이 § 서경석

편집장 § 문혜영
편집책임 § 장상수

펴낸곳 § 도서출판 청어람
등록번호 § 제1081-1-89호
등록일자 § 1999. 5. 31
어람번호 § 제2-0772호

주소 § 경기도 부천시 원미구 심곡1동 350-1 남성B/D 3F (우) 420-011
전화 § 032-656-4452   팩스 § 032-656-4453
http://www.chungeoram.com
E-mail § eoram99@chollian.net

ⓒ 검류혼, 2005

ISBN 89-5831-866-X 04810
ISBN 89-5831-855-4 (세트)

※ 파본은 본사나 구입하신 서점에서 교환하여 드립니다.
※ 저자와 협의하여 인지를 붙이지 않습니다.

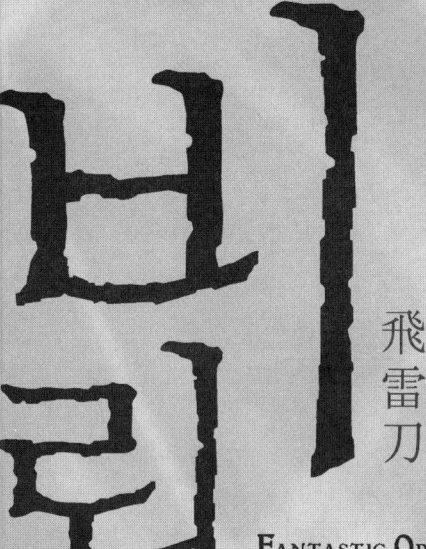

飛雷刀

FANTASTIC ORIENTAL HEROES

검류혼 장편 신무협 판타지 소설

11

화산으로의 여정

도서출판
청어람

옛 시대가 지나고 새로운 시대가 도래할 때입니다.

왜냐하면 이번 대회를 계기로 모든 노고수들이 이 강호에서 사라질 테니깐 말입니다.

과거를 청산하지 않으면 미래는 오지 않는 법이지요.

늙은이들의 정점이자 상징이라고 할 수 있는 그들,

천무삼성과 검존의 몰락이 정체된 무림에 새로운 바람과 새로운 피를 공급해 줄 겁니다.

.

천무삼성의 몰락을 서슴지 않고 공언하는 사람,

다른 이라면 주위의 손가락질과 함께 미친 놈 취급을 받았겠지만

그 말을 한 사람이 대공자 그였기에 가능성마저 느껴졌다.

.

대공자는 수려한 얼굴에 자리한 붉은 입술을 열어 한 자 한 자 또박 또박 말했다.

신(新)·무(武)·림(林)·기(記)!

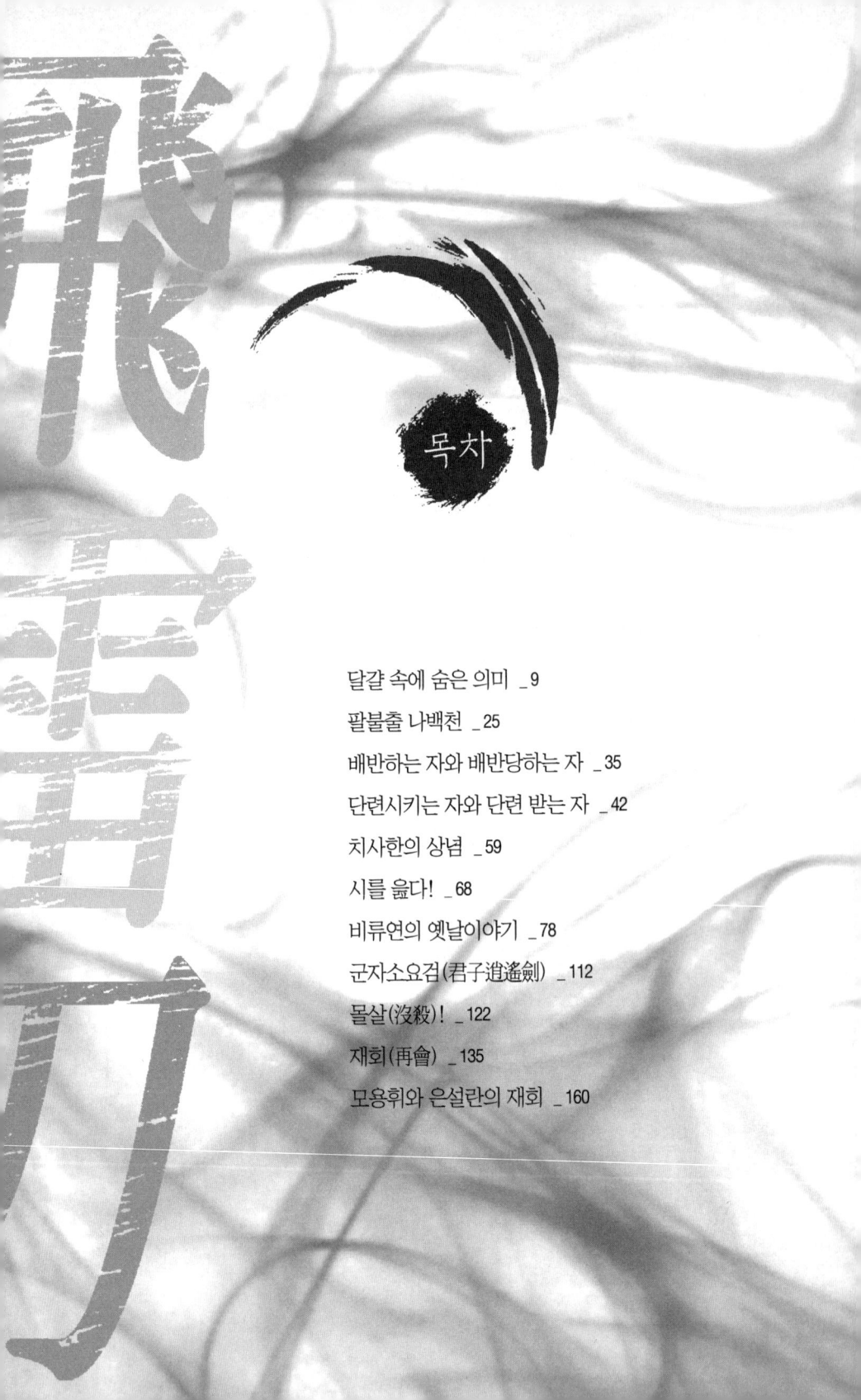

목차

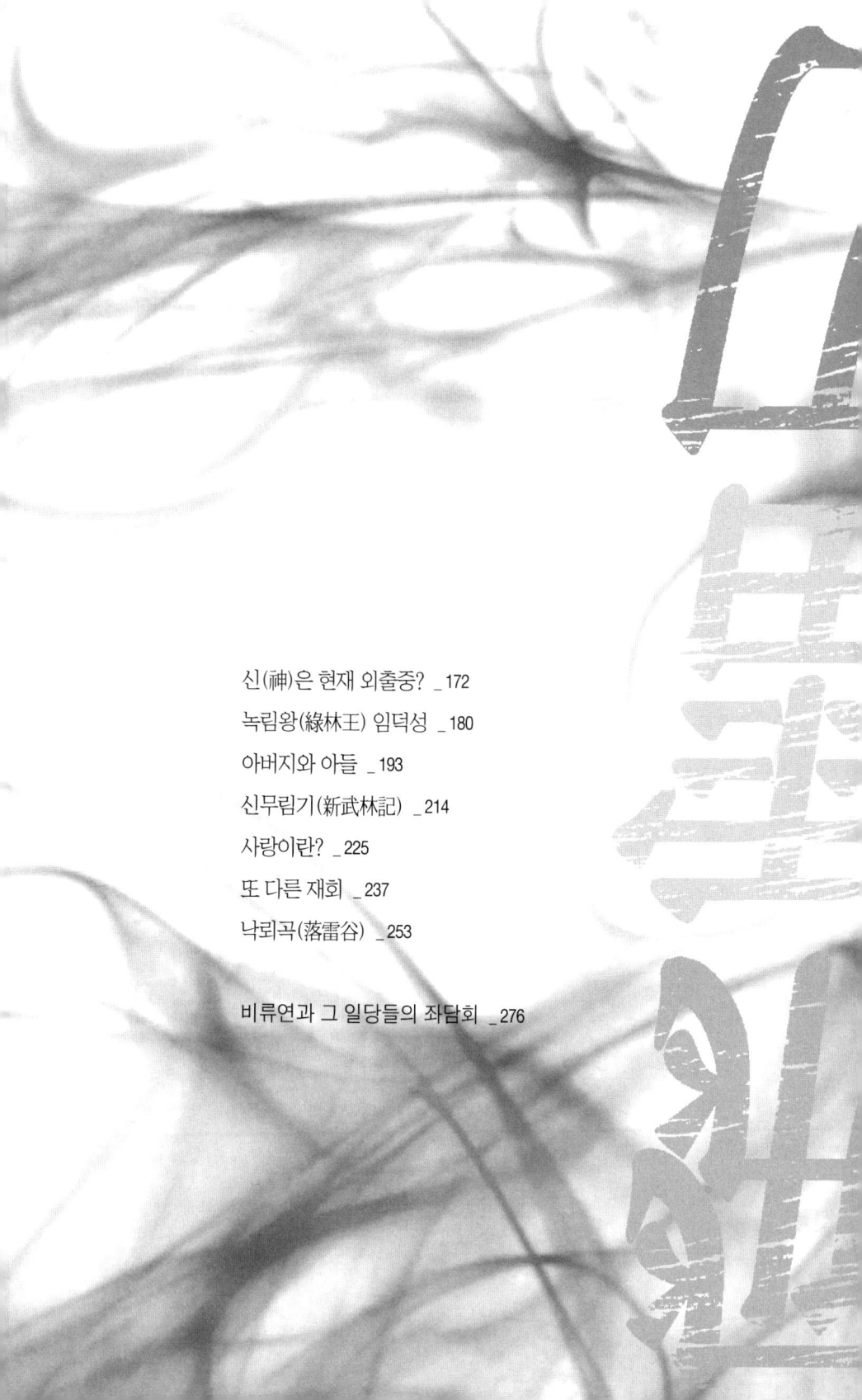

달걀 속에 숨은 의미

천무학관 관주처 안쪽의 한 별실.
호화롭기보다는 단아한 느낌이 드는 방에서 지금 백도의 두 거인이
마주 앉아 있었다. 한 사람은 바로 백도 무림연합 정천지맹의 맹주
백혼검신 나백천이었다.

무림맹주 나백천의 나이는 벌써 세수 130세, 그 무공이 조화지경에
이르러 100세가 훨씬 넘었음에도 불구하고 전혀 노쇠함을 느낄 수가
없었다. 오히려 그동안의 세월이 쌓아준 연륜이 거대한 존재감을 발
산한다. 이제 그는 서 있든, 앉아 있든, 누워 있든, 언제 어디서든 존
재하는 것만으로도 엄청난 위엄(威嚴)을 뿜어내고 있었다.

현 무림에서 이런 무림맹주와 동석(同席)하고도 전혀 꿀리지 않고
당당할 수 있는 이는 많지 않았다. 그중 한 명을 꼽으라면 바로 백도
의 두 중심 중 하나라는 천무학관 관주 철권 마진가였다.

두 사람은 지금 고풍스러움이 느껴지는 자단목 탁자 하나를 사이
에 두고 마주 앉아 있었다. 두 사람 모두 표정이 침중하기 그지없었
다. 침묵을 깨고 먼저 입을 연 사람은 무림맹주 나백천이었다.

"이번 화산규약지회는 그 어느 때보다 험난한 일정이 되겠지. 그렇게 생각하지 않나?"

"어쩔 수 없는 일이지요."

마진가가 침중한 음성으로 대답하자 나백천은 잠시 허공을 바라보며 중얼거렸다.

"그분이 무슨 생각을 하시는지 도무지 그 의중을 짐작할 수가 없으니 원⋯⋯."

도대체 백도 무림의 정점이라 할 수 있는 나백천에게 '그분'이라는 경칭을 받을 수 있는 사람은 과연 누구란 말인가?

"지금으로서는 그분을 믿는 수밖에 없지요, 맹주님."

나백천은 한숨을 내쉬며 답답하다는 표정으로 말을 이었다.

"이번 대회는 전적으로 그분의 의견을 받아들여 진행되는 것이 아닌가?"

"네, 그렇지요. 그러나 그렇다고 해서 걱정이 사라지는 건 아니지 않습니까?"

"아쉽게도 말이지."

"네! 아쉽게도요."

말을 끝낸 두 사람 사이에는 잠시 깊은 침묵이 강물처럼 흘렀다. 한참을 침묵으로 일관하던 나백천은 뭔가 생각났다는 듯 주위를 둘러보며 은근한 표정으로 말했다.

"이보게, 마관주!"

나백천이 부르자 마진가는 잔뜩 긴장을 하며 귀를 기울였다.

"예, 맹주님."

"난 삶은 달걀을 무척이나 좋아한다네. 물론 그 외에도 달걀로 할 수 있는 수많은 요리들을 모두 좋아하긴 하지만 말일세."

난데없는 달걀 얘기에 마진가는 순간 흠칫 했지만 지체하지 않고 맞장구를 쳤다.

"저도 그렇습니다. 달걀은 훌륭한 음식 재료죠."

"그럼 자네는 왜 관도들의 저녁 식사에 삶은 달걀이 하나씩 나오는지 그 이유를 아는가?"

"……?"

이 무슨 귀신 씨나락 까먹는 소리이며, 아닌 밤중에 홍두깨이며, 처녀가 임신했다는 소리란 말인가! 마진가는 선뜻 질문의 의도를 파악할 수가 없었다. 그만큼 나백천의 질문 내용은 황당하고 어이가 없었던 것이다. 그는 괜히 쥐뿔도 모르면서 아는 체하다가 개망신당하지 말자는 주의였다. 그러려면 정직이 최고였다. 마진가는 가만히 고개를 저었다.

"미력한 제가 천무학관의 관주직을 맡고 있기는 하지만 그 이유는 도무지 짐작할 수 없겠습니다. 가르침을 주십시오."

"허허허, 가르침까지야. 기실 알고 보면 별거 아닐세. 그건 바로 예산이 그렇게 책정되어 있기 때문이라네. 석식 부식비에 관도 1인당 삶은 달걀 한 개만큼의 예산이 배정되어 있는 것이지."

조금 과장을 보태자면, 마진가는 순간 머릿속에 광명이 찾아들어 환하게 밝아지는 그런 느낌이었다.

"아! 그렇군요. 허허허, 그런 이유가 있었군요. 그런 관점에서 본다면 그렇게 생각할 수도 있겠죠. 재미있는 의견이로군요."

"하지만 지극히 현실적이기도 하지."

나백천은 잠시 말을 끊고 자신의 앞에 놓인 용정차(龍井茶)를 한 모금 들이켰다.

"이 훌륭한 용정차도 귀빈 접대용 찻값 예산의 화신이지. 이보게, 마관주! 자네는 돈을 어떻게 생각하나?"

나백천이 물었다. 노골적일 정도로 직접적인 질문이었다. 그러나 지극히 현실적인 질문이기도 했다.

"좋은 거죠."

"……."

아무런 표정 변화 없는 얼굴로 마진가가 대답했다. 노골적인 질문에 노골적인 대답이었다. 지금 주위에 이 두 사람의 대화를 경청하고 있는 이가 단 한 명도 없다는 사실이 하늘의 축복이었다.

마진가의 대답에 나백천은 파안대소했다.

"허허허, 그거 명답이군. 사실은 나도 거의 백년 이상을 살아왔지만 자네의 말이 정답이라네. 현실은 돈 없는 자에게 너무나 냉혹하고 불리하게 적용되지."

"그리고 돈 있는 자에게는 매우 유리하고 너그럽구요."

마진가가 조심스레 맞장구를 쳐주자 나백천은 빙그레 웃으며 하고자 하는 말을 꺼냈다.

"그렇다네. 특히나 자네나 나같이 큰 조직을 이끄는 사람에게는 돈, 아니 예산(豫算)이란 항상 머리 아프게 하는 귀찮음의 화신이지."

"정말 골치 아픈 문제지요."

예산 확보란 조직의 운영과 유지 관리를 위해 가장 우선시되어야 할 최고 중요 사항이었다. 예산이 받쳐주지 않으면 정의고 나발이고 다 소용이 없어진다. 왜냐하면 조직 자체가 존재할 수 없기 때문이다.

"우리들은 개방(丐幇)이 아니네. 그래서 항상 돈과 떨어지고 싶어도 떨어질 수가 없다네. 참으로 질기디질긴 속세의 물건이지."

"또한 가장 무서운 물건이기도 하지요."

마진가의 대답은 진실이었다.

"그렇다네. 가장 무섭기도 하고, 가장 귀찮기도 한 물건이지. 게다가 골치 아프기까지, 정말 속썩이기에는 완벽한 녀석일세. 자네도 알다시피 내년에 문도들의 아이가 몇 명 태어날지까지 예상하고 짜야 하는 게 바로 1년 총예산일세. 물론 몇 명이나 죽을지, 그것이 자연사인지, 사고사인지, 전사인지, 과로사인지, 그것도 아니면 순직인지 모든 경우의 수를 계산해 추정, 사망자까지 유추해서 짜야 하는 게 바로 예산이란 괴물일세."

마진가는 나백천의 말에 적절히 부연 설명을 덧붙였다.

"그뿐만이 아니죠. 아이가 태어나면 축의금을, 사람이 죽으면 조의금도 줘야 하지요."

"그렇다네. 그만큼 비정한 곳이지, 예산의 세계란. 참 웃기지도 않은 일이 이것 때문에 많이 벌어지기도 한다네. 노부는 여기저기서 손을 벌리는 사람들 때문에 골치가 아파 죽겠다네. 돈 달라는 사람이 좀 많아야지. 내가 백 살이 넘어서 주판이나 튕기고 있어야겠나? 아직도 천겁령의 세력이 뿌리 뽑히지도 않은 이 마당에? 그런데 사람들은 나를 마치 금고나 전장처럼 대한다네."

아무래도 지금 나백천은 사건의 해결책보다는 이 문제에 대해 맞장구쳐줄 동변상련의 동지가 필요한 모양이었다. 그렇다면 천무학관주 마진가만큼 이 일에 적임자는 없었다. 나백천의 선택은 탁월한 것이었다.

"네. 저도 많이 겪어봐서 잘 압니다. 저번에는 비영각과 천무단에서 예산 배정을 놓고 싸움이 붙었었지요. 비영각이야 은밀하고 비밀스런 임무를 수행하니 그만큼 타부서보다 많은 비용이 들고……. 천무단에서 이해를 안 해줘서 정말 골치가 아팠습니다."

"원래 더럽고 지저분한 일에는 돈이 많이 들어간다네. 세상이란 참 매정하지. 그리고 왜 그렇게 세상은 돈 없는 알거지에게 그리 심한 반발 작용을 하는 건지……."

"지당하신 말씀입니다. 맹주님의 고견에 전적으로 동감하는 바입니다."

마진가가 고개까지 끄덕이며 맞장구를 처주자 나백천은 연신 흐뭇한 표정을 지었다. 한참을 예산의 어려움에 대해 열심히 성토하던 나백천과 마진가가 갑자기 자신의 옷매무새를 가다듬고 자세를 바로 갖췄다.

"이제 불평 불만 하소연이 끝났으니 슬슬 본론으로 들어가도록 하세."

"그러지요."

마진가가 태연스럽게 대답했다. 지금까지는 연습 비무였고 지금부터가 본론이었다. 두 사람은 약속이라도 한 사람처럼 죽이 잘 맞았다.

"노부는 이번에 환마동의 사건을 겪으면서 한 가지 의아한 생각이 들었다네. 사실 이건 노부가 지난 80년간 계속 생각해 오던 문제이기도 하지. 그러나 아직도 그 해답을 풀지는 못했네."

"그것이 무엇입니까?"

물어보는 마진가의 얼굴도 진지해졌다. 나백천의 표정에서 뭔가 중요한 대답이 나올 것이라는 것은 쉽게 짐작할 수 있었기 때문이다.

"이번 환마동 사건에 쓰인 그 염마뢰(炎魔雷)는 대충 얼마쯤 하는 물건이라 생각하는가?"

"네?"

나백천의 느닷없는 질문에 마진가가 멀뚱한 표정을 지으며 반문했다. 그러나 그는 질문의 엉뚱함을 규탄하는 대신에(충분히 그럴 자격이 있음에도 불구하고) 곧 해답을 찾기 위해 노력했다. 그것이 마진가다운 성실함이었다.

"아마 그 정도로 제작 과정이 어렵고, 위력도 무시할 수 없을 만큼 강력한 데다 구하기까지 힘든, 그런 희소가치가 높은 물건은 적어도 금화 다섯 냥은 주어야 구할 수 있을 겁니다."

그것도 최소한으로 잡은 금액이었다. 상황에 따라서는 배 이상으로 뛸 수도 있었다. 불법적인 것은 공급과 수요의 법칙에 따라 언제나 액면가보다 비싸기 때문이니까.

나백천은 천천히 고개를 끄덕였다.

"그렇겠지. 그것은 곧 그것이 아주 값비싼 물건이라는 이야기지. 금화 다섯 냥이라…… 그 정도 거금이면 개방의 3개 분타 정도는 1년은 족히 먹여 살릴 수 있겠군."

"그들이라면 그걸로 10년도 버틸 수 있을 겁니다."

슬쩍 웃으며 마진가가 맞장구쳤다.

"그렇다면 말일세. 그런 물건을 한두 개만 만들었을 리는 만무하고…, 그런 막대한 돈이 천겁우는 도대체 어디서 나오는 걸까? 하늘에서 뚝 하고 돈벼락이라도 떨어지는 걸까?"

"……!"

그제야 마진가는 나백천이 말하고자 하는 의도를 알아차릴 수 있었다. 그는 갑자기 자신의 뒤통수를 강력하게 후려갈기고 싶었다.

'이런 돌대가리! 그걸 아직까지 생각하지 못하다니!'라고 외치면서 말이다.

나백천은 계속해서 말을 이어 나갔다.

"지난 천겁혈세(天劫血洗) 이후 종적을 감춘 천겁령(天劫靈)의 후신이라고까지는 말 못 하지만, 일종의 전진 비밀 활동 기지인 천겁우(天劫羽)의 운영에 들어가는 막대한 비용은 어디에서 충당되는 걸까? 게다가 천겁우는 문자 그대로 깃털일 뿐이고, 더 큰 몸통의 배후가 있다면 그 몸통의 유지를 위해 더욱더 큰 자금이 필요할걸세. 조직이 은밀해지면 은밀해질수록 유지비는 더 많이 들어갈 수밖에 없다는 것은 자네도 잘 알고 있지 않나. 세상에 비밀 유지만큼 힘든 것은 없기 때문이지."

"그렇다면 어딘가에 그들의 조력자가 있다는 얘기군요. 그들에게 막대한 양의 황금을 대주는 돈줄이 말입니다."

나백천은 천천히 고개를 끄덕였다.

"바로 그렇다네. 그것도 아주 큰 재력의 소유자가 그들의 뒤를 받쳐주고 있음이 분명해. 아마 우리도 익히 잘 아는 조직임이 분명할 거야. 다만 문제는 우리가 그 조직이 뒤집어쓰고 있는 가면의 이름만 알 뿐 속 알맹이는 모른다는 것이지. 문제는 용의선상에 오른 조직이나 문파 중 어느 곳이 바로 그곳이냐 하는 것인데, 중원상계는 사실 우리의 힘이 만족할 만큼 미치는 곳이 아니지 않는가."

"그렇긴 하지요."

무인에게 있어 상인들이란 골치 아픈 존재였다. 그렇다고 나 몰라라 모른 척할 수도 없었다. 무인들이 먹고 자는 모든 일상 생활 용품이 그들 상인의 손을 통해 무인들에게 전달되기 때문이다. 또한 상인이라 생각하여 얕잡아볼 수도 없었다. 관부를 포함해 수많은 무림방파에 직·간접적인 연을 맺고 있는 상인들의 잠재된 힘은 정천맹조차도 쉽게 건드릴 수 없을 만큼 막강했기 때문이다.

"천겁령이 그때 강호를 피로 휩쓸면서도 전장이나 표국이나 요식업계 같은 상권에는 거의 손을 대지 않았다는 사실을 잊지 말게! 그들도 사람인 이상 밥을 먹고 살아야 할 것 아닌가? 그들이 땅을 파면 저절로 황금이 무더기로 쏟아져 나오지 않는 이상은 말일세. 사람은 검만으로 살아갈 수 없어. 돈이 없다면 조직도 세력도 소용이 없다네. 조금 전에도 내가 자네에게 하소연했듯이 노부가 매년 가장 많이 머리를 쥐어뜯을 때가 정천맹 예산 분배 시기라는 것을 잘 알지 않나."

"주위에서 아무나 아귀처럼 손을 벌리니 그 고심 충분히 이해할 만합니다."

"예산을 분배하는 것도 힘들지만, 이 정도 조직을 운영할 1년 예산을 모으는 것은 더욱더 어려운 일일세. 한 백 배 정도 더 어렵다고 봐도 무리는 없을 거야. 물론 우리 같은 거대 세력이야 이미 뻗어놓은 무수한 가지들이 있어 열매를 맺는 데 큰 불편이 없지만 말일세."

"그런데 그 가지를 가진 게 우리만은 아니라는 그 말씀이시군요?"

나백천은 천천히 고개를 끄덕였다.

"난 그들이 예산 없이, 즉 돈 한 푼 없이 백 년을 버텨왔다는 터무니없는 농담을 믿고 싶은 생각은 추호도 없다네. 애석하게도 세상의 거의 모든 가치는 대부분이 모두 돈으로 환산이 가능하니 그만큼의 대가를 치러야 하는 것이 아니겠나. 사람의 목숨도 돈으로 환산되는 이 판국에 돈 없이 백 년을 지냈다는 것은 말이 되지 않지. 백 년 동안 지하에 은둔해 오던 그들이 땅을 파서 거기서 나온 돈으로 조직을 운영해 온 것은 아닐걸세. 분명 그들의 뒤를 봐주는 상권 조직이 있을 거야! 그것을 찾아야 오리무중(五里霧中)인 천겁우, 그들의 위치를 찾아낼 수 있네."

나백천의 두 눈은 확신으로 가득 차 있었다. 도저히 100세가 넘은 노인의 눈빛이라고는 생각할 수 없을 정도로 생기가 가득한 눈이었다.

"상당한 도박이군요, 그 조력자에 있어서는……. 전 여태껏 상계에 몸담고 있는 사람이 이익이 되지 않는 일에 무모하게 뛰어들었다는 기문(奇聞 : 기이한 이야기)은 들어본 적이 없습니다."

"대박인 줄 알고 뛰어들었다가 쪽박 차는 사람들도 많이 있다네. 약간의 충성과 좀더 큰 공포와 어마어마한 보상에, 예를 들어 강호상권의 독점 같은 것 말일세. 그런 거대한 이익에 대한 욕망을 자극하면 그리 어려운 일도 아닐세. 전쟁이 나면 당연히 엄청난 양의 물량이 필요해지고 그 어마어마한 물량들은 하늘에서 유성우 떨어지듯 떨어지지는 않지. 그러면 피가 내를 이루고 바다를 이루건 말건 이익을 보는 무리가 생겨나게 마련이라네. 천겁령이 다시 모습을 드러낸다면 이번의 싸움은 싸움이라 부르지 못하고 전쟁이라 불러야 할걸세.

아마 그런 규모일거야. 그 피바람 속에서 자신의 잇속을 굳세게 차리는 이가 분명 나올 테지!"

나백천은 잠시 생각을 정리하려는 듯 말을 멈추었다 다시 입을 열었다.

"눈에 보이는 이익이 있으니 그것을 떠받드는 것일세. 아무런 이익도 없이 왜 그렇게 많은 이들이 숨어서 천겁령의 그림자를 따르겠는가. 그 어둠의 그림자가 가진 악마적인 매력이란 게 있기 때문이지."

"그것은 공포일 수도 있지요."

마진가가 지적했다.

"물론 그것도 배제할 수 없지만 노부는 이익 쪽이 더 크다고 생각하네. 야망을 가진 사람은 가끔 엉뚱한 짓을 잘 저지르지. 사고 판단이 달라지거든. 상인이란 이익이 발생하는 곳이라면 지옥 끝까지라도 쫓아가는 존재들일세. 이 정도 위험을 감수하는 모험도 그들에게는 충분한 투자 가치가 있다고 생각하는 것일 테지."

"그런데 과연 이렇게 용의주도하게 그들의 뒤를 봐주는 곳은 어디일까요?"

"애석하게도 사람을 풀어 면밀히 조사하고 있지만 아직 꼬리가 잡히지 않았다네. 영리한 놈들이야."

"만일 우리들이 그 꼬리를 잡는다면……."

마진가가 나직하게 중얼거렸다.

"그렇다면 지난 수십 년간 우리를 끊임없이 괴롭혀 온 천겁령의 잔당들을 소탕하고 천겁령을 완전히 뿌리 뽑을 수 있을걸세. 단 한 가지 예외적 상황에 처하지 않는다면 말일세."

"그 예외적인 상황이라 하심은……?"

순간 나백천의 눈에서 기광이 번뜩였다. 섬뜩할 정도로 날카로운 안광이었다.

"그건 당연히 '그'가 살아 있을 경우라네."

"그가!"

순식간에 마진가의 안색이 어둡게 변했다. 청명한 하늘에 소나기가 내리기 전 먹구름이 드리운 것 같았다. 만일 그런 일이 실제로 일어난다면 그것이야 말로 사상 최악의 사태가 될 것이다. 그동안 숨죽인 평화 속에서 지내온 강호가 과연 그 사상 초유의 사태를 감당해 낼 수 있을지 그는 감히 장담할 수 없었다.

"만약이라는 가정일 뿐이라네. 그런 최악의 절망적인 상황만은 없기를 바랄 뿐이네. 그날 같은 피의 바다는 두 번 다시 보고 싶지 않다네. 그러기에는 난 너무 늙었어."

"저도 동감입니다."

"아니야, 자넨 잘 모를걸세. 그건 겪어본 사람들만이 아는 아주 끔찍한 기억이지. 떠올리기조차 치가 떨리는 그런 끔찍하고 참혹한 기억! 내 기억에서 어느 한 부분을 제거할 수 있는 선택의 기회가 주어진다면 나는 서슴없이 100년 전 그날의 기억을 뇌리 속에서 싸그리 제거할 걸세. 그러면 밤에 잠을 자기가 한결 수월해질 테니깐 말일세. 그리고 더 이상 그자에 대한 악몽을 꾸지 않아도 될 테고 말이야. 난 아직도 문득 문득 그날의 꿈을 꾸곤 한다네. 그날의 벌판은 마치 피의 바다처럼 붉었지……."

나백천의 잔뜩 굳어지고 찌푸린 얼굴은 무시무시할 정도였다. 그는 그만 또다시 그날의 일을 떠올리고 말았던 것이다. 가급적 의식적으로 잊으려고 노력하던 그날의 일을 말이다. 그런 참극은 두 번 다시 되풀이 되어서는 안 된다. 잠시 침묵하던 나백천은 금세 평정심을 회복하고 끊었던 말을 다시 이어나갔다.

"현 강호에 은밀히 침투된 천겁령의 뿌리는 너무 깊다네. 그 끝을 알 수 없을 만큼. 그래서 삭초제근할 엄두가 나지 않는다네. 노부는 이제 너무 늙어서 제초 작업 하다가 허리가 삘 것 같단 말이야."

나백천은 다시 여유를 찾은 모양이었다.

"하하하, 그러나 저는 아직 맹주님이 늙었다는 말을 믿지 못하겠습니다. 제가 보기에는 아직 100년은 더 정정하실 것 같군요."

"허허허, 그렇다면 자네의 기대를 저버리기가 내 너무 미안하지 않나! 제초 작업에 늙은이를 앞세우다니 젊은 사람이 너무 심술 맞구만!"

"하하하, 저도 벌써 환갑이 넘은 몸 입니다. 이제 슬슬 늙어갈 때이지요."

60세 환갑의 나이면 결코 적은 나이가 아니며 일반인들에게는 장수했다는 소리를 듣는 나이였다. 그러나 무림인인 나백천에게는 그렇게 보이지 않는 모양이었다.

"이런, 이런. 우리 항렬의 사람들은 그걸 환갑이라 쓰고, 청춘이라 읽는다네. 한창 힘쓸 나이의 사람이 그렇게 나약한 모습을 보여서야 쓰나."

환갑 나이의 마진가가 그의 눈에는 아직도 젊은이로 보이는 모양이었다. 사실 환갑을 넘은 나이라 해도 마진가의 머리에는 흰머리,

새치 한 올도 찾아볼 수가 없었다. 그렇다고 그가 검은 물로 염색한 것도 아니었다. 게다가 그의 얼굴 피부에는 아직도 탄력과 생기가 넘쳐흘러 40대라 해도 충분히 믿을 정도였다. 누구도 그를 보고 환갑이 넘은 노인의 모습을 찾을 수는 없을 것이다.

"그건 그렇고 화산에 도착하면 그 아이들 무척이나 당황하겠지?"

나백천이 약간 짓궂은 미소를 지으며 마진가를 쳐다보았다.

"자신들이 항상 생각해 왔던 사실과 다른 사실을 접하면 처음에는 당황하겠죠. 항상 그래 왔듯이 말입니다."

"그나저나 그 아이들이 화산규약지회의 진정한 의의를 깨달았으면 좋겠군."

"저도 동감입니다. 너무 치솟는 혈기에 휩싸이지 않기만을 바랍니다. 그럼 보는 눈이 어두워질 테니까요. 그럼 자칫 잘못해 이 대회의 본질을 놓치게 되겠죠. 너무 싸움이나 전쟁이나 비무에 관심을 두지 않았으면 좋겠는데 말입니다."

"사고가 나지 않았으면 좋겠군. 무사히 도착하면 좋을 텐데……."

그러나 문제는 그들의 이런 바람이 지난 수십 년 동안 번번이 무산되기만 할 뿐, 단 한 번도 통한 적이 없었다는 것이다.

"그것보다 관주, 사실 노부에게는 지금 이 일보다 더 큰 의혹이 하나 존재한다네. 가슴 아픈 일이지."

"말씀하십시오."

긴장한 목소리로 마진가가 대답했다. 말을 이어나가는 나백천의 동요를 그로서도 충분히 느낄 수가 있었다. 도대체 무슨 일이 천겁령의 배후를 캐는 것보다 더 이 거인을 이토록 동요시킬 수 있단 말인가.

그는 그 사실이 무척이나 두려웠다. 알고 싶지 않을 만큼.

"관주!"

나백천이 입을 열자 마진가는 서둘러 대답했다. 내심 두려움에 떨면서.

"마, 말씀하십시오!"

"설마 그 몹쓸 놈이 환마동 안에 갇혀 있는 동안 우리 예린이에게 무슨 못된 헛짓거리를 한 건 아니겠지?"

"네?"

'앗! 이러면 안 되는데' 라고 생각하면서도 표정 관리에 실패한 마진가는 뜨악한 표정을 짓고야 말았다.

"그, 그게 무슨……?"

그는 차마 그 뒷말을 이을 용기가 없었다.

"왠지 그 아이의 분위기가 거기서 나온 이후 너무 바뀐 듯해서 그렇다네. 도무지 안심이 되지 않아."

침중한 나백천의 말에 마진가는 서둘러 입을 열었다.

"그때 아무 일도 없다고 하지 않았습니까?"

"아니야! 딸아이를 지극히 사랑하는 아버지로서의 직감은 뭔가, 무슨 일인가 있었다고 외치고 있네, 외치고 있어!"

나백천의 표정이 너무 진지해서 마진가는 뭐라고 반박할 엄두가 나지 않았다.

"너무 신경과민인 게 아닐까요?"

딸 이야기는 나백천과 언쟁을 가급적 회피하는 게 좋다. 어떤 일에도 침착하고 냉철한 이성을 유지하는 이 거인도 딸 문제에서만큼은 쉽게 이성을 잃고 마는 것이다. 게다가 충분히 그런 의혹을 품을 수 있다는 것도 마진가는 공감했다. 여태껏 나예린에게 그런 일들이 어디 한두 번 일어났었던가? 그런 류의 사고에 몇 번이나 휘말릴 뻔했었는지, 이미 숫자 세기도 포기한 상태였다. 나백천의 의심도 이해 못 할 바는 아니었다.

"만일 우리 예쁜 예린이에게 손가락 하나라도 댔다는 사실이 밝혀지면 내 그놈을 가만두지 않겠네. 만에 하나, 아니 천만에 하나, 그런 일의 낌새라도 있었다고 한다면 그놈은 온몸이 갈기갈기 찢겨질 각오를 해야만 할 거야. 암! 내가 어떻게 키워온 아이인데 그런 놈팡이에게 그 애가 해를 입도록 놔둘 수 있겠는가. 그때 예린이가 말리지만 않았어도 다리몽둥이를 분질러놓았을 것을……."

그때 그랬다면 지금 이렇게 씨근덕거리고 있는 일은 없었을 것이다.

팔불출 나백천

"네가 비류연이라는 아이냐?"
"예!"
비류연이 아무런 망설임 없이 대답했다.

대 무림맹주와의 일대일 개인 면담이었지만 당황하거나 동요하는 기색은 전혀 없었다.

나백천은 자신의 앞에서 전혀 주눅들지 않는 비류연이 영 못마땅했다. 평상시의 그라면 '기개가 있는 당당한 장부'라고 칭찬했을지도 모른다. 혹은 '사내대장부가 그 정도 호기는 있어야지!'라고 말했을지도 모른다.

그러나 장중보옥(掌中寶玉)인 나예린만 연관되면 그만 사람이 바뀌어버리고 마는 것이다. 그래서 현재 나백천의 비류연에 대한 평가는 다음과 같았다.

'건방진 놈!'

나예린이 비류연을 보통의 일반 남자들처럼 길가의 돌멩이 취급했다면 나백천의 마음도 이러지는 않았을 것이다. 그러나 그의 아버지로서의 예리한 본능은 나예린이 비류연을 확실히 하나의 존재로 인식하고 있다는 것을 눈치 채고 있었다. 그는 현재 왠지 딸을 도둑맞은 아버지의 심정이었다. 그러니 비류연이 탐탁지 않게 여겨지는 게 당연했다.

나백천은 환마동에서의 생환 이후 나예린에게 아무 일도 없었다는 확언을 들었지만 전혀 안심이 되지 않았다. 그래서 이렇게 개인적으로 비류연을 불러 일대일 대면을 하고 있는 것이었다.

"붕괴된 환마동에서 생환해 오다니 운이 좋았구나. 우리 예린이가 많은 도움을 받았다고 하더구나."

"과찬의 말씀입니다."

"그 아이로서는 예의상 해본 입에 발린 말이겠지만, 일단 감사하네!"

나백천이 만면에 의미심장한 웃음을 띠며 말했다.

'일단?'

비류연은 순간 무엇인가가 자신의 신경을 긁고 지나가는 것을 느꼈다. 왠지 말에 가시가 느껴졌다. 그런데 그것이 끝이 아니었다.

"자네 운이 너무 좋아 실력까지 뒤덮을 정도라 해서 운수 대통 격타금이라고 불리운다며? 정말 이번에는 자네의 그 소문의 운·수·덕을 크게 본 것 같네."

운수를 특히나 강조하며 나백천이 말했다. 무림맹주의 말은 한마디로 너가 나예린과 환마동을 무사히 탈출한 것은 운 때문이지 너의 실력 때문이 아니라고 말하고 있는 것이었다.

비류연의 한쪽 입가가 씰룩거렸다. 그는 씨익 웃고 있었다. 걸어온 싸움은 피하지 않는다. 그것은 상대가 천하의 무림맹주라 해도 변함이 없었다. 비류연의 이런 마음을 아는지 모르는지, 나백천은 금방 본론으로 들어갔다.

"그래, 44일 동안 그 안에서 별일은 없었는가? 혹시나…, 남녀가 유별한데 그 안에서 뭔가 입에 담기 부끄러운 그런 일이 있거나 하는 불행한 사태는 없었겠지? 내 자네를 믿어도 되겠나?"

순간 나백천의 전신으로부터 엄청난 위압감이 한꺼번에 폭출되어 나왔다. 일반 고수라 해도 호흡 곤란을 일으킬 정도로 엄청난 압력이었다. 그러나 그런 압박 앞에서도 비류연은 태연자약했다. 게다가 그는 서슴없이 도발까지 망설이지 않았다.

"있었을 수도 있고, 없었을 수도 있지요!"

애매모호한 데다 의미심장하기까지 한 말이었다. 특히 비류연의 입가에 맺힌 '많은 일 있었죠. 말을 안 했을 뿐이지만!' 이라고 말하는 듯한 미소는 이번 도발의 백미라 할 수 있었다.

"뭐, 뭐라고? 자네 지금 뭐라고 했나?"

나백천의 얼굴이 대번에 굳어졌다. 단 한마디의 말로 이 천하의 무림맹주를 동요시킬 수 있는 사람은 아마 현 강호에 다섯 손가락을 꼽기도 버거울 것이다.

"앗! 혹시 못 들으셨나요?"

비류연이 생글거리며 반문했다. 그 미소는 나백천의 눈에 이렇게 말하는 것 같았다.

'하긴 연세가 있으신데 못 들을 만도 하죠. 다 이해해요. 이해해!'

이렇게 하나부터 열까지 비류연의 구석구석이 몽땅 싫어지고 있는 나백천이었다.

"제 얘기는 그러니깐 알아듣기 쉽게 간단히 요약해서 말씀드리자면……."

비류연은 백도 무림의 맹주를 앞에다 두고 삐딱선을 타기 시작했다. 그의 본능은 지금 이것을 명명백백한 '도전'으로 받아들이고 있음이 분명했다.

"무슨 일이 있었다 해도 그걸 꼭 말씀드릴 필요는 없다는 것이지요."

"그, 그건 도대체 무슨 의미인가?"

체면 때문에 폭발하지도 못하고 엄청난 자제력을 발휘하며 나백천이 물었다.

"아이~, 그런 걸 어떻게 다 일일이 말할 수 있겠어요? 아·시·면·서."

비류연은 몸을 살짝 꼬며 얼굴을 붉히는 상징성이 다분한 행동을 취했다. 한 떨기 수줍은 수선화라도 흉내 내고 싶은 모양이었다.

'이, 이놈이! 알긴 뭘 알아!'

평소 백도 무림맹주의 점잖고 위엄 있는 얼굴을 집어던지고, 또 하나의 얼굴인 팔불출 아버지가 되어 있는 나백천으로서는 미칠 노릇이었다.

"네가 무슨 착각을 하고 있는지는 알 수 없지만 예린이는 너 같은 아이가 감히 넘볼 아이가 아니다! 네가 그 아이의 매력에 여지껏 있어왔던 수천의 사람들처럼 사로잡힌 것은 이해하지만, 오를 수 없는 나무는 미리미리 포기하는 게 좋다. 그 아이는 너에게 전혀 관심이 없으니 말이다. 그 아이에게 있어 너는 길거리의 돌멩이만도 못한 존재일 뿐이다. 그러니 포기하는 게 좋아!"

그러나 비류연은 나예린과의 관계에 다른 사람의 — 그 사람이 비록 누군가의 아버지고 무림맹주라 해도 — 독창적이고 지극히 개인적이며 편파적인 시각을 개입시킬 필요를 전혀 느끼지 못했다. 제3자의 말에 동요되어 본인의 감정은 확인조차 안 해보고 혼자서 절망에 빠져, 혼자서 마음에 상처를 받고, 혼자서 훌쩍거리는 얼간이가 아니었다.

"어떻게 그렇게 단정하실 수 있죠?"

"뭐라?"

"예린의 마음속을 독심술로 아는 것도 아닌데 맹주님이 어떻게 아시는가 하는 거죠."

비류연이 또박또박한 목소리로 말했다.

"예, 예린이라고!"

젊은이들 중에 그 누구도 감히 그 앞에서 예린이라고 친근하게 부르는 사람은 없었다. 감히 자신 앞에서 나예린을 정인(情人) 부르듯 친밀하게 부르다니! 비류연은 여기서 멈추지 않았다. 그는 할 말을 품안에 두고 삭이는 성격의 소유자가 아니었다.

"예린을 예린이라 부르는데 무슨 잘못된 일이라도 있나요? 맹·주·님! 예린은 맹주님의 꼭두각시 인형이 아니에요. 자기 자신의 자유의사를 분명히 가지고 있는 살아 있는 사람이라구요. 왜 예린 자신의 자유 의사를 존중하지 않으시는 거죠? 그녀는 맹주님의 의사대로만 움직이지는 않는다구요. 그러니 예린의 마음을 함부로 단정짓지 마세요. 그건 예린 이외에는 그 누구도 모르는 일이니까요."

비류연의 말은 신랄하기 짝이 없었다.

"이, 이놈이! 감히 노부 앞에서 그렇게 거침없이 말을 내뱉다니 좋은 배짱이구나."

분노로 가득 찬 나백천의 전신에서 엄청난 무형의 기세가 뿜어져 나왔다. 금방이라도 사방에 존재하는 모든 것을 박살내버릴 듯한 기세였다. 그러나 비류연은 그 엄청난 위용을 보고도 눈 하나 깜짝하지 않았다. 해볼 테면 해보라는 얼굴이었다. 나백천으로서는 비류연의 무모함이 황당하기만 할 뿐이었다.

"그만 하세요!"

문이 벌컥 열리며 공기를 채색하는 아름다운 목소리와 함께 한 여인이 안으로 들어왔다. 이 아름다움의 정수만을 모아 조각해 놓은 듯한 미인은 바로 나예린이었다.

"비 공자! 그리고 아버님!"

나예린이 두 사람을 번갈아 보았다. 아무래도 그녀의 눈빛으로 볼 때 밖에서 다 듣고 있었던 모양이었다. 나백천은 딸에게 이런 체통 없는 모습을 보여준 게 부끄러운지 딴청을 부렸다. 현존하는 강호 최강의 검객 중 한 명인 그도 딸 앞에서는 한없이 약했다.

"밖에서 다 들었습니다. 이제 두 분 다 그만 하세요."

나예린의 깊은 눈동자가 그녀의 아버지를 향했다.

"아버님!"

나예린이 조용한 목소리로 아버지를 불렀다.

"왜, 왜 그러느냐?"

지금 나백천의 모습은 정천맹의 수뇌들이 보면 울부짖을 그런 약한 모습이었다.

"류연은 제 생명의 은인이에요. 그러니 더 이상 그를 곤란하게 하지 말아주세요."

나백천의 눈이 경악으로 부릅떠졌다.

"류, 류연이라고!"

개벽 이래로 그 누구도 나예린의 입에서 이렇게 부드럽고 친근한 호칭으로 불린 남자는 없었다. 아버지 앞이라 처음에는 비 공자라 호칭했는데, 나예린으로서도 무의식중에 나온 호칭이었던 모양이었다.

이 당시 나백천이 받은 충격은 필설로는 형용할 수 없는 엄청난 것이었다. 남성불신증에 걸려 있던 딸아이가 어떤 남자의 이름을 친근하게 부르고 자신 앞에서 다른 남자를 감싸다니……

이때 받은 충격이 너무 커 얼떨결에 비류연을 내보내고 만 것이 일생일대의 실수였다. 분명히 무슨 일이 있었던 거야! 그날 좀더 추궁을 했어야 했던 것이다.

그러나 이미 배는 나루터를 떠났다.

"크으으윽!"

나백천은 아직도 그날 일을 생각하면 분이 삭지 않는 모양이었다.

"그때 딸애가 말리든 말든 그냥 보내면 안 되었던 걸세. 따끔한 교훈을 내려줬어야 했는데……"

휙휙!

마진가는 혹시라도 누군가가 이 대화를 들을까 아무도 없음에도 불구하고 주위를 둘러보았다. 전 백도를 관장하는 무림맹주의 권위와 위엄이 한순간에 붕괴되는 현장이었다. 마진가는 무슨 수를 써서라도 이 일이 밖으로 새나가는 것을 막아야 했다.

다른 모든 일에는 거의 완벽에 가까운 업무 수행을 하는 맹주였지만 딸 문제 앞에서는 물불을 안 가리는 팔불출로 돌변했다. 이런 나백천의 행동은 마진가로서도 무척이나 골칫거리였다.

'말년에 얻은 외동딸이라 예뻐하는 것은 알겠는데……'

그래 다 이해한다. 얼마나 애지중지하며 키웠겠는가! 게다가 어릴 때의 그 깜찍하고 신비스럽기까지 한 사랑스러움이란 그 누구라도 그녀를 예뻐하지 않을 수 없게 만드는 마력적인 것이었다.

'기운도 좋으시지, 세수 백세에 딸이라……'

그 느낌이 어떤 것인지 그는 상상할 수조차 없었다. 한번 자신도 시도해 볼까 하는 도전 의식이 들기는 했지만 그것은 먼 훗날의 일일 뿐이었다. 사실 그도 환갑의 나이에 20대의 딸이 있는 처지였다. 물론 나백천과는 비교할 수도 없지만…….

마진가가 잠시 혼자만의 상념에 잠겨 있는 동안 나백천은 분노를 터뜨리다 갑작스럽게 슬픈 표정으로 중얼거렸다.

"겨우 만났는데 이렇게 또다시 헤어져 있어야 하다니, 예린아……."

다 큰 어른답지 않게 훌쩍거리는 맹주였다. 재회한 지 얼마 되지도 않아 다시 화산으로 떠난 딸이 보고 싶은 모양이었다.

"한 시라도 빨리 그놈의 정체를 밝혀내야겠네."

나백천은 아무래도 안심이 되지 않는 모양이었다.

"네! 사실 저도 궁금하던 차였습니다."

그렇게 버릇없고 예절을 모르는 그리고 배짱 좋게 제자를 키울 수 있는 곳은 현 무림에서 많지 않았다. 더군다나 무림맹주 앞에서 그토록 당당하고 자신만만하며, 가끔 가다가 속도 벅벅 긁어놓을 무모함과 배짱을 동시에 겸비한 인물을 키울 만한 곳은 더더욱 드물었다.

따라서 문제는 그렇게까지 제자를 마구잡이로 키우는 데가 전무하다는 게 문제였다. 게다가 확인해 본 바에 의하면 출신도 확실하지 않았다. 천무학관 입학 원서에 사문도 사부도 기재되어 있지 않았던 것이다.

용케 이런 모호한 신분으로 입관했구나, 라는 생각마저 드는 마진가였다. 아마 그의 신원보증인 때문이었을 것이다. 비류연의 신원보증인 란에 기재되어 있는 사람은 바로 염도였다. 그 점도 무척이나 특이했다. 의심 가는 점이 한두 가지가 아님을 마진가도 부인할 수가 없었다. 그야말로 오리무중, 감감무소식이다. 어느 날 비류연이 홀연히 나타났다고밖에는 달리 설명할 도리가 없었다.

"그 아이가 처음 나타났던 곳이 어디라고 하던가?"

"최초로 그 행적이 잡힌 곳은 아미산 밑에 위치한 중양표국이라고 합니다."

마진가의 입에서 중양표국이라는 이름이 나오자 나백천은 크게 놀라며 입을 열었다.

"호오, 요즘 그 성세를 떨치고 있는 중양표국 말인가? 2년 전부터 갑작스레 급성장을 하더니 요즘은 강호 최대 표국인 중원표국을 위협하고 있다고까지 하더군."

"네! 맞습니다. 신기한 건 그들이 이토록 갑작스런 성장을 한 것이 그 비류연이란 아이가 나타나고 난 이후부터였다고 하더군요. 시기상으로 그렇다는 이야기입니다. 실제로 그러했다는 것이 아니라……."

"흐흠…, 우연도 겹치면 필연이 된다고 하지. 까마귀 날자 배가 떨어졌는지는 확인해 봐야 알 일이겠지. 그건 그렇고, 그전 행적은 아직도 그 종적을 찾지 못했단 말인가?"

"죄송합니다."

"일단 사천 중양표국을 중심으로 조사를 하도록 하게."

"네! 아미산으로 사람을 보내도록 하지요. 정보 수집과 추적의 달인인 신견대(神見隊)를 보내도록 하겠습니다."

"호오~. 그 신견대를 말인가?"

"예!"

신견대는 비영각 소속 조직 중에서도 가장 뛰어난 조직 중 하나였다. 원래는 이 정도 일이 그들을 보낼 정도로 높은 비중을 차지하는 것은 아니지만 방금 전 나백천의 말도 있고 해서 특별히 신견대를 보내도록 결정한 터였다.

"그들이라면 믿을 수 있겠지, 부탁하네!"

"심려 놓으십시오. 비영(秘影)들이 좋은 소식을 물어오면 좋으련만……."

이때까지만 해도 이들은 자신들의 수하가 잠자는 호랑이의 코털을 건드릴 줄은 상상도 하지 못한 두 사람이었다.

배반하는 자와 배반당하는 자

"맹주님!"

마진가가 조심스럽게 나백천을 불렀다. 그의 나직한 목소리에는 무거운
긴장감이 실려 있었다.

"그것보다 더 중요한 일이 있습니다."

'어떻게 이 세상에 나예린보다 더 중요한 일이 있을 수 있다는 망언
을 서슴없이 할 수 있느냐'는 뜻이 듬뿍 담긴 못마땅한 얼굴로 나백
천은 마진가를 바라보았다.

"뭔가?"

마진가는 표정을 잔뜩 굳힌 채 무언가 최고로 중요한 기밀이라도
얘기할 듯한 태세였다. 강철의 성을 연상케 하는 구릿빛 거한의 두
눈은 지금 이 순간 심상치 않은 빛을 발하고 있었다. 순간 나백천은
알 수 없는 불안감에 사로잡혔다.

"차는 맛있었습니까?"

이 한마디를 내뱉기가 그렇게 힘이 들었던 것일까?

"물론 맛있었네. 그런데 그게 어쨌다는 건가?"

"그래야만 제 마음이 편할 것 같아서 그렇습니다."

마진가의 손가락이 불현듯 눈에 보이지 않을 정도로 빠르게 움직였다.

"헉!"

나백천이 헛바람을 들이켰다.

"이, 이럴 수가!!!"

나백천의 얼굴이 순식간에 엄청나게 시뻘게지더니 그의 전신에서 식은땀이 샘솟듯 배어나오기 시작했다. 그의 얼굴에 떠오른 그 감정의 정체는 명백한 배신감이었다. 격렬한 배신감이 아니면 도저히 떠오를 수 없는 감정이었다.

"자, 자네가 어찌 나에게 이럴 수 있단 말인가!"

그의 눈은 아직도 믿을 수 없는 사실에 부릅떠져 있었다.

"세상은 잔혹하니까요."

마진가가 무심하게 대답했다.

"사, 사람이 방심한 틈을 타…, 너무 비겁하다고 생각하지 않나?"

"전혀요!"

마진가는 태연하게 고개를 가로저었다. 천하의 냉혈한도 그처럼 당당하게 행동할 수는 없을 것이다.

"빈틈을 보인 맹주님의 잘못이지, 그 빈틈을 포착하고 찔러 들어간 저의 잘못은 아니지요. 전 당연한 일을 했다고 생각합니다."

여전히 무심한 말투, 극도로 감정이 배제된 어조였다.

"크윽!"

나백천의 얼굴이 다시 한 번 극심하게 일그러졌다. 여전히 그는 명백한 배신감을 씻어버리지 못하고 있었다. 천무학관주 마진가의 손가락이 움직인 그곳!

그곳에는 자신의 장(將)을 잡아먹기 위해 탐욕스럽게 아가리를 벌리고 있는 포(包)가 시퍼런 이빨을 번뜩이고 있었다. 자신의 장은 어디로도 빠져나갈 수 없는 상태였다. 진퇴양난에 사면초가가 딱 어울리는 그런 형국이었다. 어쩐 일인지 차(車)가 졸(卒) 앞에서 어슬렁거리기에 냉큼 먹었건만 이렇게 될 줄이야.

외통수!

배신감에 치를 떨면서도 나백천은 내심 경악성을 토해냈다. 아무리 탈출구를 찾아보려 용을 써봐도 확실히 마진가의 포는 그의 장을 위협하고 있었다. 아니, 숨통을 끊어놓을 최후의 일격만을 남겨두고 있었다.

자신의 장을 호위하는 사(士)는 이미 죽어 나자빠진 지 오래였고, 아무리 장기판 위를 훑어봐도 장군을 위해 장렬히 한목숨을 바칠 장수들 또한 눈 세척하고 바라봐도 없었다. 도망칠 곳은 그 어디에도 없었다.

나백천은 망연자실했다.

"뭐하십니까? 장입니다. 포로 장을 잡았으니 포장인가요?"

득의양양한 표정을 지으며 마진가가 말했다. 약올리고 있음이 명백했다.

"……"

대답은 없었다. 나백천은 일시적으로 말을 상실한 사람 같았다. 무림맹주의 정신적 공황 속에서 기나긴 침묵이 이어졌다. 그러자 천무학관주는 느닷없이 주위를 태평스럽게 두리번거렸다.

"맹주니임~."

두어 번 사방을 두리번거리던 마진가가 은근한 목소리로 나백천을 불렀다. 하지만 나백천은 치명적인 사지에서 생로를 찾느라 정신이 없었다. 현 무림맹 맹주를 역임하고 있는 이 사람은 한참 후에야 천무학관 현임 관주의 목소리에 반응했다.

"무슨 일인가? 불렀나?"

그는 마진가를 쳐다보지도 않았다. 마진가는 신경 쓰지 않았다.

"아무래도 지금 당장 신견대를 불러야겠습니다."

"무슨 화급한 일이라도 생겼나?"

여전히 그의 시선은 장기판을 떠나지 않았다.

"예, 실종 신고를 내야 할 것 같습니다. 아무래도 장기 두는 사람이 실종된 모양입니다. 방금까지만 해도 제 눈앞에 계셨는데……. 아무리 주위를 둘러봐도 보이지가 않는군요. 무슨 봉변이라도 당하지 않았으면 좋으련만……. 그분은 저희 천무학관의 가장 소중한 손님이시자 정파무림을 떠받치는 기둥이시니 무슨 사고라도 당했다가는 강호 전체의 크나큰 손실이지요."

싱글벙글 웃으며 마진가가 말했다. 참고로 그의 양쪽 시력은 자랑은 아니지만, 300장 밖의 사물도 분간할 만큼 무척이나 좋았다. 그러나 나백천도 백전노장이었다. 이 정도 도발에 간단히 모든 것을 포기하지는 않았다.

"그분은 지금 피도 눈물도 없는 작자의 마수에 빠져 탈출구를 찾느라 정신이 없다네. 그러니 굳이 신견대를 부를 필요는 없다고 보네!"

차분하지만 쌀쌀맞은 목소리로 나백천이 대답했다. 그에게는 아직 최후의 한 수, 비장의 한 수가 남아 있었다. 그의 눈이 비장감에 가득 물들었다. 별안간 무림맹주는 눈을 돌려 천무학관주를 쏘아보았다.

'헉!'

그 무시무시한 눈길에 마진가는 순간 흠칫할 수밖에 없었다. 마치 생사결(生死決)을 벌이려는 무사의 기개가 느껴졌던 것이다.

"헤헤헤, 이보게? 진가……."

칼날 같은 예기가 번뜩이던 화강암 같던 그의 얼굴에 순간 봄날의 산들바람 같은 미소가 어른거렸다. 그의 주위를 감싸고 돌던 위엄과 존재감과 경외감은 어느 순간 휴가를 떠났는지 자취를 찾아볼 수가 없었다.

나백천은 한없이 부드럽고 친근한 목소리로 마진가를 불렀다. 맞잡은 두 손에는 비굴함마저 넘쳐흘렀다.

"안 됩니다."

마진가가 정색하며 말했다.

"어허! 이 사람!"

"안 됩니다."

다시 한 번 강경한 거절이 이어졌다.

"정말 한 수만 물러주면 안 되겠나?"

"절대로 안 됩니다."

"내, 내가 이렇게 부탁하는데도?"

나백천은 지금 권력과 타협하라고 마진가를 위협하고 있었다. 그러나 마진가의 태도는 완강했다.

"제가 제일 경멸하는 사람이 권력에 굴복하는 사람입니다. 전 절대 그럴 수 없습니다."

"어허……."

나백천은 혀를 찼다.

"자네 너무 고지식하구만. 이 세상에는 아직 경로사상이라는 게 보란 듯이 살아 있다네."

권력과 배경을 사용하고도 실패한 나백천은 이제는 나이를 무기로 휘둘러보았다. 그러나 효과는 없었다.

"이 세상이 두 쪽 나면 그때 생각해 보겠습니다."

"자네 너무 야박하구만!"

"승부의 세계는 냉정한 법! 그것뿐입니다."

"딱 한 번만인데 어떻게 안 되겠나?"

무림맹주는 자신이 취할 수 있는 가장 애처로운 표정을 지어 보였다. 작전명 '동정심 유발' 이었다.

과연 천하의 현 백도 무림 맹주의 이런 모습을 아는 사람이 과연 몇 명이나 될까, 마진가는 생각해 보았다. 자신과 있을 때 이외에는 이런 모습을 보여주는 적이 없었다. 물론 나예린 건은 예외로 치고, 타인에게 있어 나백천은 여전히 위엄 있고 강인한 백도 무림의 기둥이었다.

나백천의 작전은 이미 여러 곳에서 꽤나 호평을 받고 있는 작전이었지만, 상대의 방어는 철벽과도 같았다. 마진가는 그의 손이 철권일 뿐만 아니라 그의 마음도 강철로 만들어진 모양이었다.

"절대로! 절대로 안 됩니다."

"크윽! 쇠고집은!"

"되도록이면 지조가 있다고 말씀해 주십시오."

"졌네! 다음 전장에서는 절대 이런 일이 없을 거야!"

마침내 나백천은 뼈아픈 패배를 인정하고야 말았다.

"기대하지요."

대답하는 마진가에게는 승자의 여유가 보였다. 나백천은 통한의 눈물을 흘리며 내일 있을 다음 격전지에서 만회하기로 마음을 다잡았다. 다음 전장은 바로 우주(宇宙)였다.

반상 위의 우주!

바로 바둑이 다음 격전지였다. 이날의 승부는 나백천의 패배로 끝을 맺었다. 그래서 그날 저녁 술값은 나백천의 몫으로 돌아가고 말았다. 향음을 건 상층 지도부의 거액 도박이라니! 만일 알려졌다가는 엄청난 파장을 몰고 올 무시무시한 이야기였다. 다행히 지금 그들의 주위에는 아무도 없었다. 문을 지키고 있는 위병도 자신의 충복이라 안심할 수 있었다. 그래서 마진가는 마음놓고 이 승리를 만끽할 수 있었다.

단련시키는 자와 단련 받는 자
- 향은 타들어간다

땀이 장마철의 비처럼 대지를 흥건히 적셨다.
몸 안의 수분이 모두 땀으로 화해 체외로 배출되는 느낌이었다.

"허억, 허억, 허억!"

"헤엑, 헤엑, 헤엑!"

"끄윽, 끄윽, 끄윽!"

"무울……."

타는 듯한 갈증에 입 안은 화상이라도 입은 듯 뜨거웠다.

"쯧쯧!"

염도는 못마땅한 얼굴로 대표단 일행을 바라보았다. 그들은 겉으로 보기에는 평범하게 걷고 있었다. 하지만 그들은 지금 경공을 운용한 상태라 일반인의 걸음보다 다섯 배는 빠른 속도로 움직이고 있는 중이었다.

그러나 이런 빠른 행보도 염도는 심드렁하기만 했다. 그의 눈에는 이들이 대열을 갖추어 걸어가는 발걸음이 이렇게 느껴졌던 것이다.

'아장아장!'

염도의 얼굴이 살짝 찌푸려졌다.

'내가 왜 이런 풋내기들을 데리고 이 고생을 해야만 하는 거지? 스스로 화를 불러들일 필요는 없는 것을, 내가 전생에 무슨 잘못이 있어 이런 업보를 받는단 말인가?'

생각하면 생각할수록 억울하기 짝이 없는 일이었다. 그러나 그의 생각은 아랑곳하지 않은 채 이들은 즐겁게 담소를 나누며 빠르게 걸음을 움직였다. 물론 염도에게는 이렇게 느껴졌다.

'삐약 삐약!'

그들이 한 걸음을 내딛을 때마다 일 장씩 쭉쭉 거리가 늘어났다. 경신보(輕身步)라 불리는 경신법의 일종이었다. 뛰지 않은 채 최소한의 내공으로 빠른 속도로 걸어가듯 움직이는 경공으로 내공 소모가 적고 장시간 운용이 가능하다는 점에서 장거리 도보 여행에 매우 유용했다. 이들이 표현의 선택상 '걷는다'를 택했지만, 이들의 움직임은 웬만한 일반 사람들이 전속력으로 달리는 것보다 빨랐다.

그리고 얼마 후 약속된 휴식 시간이 되었다. 이런 긴 여행에는 일정한 휴식 또한 중요한 요소였다. 그러나 이 달콤한 휴식 시간에도 휴식을 허락받지 못하고 악의의 혜택을 받는 사람들이 있었다.

은밀한 대화 하나가 있었다. 짧은 대화였다.

"그렇게 처리하도록 하세요. 믿고 있겠습니다."

"심려 마십시오. 확실히 정신 재무장을 시키겠습니다."

비류연이 말하고 염도는 고개를 끄덕였다.

비류연은 원한과 분노를 쉽게 잊어버리는 유형의 인간이 아니었다. 오랫동안 비류연과 부대껴온 염도는 그 사실을 잊지 않고 숙지하고 있었다. 염도는 비류연이 불의의 사고로 환마동 안에 매몰되어 있는 동안 자신이 주작단보다 — 주작단은 삽질이라도 했지만 — 한 일이 쥐뿔만큼도 없다는 것과 걱정조차 하지 않았다는 사실을 이 어린 사부에게 들키고 싶지 않았다. 그러기 위해 그는 자신의 몫까지 합쳐서 주작단을 열렬히 들볶기로 결심했다.

비류연의 시선을 그곳에 붙잡아두기 위해서.

"주작단 집합!"

염도의 구령이 떨어짐과 동시에 돌풍이 일어나며 염도의 앞으로 주작단이 몰려들었다. 그들에게 어영부영 굼뜬 동작은 용납되지 않았다. 그런 굼뜸이 어떤 끔찍한 결과를 초래하는지 이미 충분히 경험한 상태였다.

"기준!"

남궁상이 손을 들어 기준을 잡았다.

"하나, 둘, 셋, 넷, …열여섯. 번호 끝! 만!"

일렬로 선 주작단들이 고개를 옆으로 돌리며 번호를 붙였다. 끝나는 번호는 열여섯. 낙오자는 단 한 명도 없었다.

"총원 16, 현 16, 사고 무, 주작단 집합 끝!"

일단은 주작단 단주(團主)를 명목상으로나마 달고 있는 남궁상이 보고를 마쳤다.

16명! 이 숫자는 주작단의 정원에서 단 한 명도 빠지지 않았다는 것을 뜻한다. 놀랍게도 주작단은 다른 사신단이 무수한 탈락자와 부상자를 내는데도 불구하고 전원 합격이라는 놀라운 쾌거를 보여주었던 것이다. 염도는 고개를 끄덕이며 말했다.

"이제 유희(遊戲)를 시작하자!"

그 말을 시작으로 주작단은 지옥의 불구덩이로 떨어져버렸다.

"헉헉헉!"

"헥헥헥!"

"끄윽, 끄윽, 끄윽!"

흘러내린 땀이 장마철의 비처럼 대지를 흥건히 적셨다. 몸속의 수분이 전부 체외로 배출되는 기분이었다. 불같은 여름은 지나갔지만 아직도 붉게 타오르는 뜨거운 태양의 불꽃은 힘을 잃고 있지 않았다. 아직도 그 난폭자는 건재함을 증명하기라도 하듯 자신이 내뿜는 폭염의 뜨거움을 과시하고 있었다. 공기가 죽처럼 걸쭉하게 느껴졌다.

그 작열하는 태양 밑에서 16명의 주작단원들은 전력을 다해 몸을 움직이고 있었다. 아무리 내공이 강한 그들도 염도의 혹독한 단련 앞에서는 그 쌓아놨던 내공도 단련해 놨던 신체도 무용지물에 가까웠다.

가을의 초입임에도 불구하고 태양은 이글거리고, 이글거리는 태양에 달구어진 공기는 숨쉬기조차 곤란할 정도로 후덥지근했다.

그러나 염도는 가차없었다.

이 정도 날씨조차 극복하지 못한대서야 체면이 말이 아니라는 게 그의 주장이었다. 적어도 도검불침(刀劍不侵)은 되지 못해도, 수화불침(水火不侵)의 경지에는 못 미치더라도, 피서피한(避署避寒)이 가능한 한서불침(寒暑不侵)의 경지 정도는 도달해 있어야 했다. 왜냐하면 그것이 염도가 생각하는 무인의 기본이니깐.

후두두둑!

다수의 물방울이 대지를 때리는 소리. 그러나 그것은 비 내리는 소리가 아니었다. 그러나 이들의 발밑을 자신보다 대여섯 배는 더 큰 먹이를 인 채 한 줄로 걸어가고 있던 개미들은 분명 비가 내린다고 느꼈을 것이고 이 부지런한 생물들에게 그것은 무척이나 커다란 재앙이었을 것이다.

"헥헥헥, 비라도 오나? 제에기이일……."

노학이 이를 갈며 중얼거렸다. 오긴 개뿔이 오겠는가!

그러나 그는 갑자기 날씨를 확인해 보고 싶은 심정이었다. 왜냐하면 빗속을 하루 종일 거닌 것처럼 몸이 온통 흠뻑 젖어 있었던 것이다. 이들이 폭우 속을 미친 듯이 뛰어다닌 게 아닌가, 착각될 정도로 땀을 흘리는 이유는 간단하고도 단순무식했다.

그들은 벌써 한 시진째 소위 말하는 단련을 받고 있었던 것이다. 그 주재자는 바로 염도였다. 그는 정신 강화와 체력 단련을 핑계로 이 고귀한 작업을 수행중이었다.

이 한 시진은 날고 기는 그들로서도 견디기 힘든 지옥이었다. 염도는 계속해서 길을 떠날 생각도 하지 않고 있었다. 빙검도 미리 언질이 있었던 듯 이 일에 대해 가타부타 참견을 하지 않았다.

염도의 유희는 아직 그 끝을 고하지 않고 있었다.

"일어나! 앉아! 일어나! 앉아!"

"앞으로 취침! 뒤로 취침!"

염도의 구령에 맞춰 주작단원들은 재빨리 몸을 뒤집어야 했다. 조금의 굼뜸도 여기서는 용납되지 않았다.

"엎드려뻗쳐!"

일반 사람들의 엎드려뻗쳐와는 확실히 달랐다. 그들은 한 손의 검지손가락만으로 온몸의 체중을 지탱하고 있었다. 여기저기서 안쓰러운 시선들이 그들에게 꽂혔다. 이것은 주작단을 제외한 다른 대표단들이 거의 경험해 보지 못한 유형의 무식한 단련이었다.

"자! 하나에 정신, 둘에 통일!"

염도가 다시 구령을 붙였다.

"하나!"

"저어엉시이인!"

그들의 몸이 지면에 닿을락 말락 내려갔다.

"두울!"

"토오오옹이이일!"

그들의 몸이 다시 위로 올라왔다.

"아침밥 안 먹었습니까? 점심 먹기 싫습니까?"

아무래도 염도는 복창 소리가 마음에 안 드는 모양이었다.

"하나에 사부, 둘에 창천, 하나!"

"사아부우!"

그들의 몸이 다시 아래로 내려갔다.

"둘!"

"차앙처어언!"

그들의 몸이 다시 올라왔다.

"하나!"

"사아부우!"

다시 그들의 몸이 내려갔다. 지면과 배 사이는 손톱 하나 정도의 틈새밖에는 없었다. 주작단원들의 손가락이 과중한 부하에 부르르 떨렸다.

"그 상태 그대로 유지(維持)!"

그때 피도 눈물도 없는 염도의 구령이 떨어졌다. 순간 주작단원들은 복창을 잊어버리고 말았다.

"지금 장난합니까? 정신이 나갔습니까? 정신을 어디다 두는 겁니까? 복창은 잊어버렸습니까? 유지!"

"유우지이……."

그 복창은 울먹임에 가까웠다. 지면과 아슬아슬한 접촉을 눈앞에 둔 상태에서 그들은 자세 유지에 들어갔다. 이마에서 땀이 비 오듯 쏟아져 땅을 적셨다. 내공 사용이 허락되어 있지 않은 까닭에 그들은 지금 죽을 만큼 힘들었다.

"내가 40년간 강호를 떠돌며 터득한 유일한 진리는 죽은 후에 후회해도 아무짝에 소용이 없다는 사실이다. 알겠냐? 이 병아리들아! 아직 알껍데기도 제대로 깨지 못한 주제에 건방떨지 마라. 그래 봤자 너희들은 실전 경험이 거의 전무한 애송이들일 뿐이야! 비무와 실전은 엄연히 틀리다! 그러니 너희들의 생존을 바라는 이 몸의 깊은 하해와 같은 뜻을 잘 새겨듣거라!"

구실이긴 하지만 거짓말은 아니었다.

"강호는 전쟁터다! 고로 우리가 가야 하는 화산 또한 그중 하나에 속하는 전장이지. 화산지회는 전투다. 너희들은 전투에서 반드시 이겨야만 한다. 어떻게 이기냐고? 좋은 질문이다. 간단하다. 강해지면 이길 수 있다. 고로 내가 너희들을 강하게 만들어주마, 모두 기상! 오(伍)와 열(列)을 맞춘다. 실시!"

염도의 힘찬 구령과 함께 검지 하나만으로 엎드려뻗쳐 있던 주작 단원들은 일사분란하게 번개처럼 벌떡 일어나 옆줄과 앞줄을 칼같이 맞추었다. 만약 줄이 조금이라도 어긋나면 트집의 실마리가 될 수 있기 때문이다. 살벌한 표정으로 호령하던 염도는 주작단원들이 칼같이 오와 열을 맞추자 잠시 흐뭇한 표정을 지었다.

"얘들아!"

염도가 자상한 목소리로 그들을 불렀다.

"예! 노사님!"

열여섯 주작단원들은 죽을 정도로 힘겨움에도 불구하고 힘 있는 목소리로 또박또박 대답했다. 만일 시원찮게 맥없이 대답했다가 요 앞전까지 했던 과정을 다시 한 번 반복하고 싶지는 않았던 것이다.

"힘드냐?"

염도가 은근한 어조로 물었다.

'물론 죽도록 힘듭니다. 보고도 모릅니까!' 라고 외치고 싶은 마음이 하늘을 찌르는 주작단원들이었지만 그 후환이 두려워 진심을 토로하는 것은 그만두었다. 진실에는 언제나 항상 비싼 대가가 따르기 때문이다.

"아닙니다."

주작단원들은 입을 모아 대답했다.

"정말?"

"예! 괜찮습니다!"

"정말, 진짜 말짱하다고?"

"네! 말짱합니다!"

다시 한 번 힘 있는 목소리로 그들은 대답했다.

"그으래? 그럼 그건 잘 차고 있겠지?"

그들은 염도가 말한 그게 뭔지 잘 알고 있었다.

"네! 물론입니다!"

그것은 그들의 손목과 발목에 차여 있는 묵환에 대한 이야기였다. 염도는 비류연에게 들어 이들이 손목과 발목에 무엇을 차고 있는지 잘 알고 있었다.

"무겁냐?"

"아닙니다!"

"네!"

신의 농간이던가, 아니라고 맹렬히 부인해야 함에도 불구하고 주작단원 중 누군가가 그렇다고 무심코 대답했다. 그리고는 금방 아차! 했지만 때는 이미 너무 늦었다. 그 대답은 목에 칼이 들어오더라도 절대, 결코 해서는 안 되는 대답이었다.

"그으래? 아직도 무겁다고? 그럼 좀더 몸을 가볍게 만들어보자. 아직 시간은 많아."

염도가 씨익 웃었다. 주작단원들은 염도의 웃음에 너무나도 불안했다. 그들은 지금 공포심마저 느끼고 있었다.

"제군들, 저기 저 산 보입니까?"

염도가 멀리 보이는 산 하나를 가리켰다. 주작단원들이 일제히 고개를 끄덕였다. 그러나 그들의 표정은 매우 좋지 못했다. 지독한 불안과 공포가 그들을 사로잡고 있었던 것이다.

"대답이 없습니다! 다들 벙어립니까? 자, 저기 저 산이 보입니까?"

다시 한 번 염도가 큰 목소리로 물었다.

"네! 보입니다!"

우렁찬 대답이 터져 나왔다. 군기가 바짝 들은 목소리였다. 주작단은 염도의 검지손가락 끝이 가리키는 산을 바라보았다.

산은 상당히 높아 보였다.

"자, 이제 확인했습니까? 그럼 이제부터 경공 및 체력강화 훈련을 실시하도록 하겠습니다."

그리고는 품에서 무엇인가를 꺼냈다.

"그럼 지금부터 향(香)을 피우겠습니다."

염도가 휴대용 향로에 향을 꽂았다. 그 수는 모두 다섯 개였다. 설마 하던 혹시나가 현실로 나타나자 사람들은 기겁했다. 그들의 얼굴이 밀랍 인형처럼 창백해졌다.

"혹시나 이중에 '보지도 않는데 저 높은 산, 끝까지 올라갈 필요가 있어? 올라가는 시늉만 하다가 되돌아오면 되지'라는 안이한 생각을 할 놈들이 있을지도 모른다."

순간 염도의 어투가 본래의 말투로 돌아왔다. 평소와 다른 말투로 들어온 터라 본래의 거친 말투는 더욱더 위압감이 느껴졌다. 노학을 비롯한 몇 명이 뜨끔한 표정을 지었다.

"그러나 애석하게도 제군들의 기대치를 충족시켜 줄 수는 없다. 모두들 신호발신용 거울을 하나씩 가지고 있을 것이다."

물론 다들 하나씩 허리춤에 지참하고 있었다. 그것은 필수 지참물 중 하나였으니깐······.

"어디에 쓰라고 준 것 같나? 저 산에 올라가면 거울로 신호를 보내도록!"

실로 용의주도하지 않을 수 없었다. 중간에서 밍기적거리다가 돌아온 게 밝혀지면 그 사람은 내일 많은 산을 등반하는 훌륭한 자격을 얻게 될 것이다.

"도중 하산한 사람들에게는 내일의 또 다른 등반이 기다리고 있을 겁니다. 산수풍경을 좋아한다면 그렇게 해도 말리지는 않겠습니다."

말은 부드럽지만 그 안에 담긴 의미의 협박성은 무시무시한 것이었다. 염도는 말투도 행동도 평상시의 그와는 달랐다. 마치 다른 사람이 된 듯한 느낌이었다.

이들 중 누구도 여행이나 피서나 풍류가 아닌 이유로 산에 오르락내리락하고 싶지는 않았다. 염도가 한다고 하면 정말 한다는 것을 이들은 잘 알고 있었다.

"자! 꼴찌 하는 사람은 다시 한 번 갔다 옵니다. 실시!"

"실시!"

너나 할 것 없이 주작단원들은 필생의 속도로 땅을 박차고 달려 나갔다. 그들이 지나간 자리 뒤로 자욱한 먼지가 남았다.

우르르르!

전력을 다해 뜀박질한 그들이 돌아온 것은 향 세 개가 채 타지도 않았을 때였다. 향 다섯 개가 모두 타기 전에 주작단은 돌아온 것이다. 그들의 몸은 순간적인 공력 소모로 인해 땀으로 범벅이 되어 있었다. 그러나 그들은 향 다섯 개가 모두 타지 않고 남아 있는 것을 보고 안심할 수 있었다. 향은 아직 두 개씩이나 남아 있었다.

그들은 이 놀라운 성과에 염도의 칭찬을 기대했지만 그것이 얼마나 허망한 소원인지 깨닫게 되는 데는 그리 오랜 시간이 걸리지 않았다.

"어라? 너네들 왜 벌써 오냐?"

염도가 의아한 표정을 지으며 모두에게 물었다.

"벌써 오다뇨? 분명히 지정하신 산까지 다녀왔습니다. 신호도 확실히 보냈습니다만……?"

염도의 질문에 남궁상이 대표로 대꾸했다. 그러자 염도가 금세 황당한 표정을 지었다.

"엥? 무슨 소릴 하는 거야? 내가 언제 저 산이랬냐?"

"예? 아까 분명히……?"

남궁상은 염도의 부릅뜬 도끼눈에 말끝을 흐리고야 말았다. 계속 말을 이었다가는 무슨 봉변을 당할 것만 같은 신변의 위협을 느꼈던 것이다.

"내가 언제? 너네 눈은 모두 해태눈이냐? 불량품이야? 내가 언제 저 길 가리켰어? 다시 한 번 잘 봐! 이번 한 번뿐이야! 두 번은 없다!"

염도는 자신의 친절을 과시하기라도 하듯 다시 한 번 검지손가락을 뻗어 자신의 손방(巽方 : 1~2시 방향)에 위치한 산을 가리켰다. 주작단원들의 시선이 그의 검지손가락 끝에서 나온 보이지 않는 곧은 직선을 타고 저편의 공간까지 따라갔다. 그러자 그의 손가락에 연결된 보이지 않는 곧은 직선은 분명 그들이 열나게 뛰어갔다 온 그 산 정상에 머물렀다.

"……?"

틀린 게 없잖아? 그런데 왜 시비지?

이런 적나라한 생각은 주작단원들의 가슴 속 깊은 곳에만 존재할 뿐 절대 밖으로 표출할 수 있는 종류의 것은 아니었다. 그러나 염도도 그들의 생각을 알아차린 듯했다. 그는 어이가 없다는 표정을 지었다.

"야야! 어딜 봅니까? 거기서 시선이 왜 멈춥니까?"

염도의 불호령이 떨어졌다.

"시선이 너무 낮지 않습니까? 저것도 산입니까? 지금 뒷동산에 나들이 갑니까? 저 산 말고 저기 저 뒤에 있는 산입니다."

염도가 짜증난다는 듯 분명히 목표를 말했다.

"……?"

염도의 말대로였다. 그들이 다녀온 산의 정상은 종착지가 아니라 중간 기착지였던 것이다. 무형의 직선은 아직도 뒤쪽 공간으로 더 뻗어 나가고 있었다. 그들의 시선이 산 정상을 아슬아슬하게 스치고 지나간 무형의 직선을 따라 계속해서 올라갔다. 그들의 고개가 점점 더 위로 심하게 꺾였다. 그리고 그들은 보았다.

그 순간 그들은 자신들의 눈알을 뽑아버리고 싶었다. 그들은 자신들이 애써 정복하고 온 산 뒤편 저쪽에 존재하는 두 배는 더 높을 것 같고, 세 배는 족히 더 험할 것 같은 산을 볼 수가 있었던 것이다.

"서…, 설마……?"

남궁상의 입이 심하게 떨렸다.

"노…, 농담이시겠죠?"

"장난이시죠?"

"에이, 농담이라고 해주세요."

남궁상을 비롯한 주작단원들은 절망적인 심정이었다.

"내가 이런 걸로 지금 너네들이랑 한가하게 농담 따먹기나 하고 있겠냐?"

주작단원들의 얼굴이 형이상학적인 모양으로 일그러졌다. 그러나 염도는 농담이 아닌 모양이었다. 그는 지금 더할 나위 없이 진지했다. 그들은 다시 한 번 불신의 눈으로 바들바들 떨리는 손가락을 들어 그 쳐다보기도 싫은 산을 가리켰다.

"그렇다면 정말로……?"

남궁상의 혀는 심하게 떨리고 있었다. 염도는 묵묵히 고개를 끄덕였다. 주작단원 모두 초상이라도 난 사람처럼 울상이 되었다. 주작단원 이외의 사람들은 불안과 공포와 동정심을 감추지 않고서 주작단원을 바라보았다. 그러나 누구도 나서서 염도를 막으려 하지는 않았다. 그의 행동을 제지할 만한 명확한 명분이 없었던 것이다. 스승이 제자를 단련시킨다는데 무슨 말을 할 수 있겠는가!

이 절망적인 상황에서 가까스로 비켜 나간 이들은 이 불행의 주인공에 자신들이 당선되지 않은 사실에 대해 하늘에 깊이 감사했다. 그들 눈에 비친 주작단원들이 무척이나 애처로워 보였다. 그들은 자신들이 무사했으므로 마음 놓고 주작단원들을 동정할 수 있었다.

"자자, 멍청히 서 있으면 산이 너희들한테 뛰어오냐? 빨리 출발!"

다시 한 번 염도의 호통이 터져 나왔다. 그리고 그는 잔인하게 한마디를 덧붙였다.

"선착순이다."

선착순!

뒤처진 사람은 다시 한 번 더 저곳을 갔다 와야 하는 수고를 해야 할지도 모른다는 말과 동일한 말이었다. 선착순이라는 말에 그들은 다시 한 번 죽을힘을 다해 뛰어야만 했다. 순식간에 16명의 인영은 지평선 저편의 작은 점으로 변해 있었다.

주작단의 불행을 지켜보는 대표단 사람들의 눈에는 염도가 귀신이나 도깨비처럼 보였다. 무서워서 소름이 오싹 돋을 지경이었다. 자칫 잘못하면 자신들도 언제든지 저런 신세가 될 수 있다는 불안감이 그들을 엄습했던 것이다. 다행히 염도와의 인연이 없어 지금은 뛰지 않아도 되기에 안도의 한숨을 내쉬며 조용히 주작단을 향해 묵념하며 애도의 염을 표했다.

한참의 시간이 흐른 후 하나 둘씩 산 정상에서 빛이 반짝이기 시작했다. 그것을 본 염도가 대표단 일행을 돌아보며 출발하라고 지시했다.

"선배들을 기다려야 하지 않습니까?"

효룡이 용기를 내어 물었다. 아직 그들이 돌아오려면 시간이 꽤나 필요했기 때문이다.

"언제까지 여기 죽치고 있을 수는 없지 않느냐? 오늘 여기서 노숙하고 싶냐?"

"아…, 아닙니다."

효룡은 재빨리 고개를 저었다. 염도가 힐끔 그 산을 바라보더니 미런 없이 고개를 돌렸다.

"알아서들 쫓아오겠지, 출발!"

염도의 명령은 냉정하기 짝이 없었다.

이들이 다시 일행에 합류한 때는 해가 서산으로 뉘엿뉘엿 넘어가는 유시(酉時: 저녁 5시에서 7시경) 경이었다. 물론 새로 꽂은 향 다섯 개는 모두 타버리고 난 이후였다. 그리고 그 옆에는 추가로 한 개의 향이 더 꽂혀 있었다. 다섯 개로는 시간 측정이 부족했던 것이다.

남궁상은 단원들 중에서 가장 먼저 도착함으로써 단장으로서의 체면을 지킬 수 있었다. 2위와 3위는 현운과 진령이었다. 노학은 아쉽게도 4위를 해 다시 한 번 산을 정복하는 행운을 부여받을 수 있었다. 그러나 차라리 배를 째라는 게 노학의 생각이었다.

아마 이들은 태어나서 가장 빠른 속도로 달렸을 것이다. 16명 모두 초죽음이 될 정도로 기진맥진해 있었다. 선착순이라고는 했지만 두 번 뛸 기력은 없었다. 짧은 시간에 과다한 내공을 소진한 탓이었다. 평균적인 속도의 신법으로 산을 올랐다면 이 정도로 지치지는 않았을 것이다. 그러나 경쟁이라는 마수가 그들 모두를 피로의 구렁텅이 속에 빠뜨렸던 것이다. 16명 모두 완전 뻗어버리듯 땅바닥에 널브러져 있었기에 아무리 불같은 염도라 해도 다시 뛰어갔다 오라는 말을 할 수가 없었다.

"쯧쯧쯧, 겨우 그 정도 뛰었다고 이렇게 뻗냐?"

'겨, 겨우라고! 저…, 저렇게 먼 거리가?'

무거운 침묵 속에서 염도의 목소리를 훔쳐 듣던 나머지 대표단들은 간담이 서늘해졌다. 만일 염도의 화살이 혹시라도 자신들에게 향하기라도 한다면……. 그들은 미리미리 유서를 써두어야 할지도 모른다는 고민에 빠져들고야 말았다.

"난 너희들을 이렇게 허약하게 단련시키지 않았다. 이렇게 나약해서야 어찌 이 험난한 강호에서 살아남을 수 있겠으며, 그 힘들다는 화산규약지회에서 상대의 코를 납작하게 해주고 우승할 수 있겠느냐!"

염도의 말은 추상 같았다.

"오늘은 더 이상 나약한 너희들을 보고 싶지 않다. 하지만 내일 또다시 내게 실망을 준다면 각오하는 것이 좋을 것이다. 이만 해산!"

염도의 말이 끝나자마자 주작단원들은 거품을 물며 쓰러지고 말았다. 여기저기 아무렇게나 널브러져 있는 주작단원들을 혀를 차며 지켜보고 있는 염도의 곁으로 비류연이 다가왔다. 그는 힐끗 향로에 꽂힌 향을 바라보며 조용히 한마디했다.

"너무 많군요. 3개로 줄이세요."

염도는 묵묵히 고개를 끄덕였다. 그는 고개를 돌려 자신을 지켜보며 안절부절 못하고 있는 대표단 몇몇에게 싸늘한 목소리로 명령했다.

"업어라!"

염도의 지시에 남녀 대표단 중 몇 명이 실신한 주작단원들을 업었다. 염도도 남궁상을 자기 등에 들쳐 업었다. 그의 등에 업힌 남궁상의 손이 축 늘어졌다. 염도의 눈에 묘한 빛이 감돌았다.

"……모자란 놈! 가자!"

염도의 명령에 대표단은 다시 빠르게 발걸음을 옮겼다. 해가 완전히 지기 전에 목표로 한 마을에 도착해야 하기 때문이었다.

치사한의 상념

'…를 조심하시오!'
치사한은 자신의 집무실에서 한 가지 지워지지 않는 과거의 영상을 떠올리며
상념에 빠져 있었다.

'과연 그것은 누구를 지칭하는 말이었을까?'

그는 아직도 그때의 일을 기억하고 있었다. 그것은 무신마 패천도 (覇天刀) 갈중혁의 손자인 갈효봉의 죽음이 흑도를 발칵 뒤집어엎고 난 후 얼마 지나지 않아서였다. 흑천맹주 갈중천이 피의 보복을 천명한 후 흑천맹 최고 무력 집단 중 하나인 철각비마대가 맹을 떠났다가 천무학관 정문도 두드려보지 못한 채 패퇴라는 믿기지 않는 소식을 가지고 돌아온 직후였다.

철각비마대의 패주에 대해 철각비마대주 질풍묵흔(疾風墨痕) 구천 학은 아무런 변명도 하지 않고 자신의 참담한 패배를 인정했다. 그리고 벌을 청했다. 이상한 점은 그가 누구에게, 어떻게, 왜 졌는지 입에 자물쇠를 걸고 침묵으로 일관했다는 것이었다. 그뿐만 아니라 철각비

마대 대원 그 누구도 그 일에 대해 약속이나 한 듯 입을 열지 않았다. 홧김에 그의 대주 자리를 박탈해 버리려 하던 갈중천이었지만 주위의 강력한 만류에 3개월간의 독방 근신으로 그 처분을 완화하였다.

치사한은 그 소식을 들었을 때 궁금증을 참을 수가 없었다. 누가 있어 철각비마대의 기창충격(氣槍衝擊)을 유유히 뚫고 질풍묵흔 구천학의 무영창을 수수깡으로 만들 수 있단 말인가? 궁금증을 참지 못한 그는 그래서 직접 구천학을 만나보기로 했다.

자칫 잘못했으면 전(前) 철각비마대주로 불릴 뻔한 구천학은 곰팡내가 코를 찌르는 습기 가득 찬 지하 징벌실 독방에 구금되어 있었다.

"열게!"

이미 절차를 밟아 허락은 받아두었다. 그뿐만 아니라 그 이전에 그를 만난 사람들도 아무런 말도 전해듣지 못했다고 담당자는 귀띔했다. 끼이익! 거친 마찰음을 내며 굳게 닫혀 있던 철문이 열리며 짙은 어둠이 그 모습을 드러냈다.

구천학은 딱딱한 돌침상 위에서 가부좌를 튼 채 조용히 눈을 감고 있었다. 그동안 제대로 머리와 수염을 다듬지 않은 탓에 머리는 산발이었고, 수염이 제멋대로 나 있었다. 그러나 두 달이 넘는 독방 근신에도 불구하고 상대를 압도하는 기도는 여전했다. 아니, 오히려 이 어둠 속에서 더욱더 날카롭게 예기가 연마된 듯했다. 마치 한 자루의 예리한 창을 바라보는 듯한 느낌에 치사한은 전율해야 했다.

구천학이 감았던 눈을 조용히 뜨고 치사한을 바라보았다. 치사한은 순간 그 야수 같은 안광에 흠칫 몸을 떨었다. 도저히 패배자의 눈빛이라 볼 수 없는 그런 강력한 안광이었다. 오히려 그는 지독한 전의(戰意)로 몸을 떨고 있었다. 생사결에 임하는 무인과도 같은 기도였다. 사방 벽에 새겨진 최근의 흔적들로 미루어 볼 때 이 어둠 속에서도 수련을 게을리하지 않은 것 같았다.

독방은 꽤 넓었다. 그렇기에 수련하는 데는 아무런 지장도 없었다. 그리고 아무도 수련을 방해하지도 않았다. 오히려 권장되는 편이었다. 이 빛조차 방문을 거부당한 지루한 암흑 속에서 소일거리가 무엇이 있겠는가. 자신의 몸과 마음을 단련하는 것뿐이었다.

아쉽다면 창법의 고수인 그가, 명색이 죄수인지라 무기를 보유하지 못한다는 점이었다.

"마천각의 군사께서 이 누추한 곳에는 웬일이십니까?"

두 사람은 서로 안면이 있는 처지였다.

"오랜만에 뵙는 것 같습니다. 구 대주!"

두 사람은 소속이 틀린 터라 지위 고하를 따지거나, 혹은 서열을 매기기가 애매했다. 그래서 지금 두 사람은 서로 상대에게 존대를 하고 있었다.

"대주라……. 오래간만에 듣는 호칭이로군요. 지금은 그저 일개 죄인일 뿐입니다."

"죄인이라니요! 곧 풀려날 근신일 뿐입니다."

치사한이 의례적인 위로의 말을 전했다.

"하지만 제가 죄인이라는 데는 변함이 없지요."

그의 말 속에는 약간의 자조가 섞여 있었다. 지금은 그 주제를 가지고 논쟁해 봤자 헛수고일 뿐이었다. 치사한은 자신이 여기까지 온 목적을 위해서라도 다른 곳으로 화제를 돌리고 싶었다.

"손에 든 그것은 무엇입니까?"

아무래도 젓가락 같기는 한데 지금은 식사 시간이 아닐뿐더러 그것은 짝 잃은 외기러기처럼 한짝뿐이었다. 구천학이 그 외젓가락을 들어 보였다.

"이것 말입니까?"

치사한은 고개를 끄덕였다. 젓가락 한짝 가지고 뭘 하려고 저토록 애지중지 품고 있는 것일까 궁금증이 유발되었던 것이다.

"제 창(槍)입니다."

구천학은 담담하게 대답했다.

"창이요?"

구천학이 고개를 끄덕였지만 치사한은 그의 말을 도저히 이해할 수 없었다.

"창이란 자루의 길이가 아홉 자가 넘고, 그 끝에 뾰족하고 날카로운 쇠붙이가 달려 있는 무기를 가리키는 것 아닙니까?"

치사한은 어리둥절한 표정으로 구천학의 얼굴과 그의 손에 들린, 그가 창이라 명명한 바로 그 문제의 젓가락을 번갈아 쳐다보았다.

"이것도 창입니다."

구천학은 힘주어 말하며 자신의 주장을 굽히지 않았다. 치사한은 자신이 마치 바보 취급을 당한 기분이었다.

"그런데 그…, 젓…, 아니 창이란 것은 왜?"

창이라는 말을 내뱉기 위해 그는 무진장 노력해야만 했다.

"창법을 배웠으니 창을 들어야 하지 않겠습니까? 하지만 이곳에는 제 애창이 없으니 이것으로라도 연마를 대신해야지요."

그 왜소한 나무젓가락이 그의 창 대용인 모양이다.

"그게 가능하단 말씀이시오?"

"물론입니다."

대답과 함께 구천학의 손가락이 한쪽 벽을 가리켰다. 그의 손가락 끝을 따라 걸어간 치사한은 코가 뭉개질 정도로 벽 가까이 얼굴을 붙이고, 눈알이 찢어질 정도로 두눈을 부릅뜨고 나서야 그것을 볼 수 있었다.

벽에는 개미집처럼 깨알만 한 구멍이 숭숭 뚫려 있었다. 그 수를 센다는 것은 불가능했다. 치사한은 갑자기 소름이 오싹 끼쳤다. 갑자기 눈앞에 가부좌를 틀고 앉아 있는 이자가 두렵게 느껴졌다.

'이런 열악한 환경 속에서 갇혀 지내는데도 불구하고 이자의 무공은 약해지기는커녕 더욱 강해졌구나. 절대 방심해서는 안 될 인물이다. 이런 자가 나중에 대업의 장애물이 되면 무척이나 일이 고달퍼지는 것은 불문가지(不問可知 : 묻지 않아도 알 수 있다), 정말 놀라운 자다.'

치사한의 마음속에 구천학에 대한 경계심이 싹텄다.

"이렇게 필사적으로 수련을 쌓는 이유가 무엇입니까?"

소일거리로는 절대 이 정도 수련을 쌓을 수가 없었다. 치사한은 구천학이 매우 필사적이라는 것을 느낄 수 있었다.

"반드시 내 손으로 쓰러뜨려야 할 자가 있습니다. 그자는 누구에게도 양보할 수 없습니다."

순간 구천학의 눈에서 번쩍이며 기광이 발해지더니 엄청난 전의가 그의 몸에서 폭사되어 나왔다. 그 치열한 기세에 치사한은 움찔했다.

'그럼 이런 무서운 자가 이끄는 그 강력한 철각비마대를 패퇴시킨 인물은 도대체 누구란 말인가? 구천학이 반드시 이겨야 한다고 말하는 자는 그자가 분명하다. 그렇다면 그자는 괴물이란 말인가? 어떻게든 그자의 정체를 알아내야 한다.'

치사한의 머릿속이 빠른 속도로 맹렬히 회전했다. 그가 다시 한 번 입을 열려고 한 바로 그 찰나였다.

"그럼, 이제 돌아가십시오."

갑작스런 축객령에 치사한은 당황했다.

"무…, 무슨 말씀이시오? 전 아직 아무것도 묻지 않았소이다, 구 대주."

이런 축객령은 예상치 못한 상황이었다.

"그날 일에 대해 물으러 오신 것이 아닙니까?"

그의 어조엔 씁쓸함이 배어 있었다.

"맞소이다!"

그것 말고 자신이 이런 곰팡내 풀풀 나는 곳에 올 이유가 무엇이 있겠는가! 치사한은 순순히 고개를 끄덕였다.

"그렇다면 할 말이 없습니다. 제 대답은 지금까지 했던 것과 마찬가지입니다."

의지견정한 묵비권 행사였다. 한눈에 척 보기에도 그는 자신의 의지를 꺾을 사람 같지는 않았다. 이 같은 자는 천하의 고집불통임이 분명했다. 그렇다면 강경 대응은 좋지 않았다. 이런 유형의 자는 휘어지기보다는 차라리 부러지기를 택하는 족속이었다.

치사한은 우회책을 써보기로 했다.

"구 대주, 이제 곧 화산규약지회가 얼마 남지 않았음을 아십니까?"

"물론입니다."

"그것이 우리 흑천맹과 마천각, 그리고 나아가 전 흑도에 얼마만큼 중요한 비중을 차지하는 일인지도 잘 알고 계시겠군요."

구천학은 긍정의 표시로 다시 한 번 고개를 끄덕였다. 그는 지극히 정상이었다. 그 중요함을 모르는 사람이 오히려 현 강호에서는 비·정·상인 것이다.

"에취!"

그때 저 멀리 위치한 파양호의 호숫가에서 재채기를 하는 사람이 한 명 있었다. 그의 너무 긴 검은 앞머리가 찰랑이며 코를 간질였기 때문이다.

치사한이 빙그레 웃으며 다시 말을 이었다.

"그렇다면 그런 중대차한 일이 곧 다가오는데 뭔가 변수가 있다면 알아야 하지 않겠습니까? 만일 아무런 대책도 없이 의외의 상황에 맞닥뜨린다면 사람들이 얼마나 당황하겠습니까. 그리고 그 당황은 결코 우리 흑도에 유리하게 적용되지 않을 것입니다. 그것이 원인이 되어 우리 흑도가 만일 저 백도 놈들에게 패배라도 한다면……. 물론 그런 일이 일어나서는 안 되겠지만, 만에 하나 일어날지도 모른다는 가정을 하면 정말 떠올리기조차 끔찍스런 악몽일 겁니다."

지금 당신의 대책 없는 침묵이 우리 흑도 전체에 심각한 타격을 줄 수 있는 이적 행위이며, 그것은 조직에 대한 배신일 수 있으니 알아서 처신하라는 뜻의 완곡한 우회적 표현이었다. 치사한이 다시 한 번 구천학의 얼굴을 쳐다보았지만 그가 그의 말에 숨은 의미를 알아챘는지의 여부는 알 수가 없었다.

"만일 내가 겪은 게 꿈이 아니라면 그 어떠한 대책도 무용지물일지 모릅니다."

그의 대답은 단호했다. 저 정도의 남자가 환상으로 치부하고 싶은 일이란 도대체 무엇일까? 치사한은 도무지 짐작조차 할 수 없었다. 그렇기 때문에 더 불안하기도 했다. 그만큼 그 변수의 영향력이 크다는 것을 의미하기 때문이다.

"제가 해줄 수 있는 말은 단 한마디뿐입니다."

"그것이 무엇입니까?"

치사한의 귀가 쫑긋 세워졌다. 단 한마디도 놓치지 않겠다는 의지가 역력했다.

"눈을 가릴 정도로 긴 앞머리의 소년을 조심하시오. 그를……."

푸드득!

'도대체 긴 앞머리의 소년이 위험과 무슨 상관이란 말인가?'

수수께끼 같은 구천학의 마지막 말을 곰곰이 곱씹어보던 치사한의 상념은 전서응의 도착을 알리는 날갯짓 소리와 함께 끊기고 말았다. 비합전서를 담당하는 통전당을 거치지 않고 자신 앞으로 직접 도착한 밀서였다. 매의 다리에 매달린 통에서 전서를 꺼내 펼쳐본 치사한은 즉시 자리에서 일어났다.

"연락이 왔습니까?"

차갑고 냉정한 시선이 치사한을 향했다.

"예! 지금 적혈(赤血)로부터 전서가 도착했습니다."

"내용은?"

"드디어 사슴과 접촉했다고 합니다. 지금부터 은밀히 추적을 개시한다 합니다."

대공자는 묵묵히 고개를 끄덕였다.

"그리고 추후 지시를 요청해 왔습니다."

"작전 2단계를 실시하도록 하시오. 일단 실력을 한번 보지요."

"존명!"

시를 읊다!

요즘 들어 보이는 비류연의 놀라운 변화는
그도 고민이라는 섬세한 사고 활동을 할 수 있다는 점을
보여주고 있다는 점이었다.

원래 비류연은 고민이란 걸 알지 못했다. 일부러 심각하게 세상을 살아가는 방법을 그는 배우지 못했던 것이다. 그러나 그런 그도 요즘은 고민이 하나 생겼다. 그것은 의혹이기도 했다.

'또!'

비류연은 이런 상황이 지금까지 도대체 몇 번째인지 셀 수조차 없다는 사실에 곤혹스러움을 금할 수 없었다. 도대체 왜 저러는 걸까 고민해 봤지만 뾰족한 해답은 떠오르지 않았다. 하기야 해답이 있는 고민이 이 세상에 존재할 리가 있겠는가! 고민은 해답을 찾아가는 문제풀이의 과정에서 발생하는 정신적 부산물이라 할 수 있었다. 해답이 생기면 자연히 그 고민도 따라서 해소될 것이다.

일행이 천무학관을 떠난 이후 화산까지 가는 행로에서 나예린은

자꾸만 자신과 시선이 마주치는 것을 피하고 있었다. 그것이 한두 번이면 우연으로 치부할 수 있겠으나 이미 수십 번은 족히 되는 것 같았다. 고의적인 행동임이 분명했다.

비류연을 고민스럽게 하는 것은 바로 '왜?' 라는 의문이었다. 왠지 자꾸만 나예린은 자신과의 거리감을 형성시키려는 것 같았다. 왜 자신을 피하려고 노력하는 걸까? 그녀의 행동은 처음 만났던 그때의 차가운 모습과는 거리가 멀었다. 그렇다고 환마동 안에서의 부드러웠던 그 모습과도 또 틀렸다. 그러나 그것이 무엇인지는 그로서도 꼭 짚어 말할 수가 없었다.

비류연은 해답을 얻기 위해 우회 작전을 펼치는 성격이 아니었다. 그러나 정면 돌파를 하자니 주위의 방해와 장애물이 너무 많았다. 환마동(幻魔洞)을 탈출한 이후 자신을 바라보는 독고령의 눈에 더욱더 경계의 빛이 강화되었던 것이다. 아무래도 자신을 역귀(疫鬼 : 병을 옮기는 귀신) 취급하는 것 같았다.

그러나 그 정도 장애에 굴복할 비류연은 아니었다. 어쩌면 약간의 장애가 있는 편이 좀더 연애가 극적일 거라고 편하게 생각하고 있는 건지도 모른다. 물론 이 정도로 다양한 장애가 많은 연애도 세상에서 드물 테지만 말이다.

'빙백봉 나예린님은 우리 모든 남자들의 우상! 그분이 어느 한 남자의 여인이 된다는 것은 언어도단(言語道斷)! 천리거역(天理拒逆)!' 이라고 외치는 남자들이 한둘이 아니기 때문이다. 우선 세상 남자의 반 정도가 적으로 포진해 있는 것이나 마찬가지였다. 그것도 일단 흑도의 남자들과 몇몇 드물게 존재하는 동성 취향의 남자를 빼고 나온 계산이었다.

쾌나 위험천만하고 다사다난한 연애 환경이라 할 수 있었다.

비류연은 손익을 계산하는 재주는 뛰어났지만, 아름답고 유려한 문장으로 장문의 시를 써서 그 문장과 운율로 여자의 마음을 사로잡는 법은 알지 못했다. 그것은 만능을 자부하는 그로써도 건드릴 수 없으며, 건드리고 싶지도, 또 관여하고 싶지도 않은 영역이었다.

그렇기 때문에 갑자기 자신에게 냉막해진 마치 찬 바람이 혹한의 겨울 삭풍처럼 부는 나예린에게 어떻게 말을 걸어야 할지 고민할 수밖에 없었다.

"차라리 만 명의 적과 싸우는 게 낫지……. 젠장, 정말 못할 짓이로군!"

비류연은 입을 삐죽 내밀며 진심으로 하늘을 원망하며 투덜거렸다. 나예린은 3장도 되지 않는 거리에 있었지만 마음의 거리는 천 장도 넘게 떨어진 듯한 거리감이 느껴졌다. 아마 시기로 따지면 자신이 그녀의 아버지에게 불려가 일대일 회담(?)을 가진 이후가 분명했다.

과연 그녀는 이 사실을 인식하고 있을까? 비류연은 무척이나 그 사실이 궁금했지만 굳이 알아보지는 않기로 결정했다. 그것이 현명할 것이 분명했고, 정신 건강에도 득이 될 일임은 두말할 것도 없을 것이다.

"…역시 모르겠다."

비류연은 가뿐하게 포기하기로 했다. 풀리지 않는, 게다가 준비된 해법도, 해답도, 정론도, 만병통치약도, 공식도 없는 일에 목숨 걸고 답을 찾으려 한다는 것은 그 자체가 시간 낭비, 즉 돈 낭비라는 이야기였다.

"궁상아!"

비류연이 조용히 남궁상을 불렀다. 일행은 지금 천무학관이 자리한 남창(南昌)이 위치한 강서성(江西省)과 무당산(武當山)이 자리한 호북성(湖北省)의 경계에 위치한 구궁산(九宮山)을 넘고 있는 중이었다.

"예, 대사형!"

"여인의 마음을 사로잡으려면 어떻게 해야 된다고 생각하느냐?"

비류연의 갑작스런 질문에 남궁상은 당황하고 말았다. 그쪽은 그로서도 미개척 영역이었던 것이다.

"글쎄요? 역시 아름다운 언어의 선율로 여인의 마음을 사로잡는 게 최고가 아닐까요?"

"말발 말이냐?"

말발로 누군가에게 밀린다고 생각한 적은 단 한 번도 없는 비류연이었다. '논리에 뒤지는 자는 완전한 승리를 잡을 수 없다! 고로 말발이 세야 한다!' 어릴 적부터 귀에 못이 박히게 들은 사부의 가르침이었다. 그 어떤 일이라도 말발에서 밀린다면 승리하기가 힘들다고 사부는 생각했다. 말싸움에서 밀리면 그 싸움의 유리한 고지를 상대에게 넘겨주는 꼴이 된다. 그렇게 되면 시종일관 불리한 싸움을 할 수밖에 없게 된다. 논리로 상대를 납득시키지 못한다면 그것은 진정한 승리라 장담하기가 힘들다. 그러나 언쟁에서 이기는 사람이 승리자라고 해도 목소리 큰 사람이 언쟁에서 이기는 건 아니다.

물론 세상에는 논리가 안 통하고 주먹이 통하는 놈들이 부지기수다. 그리고 말로 안 될 때, 자신이 말로 불리하다 느낄 때, 인간은 때

때로 폭력을 도구로 사용한다. 그때는 어쩔 수 없이 주먹으로 화답할 수밖에 없다. 그러나 지금 남궁상이 말하는 분야는 당연히 그런 쪽이 아니었다. 아무래도 비류연은 뭔가 잘못 생각하고 있는 모양이다.

"저…, 그게 아니라 시(詩) 같은 거 말입니다."

"시?"

말꼬리가 길게 하늘 높이 올라갔다. 비류연의 표정이 묘하게 변했다. 순간 남궁상의 가슴이 철렁했다.

"너 아무래도 연애소설을 너무 많이 읽은 모양이구나!"

'여인의 마음을 사로잡는 건 바로 얼굴과 돈입니다'라고 말했어도 이처럼 기묘한 표정을 짓지는 않았을 것이다. 비류연은 갑자기 남궁 상의 머리를 쓰다듬어주고 싶었다.

'순진한 놈!'

사실 왜 순진하다고 불러야 하는지는 비류연도 몰랐다. 어릴 적에 철화장 고 노대가 그렇게 하는 것을 보고 그도 따라한 것뿐이었다.

"그렇게 말하는 걸 보니 시에 일가견이 있는 모양이구나. 그럼 네가 한번 시를 지어봐라!"

비류연이 남궁상에게 명령했다. 불복종은 용납되지 않는 군율에 버금가는 강력한 명령이었다.

"제…, 제가요?"

이건 예상치 못한 사건 전개였다. 남궁상은 순간 당황했다. 물론 배우긴 배웠다. 무림 팔대 세가의 하나인 남궁 세가 정도 되면 무공 뿐만 아니라 어느 정도 시(詩), 서(書), 예(藝), 화(畵) 등의 교양에도 신 경을 쓰기 때문에 기초는 어릴 적에 뗐다. 그러나 시란 것은 언어를 분해, 나열, 조합하여 운과 율을 맞추어야 했기 때문에 조금 배웠다고 다 되는 게 아니었던 것이다.

그리고 남궁상은 양심에 비추어볼 때 이 시 부문에 있어 좋은 학생이었다고는 결코 말하기 어려웠다.

"그래! 넌 번듯한 정인도 있잖아! 뭘 그렇게 화들짝 놀래?"

"저…, 정인은요…. 아직 정식으로 혼약한 관계도……."

남궁상이 얼굴을 붉히며 모기만 한 목소리로 대답했다.

"얼씨구. 너 그러다가 누군가에게 뺏겨도 난 책임 안 진다."

"그…, 그런 매정한 말씀을……."

금방 남궁상의 울상이 되었다. 무공은 점점 강해져 감에도 불구하고 그의 소심함은 여전한 모양이었다.

"어쨌든 여인의 마음을 사로잡으려면 아름다운 시를 써야 한다며?"

"네……."

남궁상의 대답은 모기 소리만큼 작아져 있었다.

"그러니깐 네가 한번 지어보라구."

"그…, 그러니깐……. 제가 말이죠?"

남궁상은 손가락으로 자신의 얼굴을 가리켰다. 남궁상의 사부이자 대사형이라는 복잡한 신분의 소유자는 고개를 끄덕였다.

"여기 너 말고 또 누가 있는 건 아니잖아?"

아무래도 더 이상 도망갈 데는 없는 모양이었다. 잠시 숨을 가다듬은 남궁상이 이내 시를 한 수 읊었다. 그로서는 대단한 용기를 짜낸 일이었다. 그러나 용기만으로 모든 결과가 좋아지는 것은 아니었다.

"당신은 나의 태양!

아아, 당신이 없는 세상은

아침이 돌아오지 않는

영원한 밤이어라!"

시상을 떠올리고 감정을 잡기 위해 눈을 감은 채 온갖 자세를 잡으며 남궁상은 시를 읊었다. 그러나 눈을 감고 있었기에 그는 비류연의 얼굴이 기묘하게 일그러지는 것을 알아채지 못했다. 한참의 시간을 소비하며 시 낭송을 마친 남궁상이 눈을 빼꼼 뜨고 비류연의 눈치를 살폈다. 비류연은 그저 씨익 하고 웃어줬다.

씨익! 그 미소 안에 담긴 불길함을 느꼈지만 남궁상은 덩달아 같이 웃었다.

"너가 한번 해보라고."

"네? 제…, 제가요? 제가 어떻게 감히 나예린 소저에게……. 저 령매에게 맞아 죽습니다. 그것만은 제발! 대사형! 선처를!"

남궁상은 금세 울상이 되어 울부짖었다. 그는 정말 다급해하고 있었다. 아니, 다급하다기보다는 무엇인가를 엄청나게 두려워하고 있었다.

'쯧쯧, 너의 앞날이 훤하다. 훤해!'

아마 사상 초유의 공처가라 불리울 남궁상의 먼 미래상이 그의 머릿속에 선명하게 떠올랐다. 아무리 머리를 굴려봐도 또 다른 남궁상의 미래는 상상조차 되지 않았다.

딱!

"악!"

남궁상이 찔끔하며 머리를 감싸쥐었다.

"쯧쯧, 이런 못난 놈! 누가 예린에게 시를 읊으래? 너가 지은 시니네 정인한테 읊어야지! 왜 남의 걸 넘봐?"

비류연은 혀를 차며 주먹을 들어 으르렁 거렸다.

"려…, 령매에게요?"

비류연이 고개를 힘차게 끄덕였다. 남궁상은 그 자리에 못 박힌 듯이 서 있었다.

"왜, 자신 없어?"

"아니…, 그런 건 아니지만……."

"그럼 얼른 가서 해! 실시!"

비류연의 힘찬 구령에 남궁상은 하는 수 없이 내키지 않는 발걸음을 내디뎠다. 비류연은 관객처럼 묵묵히 남궁상의 허둥지둥을 관찰했다. 남궁상은 발이 천 근이라도 되는 양 무거운 발걸음을 내딛고 있었다. 저러다 어느 천년에 사랑하는 님에게 도착할 수 있을지 기약조차 할 수 없을 것만 같은 그런 모습이었다.

저 멀리 서 있는 진령에게로 식은땀을 삐질삐질 흘리며 다가가는 모습이 좀 애처로워 보이기도 했다. 그러나 이제 와서 자비를 베풀 마음은 없었다. 애초에 진척이 느린 연애 미숙아 궁상, 자신의 탓이었다.

마침내 남궁상과 진령이 조우했다. 그가 뭐라고 말을 건네는 모습이 눈에 들어왔다. 진령이 고개를 끄덕인다. 아무래도 승낙의 표시인 모양이다.

드디어 결전의 순간!

남궁상은 드디어 자신이 지은 시라고 하기에는 차마 부끄러운 낱말의 조합을 혀를 이용해 힘껏 내던졌다. 그의 심리적 당황스러움이 멀리서도 역력히 느껴졌다. 은은한 미소를 지으며 조용히 눈을 감고 시를 감상하던 진령의 얼굴이 갑자기 차갑게 굳어졌다. 이미 은은했던 미소는 그 자취를 감추고 없었다. 그리고는 그녀의 눈썹 사이가 한번 접혔다.

"퍽!"

순간 진령의 팔꿈치가 남궁상의 복부를 눈부신 속도로 가격했다. 그 속도는 불견불흔(不見不痕)할 정도로 빨라 주위 사람들은 남궁상이 왜 갑자기 배를 움켜잡고 허리를 반으로 접었는지 이해하지 못했다.

"저런!"

비류연이 탄성을 토했다.

"저런 때는 머리통을 쥐어박았어야지."

비류연은 나름대로 두근두근거리는 마음으로 이격을 기다렸지만 아쉽게도 이격은 없었다. 아직 정나미는 탈착되지 않고 아직까지 붙어있는 모양이었다. 이때 그의 머릿속에 떠오른 말은 단 하나뿐이었다.

'인과응보(因果應報)!'

이제 더 이상 비류연의 관심은 남궁상과 진령에게 쏠려 있지 않았다. 그는 다시 자신만의 정신 세계로 침잠해 들어갔다.

"쯧쯧쯧, 궁상아, 궁상아! 그런 가식적인 거짓된 언어보다는 차라리 진심이 담긴 말 한마디가 더 효과적이겠다."

묘한 데서 핵심을 찌르는 비류연이었다. 사실 남궁상의 새우접기는 이미 예정된 수순이었다. 비류연은 이래봬도 금을 배운 몸이었다. 음율과 시는 일맥상통하는 면이 있어 제대로 격식에 맞게 짓지는 못해도 듣고 느낄 수는 있었다.

그런 어설픈 말 몇 마디로 여성의 마음을 움직일 수는 없었다. 그게 가능하다고 생각하는 것은 너무 여성을 바보 취급 하는 행위가 아닌가 싶다. 그러나 세상에는 아직도 미련을 버리지 못하고 이 일에 도전하는 남자들이 많이 있다. 그리고 간혹 다수의 성공 사례가 보고되고 있는 것 같다. 안타까운 현실이다.

그의 시선이 다시 나예린에게로 향했다. 순간 우연의 일치인지 두 사람의 시선이 마주쳤다. 그러자 또다시 아무런 이유도 없이 나예린의 고개가 다른 쪽으로 급하게 휙 돌아갔다.

'이게 사람들이 소위 말하는 외면이라는 것인가? 흐흠…….'

왜 자신과 마주칠 때마다 그녀는 저토록 당황해하는 걸까? 비류연은 조금 골치가 아파왔다. 그와 그녀 사이는 그날 이후 일정 거리 이상 좁혀지지 않았다. 자꾸만 그녀가 자신을 피하는 게 눈에 확연했다.

왜? 지금 비류연이 궁금한 건 그것뿐이었다. 그러나 그 이유란 물건이 오리무중인 채 행방이 묘연했다. 그가 아는 거라고는 그녀의 행동이 갑작스럽고 돌연하고 느닷없다는 것뿐이었다.

'하긴, 뭐 언제는 좋았었나…….'

이 정도로 낙담하면 그 사람은 비류연이 아니었다.

"령매……!"

저 멀리서 복부를 가격당한 궁상이 배를 움켜잡은 채 삐져서 앞으로 빠르게 걸어가는 진령의 뒤를 열심히 쫓고 있었다. 그러나 남궁상의 절규에 가까운 부름에도 진령은 발걸음을 멈추지 않았다. 오히려 더 빨라지기만 할 뿐, 그녀는 뒤도 한번 돌아보지 않았다.

비류연의 옛날이야기
- 청혼(請婚)

비류연을 포함한 천무학관 대표단 일행은
구궁산(九宮山)의 유일하게 나 있는 산길을 따라 걷고 있었다.
누구든 구궁산을 넘으려면 이 길을 지나갈 수밖에 없었다.

다른 길은 아예 존재하지도 않았다.

산길을 걷고 있으니 그들은 당연히 산을 올라가고 있는 중이었다. 물론 내려올 수도 있지만 점차 위쪽의 구름이 가까이 다가오는 것으로 보아 등정(登頂)하고 있음이 확실했다.

산의 특성상 높이 올라가면 올라갈수록 길은 험해지고 녹음은 더욱더 푸르게 우거지고 있었다. 거의 십 장에 가까운 나무들이 길의 사방을 에워쌌다.

보통 이런 외길 험한 곳에는 지리적인 이점을 이용해 통칭 '영업'을 하는 자들이 항상 있게 마련이다. 이런 천혜의 지리적 요건을 그냥 방치해 놔둔다는 것은 그들로서는 범죄에 해당하는 일이었다. 비류연은 손톱에 이물질이라도 들어갔는지 손톱 사이를 일일이 다듬고 있었다. 무척이나 한가롭고 태평스러워 보이는 모습이었다. 그러다 뭔가 생각난 듯 나직한 목소리로 궁상을 불렀다.

"궁상!"

"예! 대사형!"

화들짝 놀라 대답하면서도 뚜렷한 이유는 없지만 남궁상은 이럴때가 제일 불안했다.

'내가 혹시 또 뭔가 실수한 거 아닌가?' 라고 속으로 스스로 자진 반문해 보지만 별다른 소득은 없었다. 자신은 일단 결백했다. 그런데도 불구하고 왠지 알 수 없는 불안감이 그의 심장을 옥죄어왔다. 이제 이것도 병이었다.

"심심하지? 내가 재미있는 이야기 하나 해줄까?"

"이, 이야기요?"

마른하늘에 날벼락이 떨어져도 이토록 의아스럽지는 않았을 것이다. 남궁상은 비류연의 뜻밖의 말에 당황하고 말았다. 비류연이 자상한 미소를 지으며 고개를 끄덕였다.

"그래, 아주 재미있을 뿐만 아니라 굉장한 교훈이 되기도 하지. 아마 들어두면 두고두고 도움이 될 거야."

애초에 남궁상의 거부권 따위는 이 세상에 존재하지 않았다. 비류연은 자신의 손톱 다듬기에 전념하며 이야기 하나를 시작했다.

"아주 옛날 옛적, 호랑이 담배 피던 시절에 굉장히 말을 안 듣는 열여섯 명의 개구쟁이 학생들이 어떤 선생님을 찾아왔대. 그런데 개구쟁이들이라서 그런지, 아니면 철이 없어서 그런지 그들 열여섯 명은 선생님의 말을 잘 듣는 학생들이 아니었지. 게다가 가진 거라고는 쥐

뽈도 없으면서 — 실력이라도 있었으면 선생님이 그렇게까지 학생들을 한심스럽게 보지는 않았을 거야 — 자신들이 대단한 사람이라도 되는 양 뻐기기까지 했대. 참 한심스럽기 짝이 없었지만 그래도, 그럼에도 불구하고 선생님은 그런 학생들이 귀여웠대. 그래서 내 한 몸 희생해서라도 학생들을 훌륭한 사람으로 만들어야겠다고 굳게 결심했지."

"네에……."

조용히 듣고 있던 남궁상은 고개를 갸웃거려야만 했다. 왠지 어디선가 많이 듣던 이야기 같았다. 그리고 계속 듣고 있으려니 왠지 남의 이야기 같지가 않았던 것이다. 그런 남궁상에게 아랑곳하지 않고 비류연은 이야기를 계속했다. 마치 손자에게 옛날이야기를 해주는 할아버지처럼.

"그러나 이 열여섯 명의 학생들은 애석하게도 아주 반항스러웠대. 선생님의 가르침을 묵묵히 받아들일 만큼 인간적으로 성숙하지 못했던 거지. 스승의 하해와 같은 마음도 몰라주고, 이 어리석은 학생들은 마침내 반기를 들고야 말았지. 게다가 아주 조직적인 반항까지 시도했다고 하더군. 쯧쯧, 배움이 힘든 게 당연한 거 아니냐?"

"무, 물론입니다."

괴이하게 일그러진 표정으로 남궁상이 대답했다. 그는 비류연이 뿜어내는 무형의 압박과 그로 인한 거북감에 괴로워하고 있었다.

"그러나 학생들에게는 인내심이 참으로 부족했지. 고난과 시련을 넘어 강해질 준비가 되어 있지 않았던 거야. 한마디로 기본이 안 돼 있었던 거지. 그래도 훌륭한 이 선생님은 학생들을 포기하지 않았지.

그의 눈에는 학생들이 쥐꼬리만큼이지만 아주 쬐끔 아직은 가망성이 있다는 걸 알았거든. 참 훌륭하신 분이야, 그치? 선생님은 학생들이 가장 짧은 시간 안에 강해지기를 바랬어. 자신의 학생이 약하다는 사실을 그는 도저히 용납할 수 없었거든. 그래서 최단의 방법으로 강해지는 길을 학생들에게 가르쳐주었지. 그리고 성심성의껏 지도했어. 그러나 학생들은 여전히 바보 같았어. 이런 선생님의 눈물겨운 노력에도 불구하고 학생들은 알짜배기는 안 가르쳐주고 허드렛일만 시킨다고 선생님에게 쌍수를 들고 반항했대. 참 몹쓸 놈들이야. 어라? 근데 너 표정이 왜 그러냐?"

"아, 아무것도 아닙니다."

소태 씹은 표정으로 식은땀을 흘리던 남궁상은 당황해서 결국 말을 더듬고야 말았다.

"그래서 어떻게 됐을 것 같아?"

톡톡!

비류연은 여전히 한가롭게 손톱을 다듬기에 열중하며 물었다.

"뭐가 말입니까?"

"학생들의 운명 말이야!"

"자, 잘 모르겠습니다."

그는 자신이 혹시 그 이야기의 결말을 아주 잘 알고 있을지도 모른다는 생각이 문득 들었다. 그러나 그는 곧 더 이상 생각하는 것을 중단하고 말았다. 이 이상 더 깊이 파고들었다가는 엄청나게 비참한 마음이 들 것 같은 느낌이 들었던 것이다.

"선생님은 '매가 만병통치약이다' 라는 케케묵은 옛 격언을 아직도 기억하고 있는 사람이었대. 선생님에게는 선택의 여지가 없었지. 그래서 선생님은 그것으로 위엄을 보일 수밖에 없었어. 본질적인 인간 개조 없이는 미래도 없다고 생각한 것이지. 그 선생님은 제자의 앞날을 망치는 스승이 되고 싶지 않았던 것이야."

비류연의 말을 가만히 듣고 있던 남궁상이 황급히 입을 열었다.

"다른 방법도 있지 않았을까요? 위엄을 보이는 방법 중에는 꼭 매만 있는 게 아니지 않습니까? 평화적이고 비폭력적인 충분히 다른 방법이 있었을 텐데요?"

비류연은 잠시 못마땅하다는듯 남궁상을 바라보다 계속 말을 이었다.

"그러기엔 너무나 시간이 촉박했지. 게다가 학생들이 감히 천인공노하게도 역적모의의 반란 기운까지 조성하니 선생님으로서는 선택의 여지가 따로 없었던 거야. 그들은 자신들이 배우고 있으면서도 배운다는 걸 못 느꼈대. 자신들이 엄청나게 강해지고 있다는 걸 전혀 눈치 채지 못했지. 그러니 그런 실수를 한 것이고……. 알겠어?"

"네에……."

식은땀이 송골송골 맺혀 있는 남궁상의 얼굴은 피가 땅으로 모조리 빨려 들어가기라도 한 듯 창백하게 탈색되어 있었다.

'이, 이야기는…….'

갑자기 아미산에서의 그 지옥 같던 생활이 남궁상의 뇌리에 선명하게 떠올랐다. 그 뜨거웠던 여름, 지옥 같은 열기, 자욱한 먼지, 흥건한 땀, 그리고…….

그의 상념을 깨뜨리며 비류연의 이야기는 계속되었다.

"선생님은 뭔가 방법을 생각해야 했지. 이대로 불만의 화재가 계속

번지면 나중에 진압하기가 곤란할 거란 사실을 그는 잘 알고 있었거든. 선생님의 여리디여린 마음은 더 이상 제자들이 나쁜 길로 빠져드는 참혹한 꼴을 볼 수가 없었지……."

이야기를 들으며 천변만화하는 남궁상의 표정은 아랑곳하지 않고 비류연의 말은 계속되고 있었다. 그러나 '여리디여린 마음'이란 대목이 나왔을 때 그가 취한 형이상학적인 안면 근육 운동은 정말 가관이었다.

"그래서 선생님은 본보기가 필요했지. 본·보·기 말이야! 때마침 그 본보기는 평소에 지은 죄가 아주 많았지. 그 아이는 평소에도 입 놀리기를 멈추면 무슨 큰 죄를 짓는 거라고 생각하는 아이였대. 물론 그 아이의 입에서는 쉴새없이 선생님에 대한 불평불만이 터져 나왔다고 하더군. 주위의 동조에 고무된 그 아이는 기어코 하늘 같은 스승 앞에서 불평불만을 털어놓았대. 딱 걸린 거지! 그 아이는 대중 선도의 제물이 되고 말았지. 선생님은 모두의 불평불만과 반항심이 새하얀 재가 되어 사라질 때까지 그 아이를 팼대. 선생님으로서는 물론 가슴이 아팠지만 선택의 여지가 없었던 거야. 그의 병아리들은 진정한 공포란 걸 그때까지 모르고 살았었거든. 선생님은 제자들의 부족한 부분을 채워줄 필요성이 있었던 거야. 그 학생은 자신의 희생으로 나머지 열다섯 명의 친구들이 계몽 선도 되었으니 아마 후회는 없었을 거야. 그 일이 있은 후 그 열여섯 명의 아이들은 참으로 착한 학생들이 되었다고 하더군. 그래서 자애로운 선생님도 가르치기가 무척이나 편했대. 학생은 열심히 배우고 선생님은 열심히 가르치는 아름다운 면학 분위기가 조성된 것이지. 어때, 내 이야기가 재미있었나?"

"무, 물론입니다."

그러나 대답과는 다르게 남궁상의 등은 이미 식은땀으로 축축하게 절어 있었다. 그의 얼굴은 백지로 도배라도 한 것처럼 창백했다. 아마 남궁상은 오늘 들은 이야기를 평생 잊지 못할 것만 같았다. 이런 공포스런 괴담을 어떻게 기억 속에서 없앨 수 있겠는가!

"아참, 이 이야기에는 짧은 속편이 하나 더 있어! 일종의 외전 격인 이야기지."

이제야 생각났다는 듯 비류연은 손뼉을 쳤다.

"그, 그게 뭐죠?"

왜 이리도 마음이 불안한 것일까? 남궁상은 심장이 으깨질 듯한 느낌이었다.

"그 선생님에게는 열여섯 학생들보다 먼저 거둬들인 제자가 한 명 있었대. 즉 그 열여섯 명의 학생들에게는 대사형이 되는 그런 존재였지. 아주 훌륭한 사람이라고 하더군."

남궁상의 얼굴이 다시 한 번 핼쑥하게 변했지만 비류연은 전혀 신경 쓰지 않았다.

"어느 날 하루, 문득 대사형은 자신의 사제들을 만나고 싶다고 생각했대. 그래서 길을 떠나기로 결심했지."

'결심하지 않아도 됐었는데……'

남궁상은 자신의 바람을 생각만 했지 결코 입 밖으로 발설하는 우둔한 짓을 저지르지 않았다. 그동안 비류연에게 착실하게 훈련을 받아온 결과의 산물이었다.

"선생님은 사제들을 찾아 떠나는 대사형을 만나 간곡히 당부했대.

만약 너의 사제들이 말을 안 듣고 반항적이라면 옛날에 사부가 행한 대로 그대로 행하라고 말이야."

순간적으로 남궁상은 온몸에 오한이 든 듯 서늘한 공포가 전신을 휘감아 나가는 것을 느꼈다.

"그, 그렇군요."

"어라? 너 감기라도 걸렸냐? 왜 그렇게 몸을 떨어?"

"아, 아닙니다. 괜찮습니다. 계속하십시오!"

대답하는 남궁상의 이빨이 따닥따닥 떨리며 계속 부딪쳤다.

"그래? 그리고 선생님의 예언은 안타깝게도 들어맞고 말았지. 대사형과 사제들이 상봉(相逢)하는 감격스런 장면에서 사제들은 처음 만난 대사형을 공경할 줄 몰랐던 거야. 기껏 몇 년 먼저 태어난 것 가지고 유세를 떤 거지. 이 세계에서는 사형이 하늘이라는 사실을 인지 못 했던 거야. 그때 대사형은 강호에 만연한 존경심의 부재에 대해 깊은 회의(懷疑)를 느끼고 무척이나 가슴이 아팠을 거야."

남궁상은 안타까운 마음에 부르짖듯 입을 열었다.

"그, 그럴 리가 있겠습니까? 분명 그 사제들은 대사형을 엄청나게 공경했을 겁니다. 설마 이 세상에 하늘 같은 대사형을 무시하는 그런 개망나니 사제들이 있겠습니까? 대사형이 잠시 착각한 것일 겁니다. 아마 약간의 착오가 있었던 것이겠죠."

"그럴까?"

난 아무것도 모르니 네가 대신 대답해 보라는 어조였다.

"물론입죠."

"정말로?"

"그럼요."

확고부동한 의지를 담은 고개 끄덕임이 행해졌다. 마치 여기서 밀리면 금방이라도 죽을 것만 같은 절박함이 그 목소리에는 잔뜩 묻어 있었다.

"흐흠……."

확고한 남궁상의 대답에도 아직 비류연의 얼굴에는 미심쩍음이 완전히 사라지지 않고 고스란히 남아 있었다.

"아마 그 사제들은 분명 대사형에게 무한한 존경심을 품었을 겁니다.

남궁상은 다시 한 번 강력하게 자신의 의견을 피력하며 밀고 나갔다.

"그런가? 뭐 그렇다면 일단 그렇다고 해두지."

아직 미심쩍은 부분이 남아 있긴 하지만 덮어주겠다는 뜻이었다. 남궁상은 내심 안도의 한숨을 내쉬었다.

"아마 사제들은 너무 감격스러웠던 나머지 당황했던 것이겠죠. 영구히 그렇다고 해도 괜찮습니다."

"그럼 일단 내 착각, 아니 그 대사형의 착각이라고 해두지."

그제야 남궁상은 오늘 밤 두 다리 쭈욱 뻗고 잘 수 있을 것 같았다.

"어쨌든 그래서 그 대사형도 스승이 가르쳐준 대로 했대. 그런데 신기하게도 스승의 가르침은 정말 잘 들어맞았다고 하더군. 그래서 그는 다시 예전에 스승이 그랬던 것처럼 편안해질 수 있었대. 그 후 대사형은 사제들이 참 말을 잘 들어서 행복했다고 하더군."

남궁상은 사형 집행장에서 사면이라도 받은 죄수의 심정과도 같은 안도감을 느끼며 열심히 삶을 위한 입 놀리기를 계속했다.

"그것 참 다행이군요. 사제들이 존경하는 대사형의 심기를 더 이상

어지럽히지 않아도 되었으니까요."

"물론이지. 그건 대사형이 아니라 사제들한테 더없는 행운이었지."

톡톡!

비류연은 여전히 남궁상을 쳐다보지도 않고 손톱만 열심히 다듬고 있었다. 지금 그에게 있어 이 세상에서 가장 중요한 일은 자신의 손톱을 다듬는 일인 모양이었다.

"……."

남궁상은 잠시 뭐라 대꾸할 말이 없었다.

"그 이유가 뭔지 알아?"

무심한 어조로 비류연이 물었다.

"자, 잘 모르겠습니다. 하교해 주십시오."

잘은 모르겠는데도 불구하고 그의 등에 소름이 돋고 있었다. 병에 걸린 것도 아닌데 참으로 기이한 현상이었다.

"후후…, 그건 말이야. 거기서 사제들이 더 이상 기어올랐으면 어떤 참혹한 일이 벌어졌을지 대사형 자신도 보장할 수 없었거든. 그래서 그들이 행운이라는 거야."

툭!

남궁상의 이마에 맺힌 식은땀이 그의 볼을 타고 턱을 지나 땅에 떨어졌다.

툭툭툭!

이윽고 그의 이마에 맺혀 있던 이슬 같은 땀방울이 비가 되어 바닥에 떨어졌다. 그의 등도 온통 땀에 절어 있었다.

"그래서 이 이야기에서 전하고자 하는 교훈을 알겠느냐?"

"물론입니다. 그러니깐 하늘 같은 사부님과 대사형을 극진히 잘 모시라는……."

딱!

그 순간 남궁상의 머리통 위에 알밤이 작렬했다. 비류연은 딱하다는 시선으로 남궁상을 쳐다보았다.

"넌 언제부터 그렇게 둔해졌냐?"

"네?"

남궁상은 억울할 뿐이었다.

"물론 네 말도 맞지만 또 다른 교훈이 있지. 그걸 놓치면 안 돼. 특히나 이런 시기에는 더욱더! 이야기가 주는 교훈이 하나뿐이라고 단순하게 생각하지 마, 단순하게! 넌 이런 상황을 보고도 내 이야기가 주는 교훈을 모르겠냐?"

비류연이 열심히 다듬어놓은 손가락을 들어 주위를 가리켰다. 그들 일행 주위에는 아까부터 우락부락하게 생긴 장한들이 두 겹으로 인(人)의 장벽을 쌓은 채 그들을 포위하고 있었다. 남궁상은 고개를 돌려 비류연을 바라보았다, 그의 대사형은 고개를 끄덕였다.

"이제 알겠냐?"

남궁상은 고개를 끄덕였다.

'이 정도 움직임도 미리 알아채지 못하다니…, 너무 방심했다.'

미리 매복해 있었음이 분명했다. 그러나 전문적인 은신법을 배우지 않은 이상 기척은 드러나게 마련이다. 그런데 자신으로부터 십 장 안에 그들이 들어오기 전까지 전혀 눈치 채지 못했던 것이다. 자신의 미숙함에 남궁상은 부끄러웠다.

두 겹으로 둘러쳐진 인의 장막 중 대표단 앞쪽이 좌우로 갈라지며 한 명의 중년인이 앞으로 걸어 나왔다.

　대다수의 험악한 인상의 장한들과는 반대로 지극히 평범한 얼굴의 중년 사내였다. 그러나 험악한 장한들 사이에 있으니 오히려 그의 평범함이 비범하게 보였다. 게다가 지위도 결코 낮지 않은 듯하지 않은가.

　"뭐하는 놈이시오?"

　대표단 인솔자 중 한 명인 고약한 노사가 나서서 거칠게 물었다. 그러자 중년인은 정중히 포권지례를 취하며 인사했다. 아무래도 두 사람의 소속이 뒤바뀐 듯한 모습이었다.

　"허허허, 안녕하십니까. 저는 녹림칠십이채 소속의 자그마한 산채 하나에서 부채주 직을 미력하나마 수행하고 있는 이송이라고 합니다. 오늘 이렇게 녹음이 우거진 화창한 날에 여러분들을 만나뵙게 되어 무척이나 반갑습니다."

　"아! 그렇소이까?"

　고약한은 엉겁결에 마주 인사하고야 말았다. 산적 치고는 너무나 정중한 어조였다. 과연 산적이 맞는지 직업이 의심스러울 지경이었다. 그러나 그렇다고 해서 '아, 그러세요. 그렇다면 굳이 수고하실 것 없이 저희들이 뭘 드리고 가면 되죠?'라고 말할 수는 없는 노릇이었다.

　'녹림칠십이채'라는 이름에 대표단 일행 중 임성진의 표정이 심하게 일그러졌지만 그것을 눈치 채거나 하는 사람은 아무도 없었다.

　"용건이 뭐요?"

　고약한이 짧고 거칠게 물었다.

"아! 간단합니다. 저희 산채를 맡고 계시는 분께서 갑자기 나이에 걸맞지 않은 주책없는 짓을 하려고 하셔서요. 죄송하지만 가급적 그 일에 협조해 주셨으면 하는 게 제 바램입니다. 저도 별로 이런 일을 하고 싶지 않은데 지위가 깡패라서요. 참, 나잇값도 못 하고 민망스럽게시리…, 쯧쯧!"

이송은 딱하다는 듯 혀를 찼다. 그때였다.

"야, 임마! 먹물! 누가 주책이라는 거야? 네가 나 늙어가는 데 보태준 거라도 있냐?"

고래고래 고함을 지르며 사람들을 헤치고 나온 이를 보며 대표단들은 모두 같은 생각을 한 듯했다. '먹물'은 아무래도 자신을 이송이라 소개한 사람의 별명인 모양이었다. 물론 모든 사람의 생각이 똑같은 것은 아니었다. 염도는 그의 별명이 '주둥아리', 또는 '조둥아리'가 아닐까 생각했었는데 그의 예측은 빗나가고 말았다.

'그래! 저 정도는 돼야지!'

철침처럼 뻣뻣하게 난 검은 수염, 오른쪽 눈가를 가로지르는 굵은 상처, 부리부리한 두 눈, 송충이같이 빽빽한 눈썹, 그리고 널찍한 등짝에 매단 흉악하게 생긴 검정색 도기.

어느 모로 보나 매우 정상적으로 생긴 산 도적이었다. 전혀 산적답지 않은 말끔한 부채주와는 지극히 대조되는 인상의 인물이었다. 때문에 그자는 지극히 산적스러웠다.

"당신은 또 누구요?"

늑기한의 질문은 사실 필요 없는 질문이었다. 저렇게 험악하게 생긴 얼굴에 부채주보다 위인 인물은 딱 한 명밖에 없는 것이다. 물어

볼 필요도 없이 그가 바로 이 산적 패의 두목이었다.

"그럼 아까 듣지 못한 용건이나 마저 들읍시다."

늘기한을 포함한 이들 대표단 일행은 산적 두목, 그들 표현으로는 채주에 해당하는 자의 갑작스런 등장으로 이송에게 미처 용건을 마저 듣지 못했던 것이다. 갑자기 산적 두목 얼굴이 벌겋게 달아올랐다.

'허걱! 저거 지금 수줍어하는 건가? 그…, 그런 지독한 짓을……'

신뢰할 수 없는 끔찍한 생각이 잠시 사람들의 뇌리를 스쳤다. 그는 얼굴을 붉힌 채 다시 팔꿈치로 재촉하듯 부채주 이송의 옆구리를 쿡쿡 찔렀다.

'그만둬어어어!'

순간적으로 밀려드는 역겨움의 파도에 익사할 뻔한 사람들 모두가 너나 나나 할 것 없이 속으로 꽥꽥 비명을 질러댔다. 주위 산적들의 얼굴을 쭈욱 둘러보니 핼쑥한 것이 그들도 결코 속이 편한 게 아닌 모양이었다.

'우두머리의 저런 가당치 않은 만행을 목도하고 나니 얼마나 부끄러울까?'

대표단 일행들은 갑자기 산적들에 대한 연민이 가득 밀려왔다. 이미 그자의 괴기스런 행동은 범죄를 넘어 공포스럽기까지 했다. 때문에 더욱더 그들의 용건을 듣기가 두려웠다.

"뭐, 뭐라고?"

염도가 입을 쩌억 벌렸다. 눈알이 금방이라도 떼구르르 굴러 떨어질 듯 부릅떠진 그의 두 눈은 불신의 빛으로 가득 차 있었다. 그는 옆에 서 있는 노학을 돌아보며 소리쳤다.

"야! 노학아! 지금 내 귀가 잘못됐냐?"

노학의 표정도 만만치 않았다. 그의 표정은 지금 청각에 이상이 있는 사람이 그 혼자만이 아니라는 것을 알려주고 있었다. 선풍검룡(旋風劍龍) 위지천은 두 눈에서 불을 뿜으며 길길이 날뛰었고, 여자 관도들은 모두들 벌레라도 본 듯한 얼굴이 되어 있었다. 그리고 그녀들은 여인들의 행복한 꿈 중 하나가 불한당에게 침범당한 데 대해 분노했다.

"지, 지…, 지금 저기 저 아이를 댁의 채주 아내로 달라는 그 말이오?"

반문하는 고약한의 손가락 끝은 눈에 보일 정도로 확연히 떨리고 있었다. 평소 냉혹하다는 평을 듣고 있는 그답지 않은 모습이었다. 그러나 그 떨림이 황당함 때문인지 아니면 분노 때문인지는 알 수가 없었다.

"부끄럽지만 귀하의 말에 단 한 점의 틀림도 없소이다."

대답하는 부채주 이송의 얼굴은 부끄러움과 민망함으로 가득 차 있었다. 그도 이 요구가 얼마나 민망하고 주책없는 것인지 잘 알고 있는 모양이다. 최소한 그는 아직 양심이 남아 있는 듯했다. 산적 치고는 된 사람이었다. 이송은 살짝 눈을 들어 고약한의 손가락 끝이 가리키는 곳을 바라보았다. 갑자기 얼굴이 화끈거렸다.

'허허, 내 오십 평생을 살았지만 저토록 신비한 아름다움은 처음이로구나. 나의 이 고목처럼 말라버린 심장까지 뛰게 만들 정도이니……. 채주가 저런 주책 맞은 요구를 하는 것도 무리는 아니로구나.'

하지만 채주의 요구는 저 아름다움에 대한 모독처럼 느껴졌다. 늑기한이 가리킨 곳에는 초설처럼 새하얀 백의를 걸친, 이 세상 사람이라고 생각할 수 없는 미모의 소유자, 빙백봉(氷白鳳) 나예린이 서 있었다. 그녀는 이 황당한 사태 앞에서도 결코 얼굴에 감정을 드러내지 않고 있었다.

나예린을 대신해 그녀의 사저인 독안봉 독고령이 전신에서 분노와 살기를 동시에 분출해 내고 있었다. 지금 당장 검을 뽑아 저 정신병자를 두 동강 내지 않고서는 참을 수 없다는 기세였다.

"당신 미쳤소?"

고약한이 지금 이 상황을 단 한마디로 단순 명쾌하게 요약했다. 이송은 절레절레 고개를 저었다.

"휴우, 저도 차라리 그러고 싶은 심정입니다. 그러나 현실이 이런 걸 어쩌겠습니까? 저도 채주에게 광증(狂症)이 생겼다고 의심을 안 해본 건 아니지만…, 윗사람의 명령을 아랫사람의 도리로 거역할 수는 없군요. 양해해 주시길 바랍니다."

"뭐야? 미치긴 누가 미쳐? 난 정상이야, 정상! 말짱하다고!"

옆에서 잠자코 듣고 있던 채주가 발끈해서 외쳤다.

"보시는 바와 같이 정상이랍니다."

어깨를 으쓱하며 이송이 말했다. 그의 태도는 풀이하자면, 내가 보기엔 확실히 미친 것 같지만 본인이 아니라고 주장하니 어쩔 수 없이 그 상황을 그대로 말해 주었다, 라는 정도였다.

"불가(不可)!"

낮지만 전체를 사로잡을 만한 힘이 담긴 목소리, 그 목소리의 주인공은 바로 비류연이었다.

"네놈은 누구냐?"

으르렁거리는 목소리로 채주 임개가 물었다. 자신의 백년지대사에 느닷없이 끼어든 불청객이 그는 무척이나 못마땅한 모양이었다.

"정신병자에게 가르쳐줄 이름 따윈 가지고 있지 않군요."

냉소적인 어조로 비류연이 대답했다. 남의 물건을 함부로 달라는데 그가 어찌 화가 나지 않을 수 있겠는가.

"뭐라고? 이런 건방진 놈! 어르신들 이야기하는데 꼬마 놈은 저쪽 구석에 가서 찌그러져 있거라!"

비류연이 웃으며 화낼 때가 가장 무섭다는 것을 모르는 임개는 서슴없이 폭언을 퍼부었다. 비류연의 입가에 그린 듯한 미소가 걸렸다. 그 순간 주작단과 염도와 빙검이 움찔하는 반응을 보였다. 웬 극악무도한 미친놈이 기름 창고 옆에서 겁도 없이 불장난을 하니 그 사정거리 안에 포함되어 있던 그들 또한 불똥이 튈까 봐 걱정이 되었던 것이다.

"후후, 광증만 있는 줄 알았더니 이제 보니 눈까지 멀었군요. 겉보기엔 아직 정정한 것 같은데 정말 안됐네요."

"이런 싸가지 없는 놈! 어린놈이 듣고 있자 하니 못 하는 말이 없구나. 아직 대가리에 피도 안 마른 것 같은 애송이가 어디서 함부로 지껄이느냐. 아직 꼬마라 상대하고 싶지 않았지만 본좌가 친히 네 녀석의 버르장머리를 고쳐주마."

주작단과 염도는 한 시라도 빨리 입 거친 저 산 도적의 주둥아리를 틀어막고 싶었다. 이러다가 걷잡을 수 없는 사태가 오는 게 그들은 두려웠다.

"이번 여행은 생각 외로 흥미가 진진한 것 같군. 좋은 일이야! 쿡쿡쿡!"

비류연의 쿡쿡거리는 조소를 본 주작단원들의 얼굴이 갑자기 창백해졌다.

'컥! 화났어! 화났어!'

'어떻게 해? 어떻게 해?'

'난 몰라! 난 몰라!'

그들은 비류연의 조소 한 번에 집단 혼란 상태에 빠지고 말았다. 한 시라도 빨리 이 상황을 타개하여 저 입가에 서린 위험천만하고 공포스럽기까지 한 조소를 멈추게 하는 것이 그들의 지상 목표가 되었다. 그렇지 않고서는 이 공포를 거둘 길이 없었다.

"뭐하냐? 넌 입만 살았냐? 빨리 덤벼봐!"

사태의 심각성을 전혀 인식하지 못하는 임개가 외쳤다.

"당신 같은 하찮은 조무래기에게 내 손을 더럽히고 싶지는 않군요. 여기 이 사람과 이 사람의 친구들이 당신들을 상대할 겁니다."

비류연이 지명한 사람은 바로 남궁상이었다.

[대…, 대사형!]

혹시나 대사형이란 소리를 다른 사람이 들을까 봐 전음으로 남궁상이 당황해 불렀다.

[왜?]

왜 부르는지 알 수 없다는 표정으로 비류연이 반문했다. 남궁상은 끝내 아무 말도 하지 못했다.

[궁상아!]

은근한 목소리로 비류연이 남궁상을 불렀다.

[예, 대사형!]

[내가 이렇게까지 말했는데 더 이상 구차해져야 되겠니? 이런 사소한 일

에까지 내가 나서야 한다는 것이냐?]

비류연의 은근한 어조에 남궁상은 흠칫했다. 대사형이 뭔가에 불만이 있을 때 저런 어투가 된다는 것을 그는 경험을 통해 알고 있었다. 여기서 더 이상 행동이 늦다가는 나중에 경을 치는 수가 있었다.

[아닙니다. 저희들 선에서 알아서 처리하겠습니다.]

[식전 운동으로는 안성맞춤일 것 같구나.]

[그…, 그렇군요.]

땀이 삐질 흘러나왔다.

[궁상아! 내가 아까 한 말 기억하지? 교훈은 현실에 반영하라고 존재하는 것이다. 안됐지만 이 세상에는 본보기란 게 가끔 필요할 때가 있단다.]

남궁상은 본보기라는 말에 기겁을 하며 황급히 대답했다.

[무슨 말씀인지 잘 알겠습니다. 심려 놓으십시오, 대사형!]

[너의 눈치가 이제는 좀 많이 빨라졌구나. 이제는 어디 가서 눈치 없다고 얻어터지는 일은 없을 것 같아 안심이다.]

[다 대사형 덕분이죠.]

남궁상이 불안하게 웃으며 대답했다. 사실 그에게 그런 짓을 할 사람은 이 세상에서 단 한 명밖에 없었던 것이다. 그는 자신에게 그런 짓을 할 사람으로 비류연 이외에 다른 어느 누구도 떠올릴 수가 없었다.

"그럼 어여 가봐!"

남궁상에게는 거부권이 없었다.

비류연과의 은밀한 대화를 마친 후 남궁상은 우선 염도에게 걸어갔다. 이들과 싸우려면 먼저 인솔자인 염도의 허락을 득해야 하는 것이다. 천무학관 대표단씩이나 되어서 천무학관 최고 미녀를 산적들에게 통행세로 바치고 지나간다는 게 말이나 되는 소리인가? 터무니 없는 이야기였다. 염도는 별로 깊게 생각하지도 않고 고개를 끄덕였다.

"알아서 손 좀 봐줘라! 그리고… 나 배고프다."

염도의 주문에 아무래도 조금 처리 시간을 앞당겨야 할 것 같았다. 그는 염도의 허락을 득한 다음 또다시 빙검에게 걸어갔다. 예의상 염도 한 명에게만 허락을 득할 수는 없었던 것이다.

'거 절차 한번 되게 복잡하군.'

비류연은 속으로 중얼거렸다. 남궁상이 여기저기 바쁘게 돌아다니는 동안 우리의 산적들은 두 손 놓고 멍하니 그 광경을 지켜보는 수밖에 없었다. 그들을 만나놓고도 이렇게 태평한 놈들은 처음이었다. 알 수 없는 불안감이 임개의 목덜미를 타고 스멀스멀 기어 올라왔다. 무척이나 기분이 더러웠음은 두말할 것도 없다.

"야 먹물! 저게 뭔 지랄이냐?"

불만에 가득 찬 목소리로 임개가 물었다. 먹물은 그의 보좌이자 산채 부채주인 군자도(君子盜 : 정말 턱도 없는 별호다. 도둑놈이 무슨 군자를 찾는단 말인가) 이송의 별명이었다.

"글쎄요? 뭔가 형식상의 절차를 밟는 수순인 것 같은데요?"

녹림도답지 않게 먹물깨나 먹은 부채주 이송이었다. 괜히 유식한 척하는 그가 임개는 별로 마음에 들지 않았다. 쉽게 말할 수 있는 걸 괜히 어렵게 말할 필요까지는 없는 것 아닌가! 가끔 자신이 알아듣지 못할 말을 쓸 때나 그리고 그때마다 '아니 그런 것도 모르십니까?'

라고 그를 핀잔줄 때면 그는 매번 이송의 모가지를 비틀어 두 번 다시 입도 뻥긋 못 하게 만들어주고 싶다는 충동에 휩싸이곤 했다.

'나같이 자비로운 두목을 만나다니 넌 운 좋은 줄 알아라!'

그러나 그가 없으면 행정을 맡을 사람이 없어 산채의 업무가 전면적으로 마비된다는 치명적인 단점이 있었다. 그가 거느린 흑랑채는 여타 다른 산채와는 규모가 틀린 곳이라 꼭 행정 업무를 보는 사람이 필요했던 것이다. 부두목 군자도 이송이 여태껏 입을 놀릴 수 있었던 것은 임개의 넘치는 자비심보다는 이런 행정상의 난점이 더 큰 공을 차지하고 있지 않나 여겨진다.

흑랑채의 오백 녹림도들은 남궁상이 염도를 지나 빙검을 거쳐 고약한을 들려 늑기한에 이를 때까지 하릴없이 지루한 기다림과 싸워야 했다.

"하암…, 끝났냐?"

일행에서 떨어져 나와 녹림도와 대표단 중간에 선 남궁상에게 임개가 하품을 하며 물었다. 남궁상 뒤로는 열다섯 명의 주작단원들이 횡대로 늘어서 있었다.

"끝났소."

남궁상이 무심히 고개를 끄덕였다. 조금 전까지 비류연 앞에서 당황하던 모습은 씻은 듯 사라지고 지금은 한 자루의 예리한 검 같은 날카로움이 느껴졌다.

어쭈! 뭔가 분위기가 심상치 않았다.

'이거 뭔가 잘못 건드린 거 아냐?'

횡으로 늘어선 열다섯 명 안에 포함된 여섯 명의 여인들이 모두가 다 한결같이 미인들이라는 점은 무척이나 마음에 들었지만 자신들을 코앞에 두고도 전혀 동요하지 않는 그들의 모습은 그의 마음에 커다란 불안감을 심어주었다. 그러나 일단 영업을 시작한 이상 중간에 물러난다는 것은 있을 수 없었다.

　'아차! 영업이 아니라 청혼(請婚)이었군! 버릇이란 게 무섭다더니……. 그건 그렇고, 이놈들은 왜 이리 태연자약한 거야?'

　아무리 사방을 둘러보아도 긴장하거나 당황하는 년놈이 하나도 없었다. 이 일로 인해 오늘 그의 자존심은 크나큰 상처를 입고야 말았다. 벌써 대표단 중 몇 명은 자리를 깔고 삼삼오오 둘러앉아 한담을 나누며 관전 준비에 들어가 있었다. 남궁상이 공언한 대로 이번 일에 나선 사람은 주작단원뿐이었다.

　남궁상이 먼저 입을 열었다.

　"우선 우리 일행의 앞길을 가로막은 댁들의 무지와 무모함과 용기에 경의를 표하는 바이오. 이제 그 대가를 치르게 될 것이오."

　"뭬이야? 이런 쳐죽일 놈들!"

　남궁상의 정중한 인사에 임개는 금방 발끈하고 말았다. 그는 원래 인내심하고는 전생에서부터 인연이 없는 사람이었다.

　"두목님, 초반부터 적의 격장지계(擊將之計)에 넘어가면 안 됩니다. 자중하십시오."

　부두목 이송이 작은 목소리로 충고했다.

　"뭐, 뭐? 벽장이…, 뭐 어쨌다고?"

　"에휴, 그냥 상대의 시비에 말려 화부터 내지 마시라구요."

하는 수 없이 이송은 쉬운 말로 풀어주었다. 그러나 임개는 은혜를 곧 원수로 갚고야 만다.

"너 금방 비웃었지?"

"네? 무슨 말씀이시죠?"

이송은 어깨를 으슥하며 시치미를 뚝 뗐다.

"야! 이 망할 놈아! 쉬운 말 놔두고 왜 어려운 말 써?"

그의 머릿속엔 고마움을 감지하는 기관이 결여되어 있는 것일까? 아무래도 두목 임개의 교양을 높이려는 이송의 노력은 매번 수포로 돌아가고 마는 모양이었다.

"일단 통성명(通姓名)부터 하는 게 순리인 것 같소만?"

남궁상은 두목과 부두목의 분열이나 자중지란이 꽤나 흥미 있기는 했지만 배고프다고 재촉하는 사람이 있어 빨리 일을 진행해 가기로 했다. 그리고 무엇보다 비류연의 심기가 몹시 불편하다는 것이다. 빨리 일을 처리하지 않으면 어쩌면 그 불똥이 자신들에게 튈지도 모르는 것이다.

그도 이제 이런 일에 초보자가 아니었다.

"저런, 아직까지 정식으로 소개한다는 것을 잊었구려. 본인은 이 산의 주인인 흑랑채의 행정 업무를 담당하고 있는 부채주 이송이라 하오. 그리고 이분은 우리 흑랑채의 채주를 맡고 계신 분이오."

소개를 받은 임개가 거만한 걸음으로 앞으로 나섰다.

"내가 바로 이 산의 주인이다. 얌전히 산을 내려가고 싶으면 저 여자를 내 아내로 내놔라!"

천박할 정도로 단순 명쾌한 선언이었다. 이송은 자신의 교양이 모욕당하는 것만 같아 고개를 돌리고 말았다. 대표단 중 몇몇 사람들은 흑랑채라는 말에 눈썹을 꿈틀거렸다. 무척이나 귀에 익은 이름이었던 것이다. 임성진은 너무 놀라 하마터면 가지고 있던 곤을 떨어뜨릴 뻔했다. 비류연도 이 노사의 '강호세력분포도' 강의 시간에 들은 기억이 있었다.

"녹림오패(綠林五霸)!"

염도가 작은 목소리로 중얼거렸다. 그러나 그 말을 듣지 못한 사람은 없었다.

"어쩐지 기세가 남다르다 했더니…, 적어도 어중이떠중이 산적 패거리는 아니라는 소리로군."

빙검도 녹림오패의 명성은 꽤 오래전부터 들어온 터였다. 저렇게 두목과 부두목이 사이좋게 만담이나 하고 있어 우습게 보았는데 별거 아니게 보이는 외모만큼 평범한 산적들은 아니었던 모양이었다.

녹림오패라 하면 녹림칠십이채 중 가장 강성한 다섯 개의 산채를 가리키는 말이었다. 여타의 규율도 잡히지 않은 어설픈 들개 같은 산적 패들과는 격이 달랐다. 그들은 녹림칠십이채의 명성을 유지하는 가장 실질적인 힘의 중심이었던 것이다.

"그렇다면 당신이 바로 흑랑채주 흑랑부(黑狼斧) 임개이겠군요."

남궁상이 상대의 평가가 약간은 바뀐 눈으로 덥석부리 장한을 쳐다보았다.

"크하하하! 이 어르신의 성함을 알고 있다니 기특하구나!"

임개가 광소를 터뜨렸다. 자신의 명성이 사해를 떨쳐 울린다고 생각한 것일까?

"하긴 우리들이 누군지는 몰라도 무림인이라는 것은 알았을 테니 저 정도쯤은 되어야겠지."

빙검은 그제야 저들의 알 수 없는 자신감에 대해 나름대로 이해할 수 있었다. 그러나 아무리 그렇다 해도 어이가 없었다.

"이 어르신의 이름을 듣고도 아직 대항할 용기가 남아 있느냐?"

가슴을 활짝 펴며 임개는 뻐기듯이 말했다. 남궁상은 대답할 가치를 느끼지 못했다.

"돈은 가지고 가도 좋다. 오늘은 내가 장가를 가는 경사스런 날이니 그 정도 아량은 베풀어주마!"

"누가 신부요?"

"물론 저 여자다!"

그가 가리킨 사람은 바로 나예린이었다. 다시 한 번 다들 어처구니 없다는 표정이 되었다. 아까 이송의 말이 농담이 아니었던 것이다.

"농담 아니었소?"

남궁상이 다시 한 번 되물었다.

"누가 농담이라는 거냐?"

"그렇다면 미친 게 분명한 것 같소이다."

아무래도 오늘 임개의 가장 중요한 목적은 장가드는 일인 모양이었다. 그의 전 신경은 등장 이래로 나예린에게로 쭉 고정되어 있었다. 그래서 남궁상이 미쳤다고 말했지만 그는 별 신경도 쓰지 않고 나예린을 황홀하다는 표정으로 바라만 보았다.

'과, 과연······.'

임개는 넋이 달아날 것만 같았다. 정탐하던 부하 녀석 말 그대로였다. 천계의 선녀가 이 땅에 내려왔다, 그랬을 때 흰소리 한다고 대갈통을 한 대 쥐어박았었는데, 아무래도 그 녀석의 기특함에 포상이라도 내려야 할 것 같았다. 저런 눈깔 팽팽 돌아가는 미녀는 태어나서 처음이었다.

그는 그녀를 보자마자 사랑에 빠지고야 말았다. 그 우아한 자태에 혼백이 빨려 들어가는 것만 같았다. 지금도 그는 구름 위를 두둥실 떠다니는 기분이었다. 그 멍함을 넘어 맹한 모습에 이송은 충정을 발휘하기로 했다. 그가 손을 들어 손바닥을 활짝 편 후 두목의 눈앞에서 아래위로 흔들었다. 그러나 나예린을 향해 고정된 임개의 눈은 제자리로 돌아올 생각을 하지 않고 있었다. 볼 때마다 사람을 정신없이 사로잡아버리는 나예린의 마력에 임개도 불가항력이었다.

나예린은 순간 자신을 향하는 불쾌하고 음탕한 눈빛에 인상을 찡그리고야 말았다. 비록 한두 번 경험해 본 일이 아니었지만, 면역이 되는 것은 아니었다. 비류연은 그녀의 표정을 놓치지 않았다.

"일단 침이나 닦으시오. 꼴사납소."

남궁상이 주의를 주며 한마디했다.

하지만 나예린을 쳐다보며 정신없는 임개나 딱하다는 표정으로 자신의 두목을 바라보는 이송은 아예 대꾸조차 하지 않았다. 자신의 말이 확실히 씹혔다는 것을 느낀 남궁상의 안색이 살짝 찡그려졌다.

"갈 길이 머니 빨리 끝냅시다. 당신에게 도전하오. 과연 우리 앞에서 그런 터무니없는 요구를 말할 자격이 있는지 실력으로 그것을 확인해 보겠소."

'챙' 하는 맑은 소리와 함께 남궁상의 검집에서 검이 출수되었다.

"허? 너 따위 애송이가 나 흑랑부 임개를 상대하겠다고? 크하하하!"

"우하하하하!"

"낄낄낄낄!"

임개의 폭발하는 듯한 광소에 주위를 포위하고 있던 부하들이 함께 폭소를 터뜨렸다. 그들은 여색에 눈이 멀어 이들의 정체가 무엇인지 알려고도 하지 않고 있음이 분명했다.

스윽!

남궁상이 손을 들었다.

스스스슥!

눈부신 속도였다. 두 겹으로 대표단 주위를 포위하고 있던 산적들은 느닷없이 자신들 앞에 나타난 인영에 다들 경악했다.

'뭐가 희끗했나?'라는 생각이 잠깐 들었을 뿐이었다. 그러나 이것은 어떤 속임수도 없는 사실이었다. 남궁상이 신호를 보내자 눈으로 포착하기조차 힘든 속도로 주작단원들은 포위망을 마주보며 전방위에 산개 배치한 것이다.

"뭐, 뭐야?"

임개가 당황해하며 삿대질을 했다.

'제길!'

이송은 속으로 욕지기를 내뱉었다. 아무래도 예감이 좋지 않았다.

"본인은 남궁 세가의 적손이자 천무학관 4학년인 남궁상이라 하오. 이 정도면 댁과 싸울 자격이 충분하다 생각하오만?"

이송은 눈앞이 깜깜해지는 듯한 느낌이었다.

'망했다!'

아무래도 상대를 잘못 고른 것 같았다. 항상 행동보다는 이성이 앞선다고 큰소리 떵떵 치던 자신답지 않은 실수였다. 그러나 이미 영업을 개시한 마당이다. 이대로는 체면 때문에라도 꼬리를 말 수는 없었다. 이제 상대가 자신들의 체면을 알아서 세워주길 기대할 뿐이지만…… 그들의 황당한 요구로 미루어 볼 때 그건 불가능할 것 같았다.

"남궁 세가……."

임개는 침음성을 흘렸다. 감히 가볍게 볼 수 없는 배경이었다. 그리고 어떤 일이 있어도 절대 적으로 돌려서는 안 될 집단이었다. 원한 관계는 되도록 쌓지 않는 편이 현명했다. 그러나 그 이름에 꼬리를 말기에는 그의 자존심이 허락하지 않았다. 자신의 흑랑채는 그래도 녹림오패인 것이다.

그런데 그의 머릿속에서 자꾸만 남궁상이라는 이름이 맴돌았다. 저 얄팍하게 생긴 샌님 녀석이 남궁 세가의 적손이라는 사실도 놀랍지만, 그 이름은 결코 생소한 이름이 아니었다.

"어디서 들었지? 남궁상? 남궁상? 남궁…, 상! 궁상!"

임개의 눈이 번쩍 떠졌다.

"서…, 설마 녹림천적(綠林天敵), 그 씹어 먹을 주작단?"

"맞소! 씹어도 별 맛은 없겠지만."

숨길 이유가 없기에 남궁상은 순순히 인정했다. 그러나 자신들이 언제 녹림천적이 되었는지는 금시초문이었다. 모르는 새에 엉뚱한 곳에서 유명세를 탄 모양이었다.

"이, 이럴 수가."

갑자기 침묵과 정적이 산적들을 찾아왔다. 이들을 순식간에 뒤덮은 공기는 공포라는 이름의 공기였다.

"왜 저들이 선배들을 두려워하죠? 그리고 어떻게 남궁 선배의 이름만 가지고도 저들이 주작단이란 것을 알았을까요?"

임성진을 향한 효룡의 의문은 당연한 것이었다.

"글쎄…, 아마 과거의 화려한 전적 때문이겠지. 그리고 녹림이 아직 2년 전의 일을 잊지 않았다는 이야기이기도 하고."

2년 전!

주작단이 아미산에서 특별 여름 합숙을 마치고 천무학관으로 돌아온 바로 그 시기였다.

차랑!

임성진과 효룡의 대화가 채 끝나기도 전에 맑게 울리는 검명음과 함께 남궁상이 임개를 향해 도약했다. 백색 섬광이 하늘로부터 임개를 향해 일도양단의 기세로 떨어져 내렸다.

채챙!

검과 도끼가 격렬히 부딪치는 소리가 산 전체를 울렸다. 대지를 이분(二分)할 듯 하늘로부터 떨어져 내린 남궁상의 위력적인 검기를 임개의 도끼가 막아내는 소리였다.

남궁상의 하얀 검기는 금방이라도 임개를 두 동강 낼 듯했지만 그의 도끼가 행하는 방어를 뚫지 못하고 거무튀튀한 흑랑부의 벽에 막히고 말았다.

"이…, 이럴 수가!"

부딪치는 순간 다섯 걸음을 물러난 남궁상은 자신에 대한 신뢰가 와르르 무너짐을 느꼈다. 자신의 일검이, 유구하고 장구한 역사를 자랑하는 남궁검가의 일초가 태생도 알 수 없는 산 도적의 도끼 자루 하나에 가볍게 막히다니……. 도무지 믿겨지지가 않았던 것이다.

아무리 녹림오패라지만 산적은 영원한 산적이 아니겠는가라고 가볍게 생각하고 있었던 것이다. 그동안 산적을 만나 두 번째 검을 휘둘러본 기억이 없는 남궁상이었다. 그러나 애석하게도 오늘 그 기록을 갈아치울 수밖에 없는 처지가 되었다.

그는 망연자실한 눈으로 자신의 검과 그 검을 막아낸 덥석부리 사내 임개의 도끼를 바라보았다. 임개는 그가 지닌 장신의 거대한 체구에 어울리는 천생신력의 소유자였다. 그러나 당황한 이는 남궁상뿐만이 아니었다. 임개 또한 당황하기는 마찬가지였다.

'저, 저놈! 샌님처럼 얌전하게 생겨가지고 이런 실력이라니…, 이것이 남궁 세가의 힘이란 말인가?'

하마터면 정수리부터 가랑이까지 보기 좋게 두 동강 날 뻔했다. 두 개골이 수박 갈라지듯 쪼개질 뻔했던 것이다. 급히 도끼를 들어 본능적으로 벼락처럼 떨어지는 검기를 막기는 했지만, 도끼보다 훨씬 가벼운 상대의 검을 부러뜨리기는커녕 오히려 자신의 도끼날에 큰 상처가 나 있었다. 날에 톱니처럼 큼직한 이빨 자국이 나 있는 모양새가 꼴사나웠다.

"과연 녹림오패는 다르구려!"

남궁상이 감탄사를 터뜨렸다. 너무 간단히 본 게 실수일지도 몰랐다.

"네놈도!"

녹림오패의 채주들은 모두 녹림왕(綠林王) 광풍마랑(狂風魔狼) 임덕성으로부터 직접 무공을 전수받은 자들이었다. 일반적인 보통 산적들과 같이 취급하는 것 자체가 어불성설이었다. 아무래도 간단 무쌍한 초식으로는 제압하기가 불가능할 듯했다. 도끼를 휘두르는 그의 일격 일격마다 '윙윙' 바람이 갈라져 나갔다. 일초 일초가 단순하지만 무지막지한 힘이 느껴졌다.

"저것이 바로 녹림왕의 '광풍마랑도법'을 부법으로 응용해 만든 흑랑십이부(黑狼十二斧)인 모양이로군. 과연 먹이를 노리는 늑대처럼 사나움이 흉흉하게 느껴지는군."

장홍이 그 사나움에 감탄사를 터뜨렸다.

"함부로 맞대결했다가는 애꿎은 검만 폐품 만들기 십상이겠군."

효룡도 고개를 절레절레 저었다. 저런 무식함에 정면 승부한다는 것 자체가 어리석은 짓이었다. 이런 경우 직접 격돌을 피하고 우회적으로 공격하는 것이 바람직했다.

"흑랑쌍아격(黑狼雙牙擊)!"

남궁상이 자꾸만 미꾸라지처럼 피하기만 할 뿐 반격해 들어오지 않자 애가 탄 임개가 맹렬히 도끼를 종횡으로 휘두르며 달려들었다. 남궁상의 좌우를 향해 두 가닥의 섬광이 들이닥쳤다.

"백광회선(白光廻旋)!"

일단은 방어가 우선이었다. 남궁상은 검을 들어 도끼의 옆면을 받아쳐 그 도끼 안에 실린 막중한 힘을 흘려보냈다. 지탱하고 있는 발이 지면을 타고 들어가며 커다란 궤적을 그렸다. 흘리기만도 쉽지가 않은 일이었다.

'그러나!'

보고 있던 비류연의 눈이 반짝 빛났다.

'무기가 크고 무거울수록 공격에 실패했을 때 나타나는 허점이 크게 마련이지.'

그런 면에서 임개는 너무 무식하고 막무가내에다 주의가 부족했다.

"흑랑조(黑狼爪) 태산양분(泰山兩分)!"

위에서 아래로 장작을 패듯 떨어지는 도끼, 이 초식의 마지막 변화였다. 도끼는 원래 무게와 힘으로 상대를 제압하는 무기이다. 그러므로 위에서 밑으로 떨어지는 일자 찍기가 가장 무서운 초식이었다. 그러나 남궁상은 자신의 정수리를 향해 흉소를 지으며 날아오는 일격에도 전혀 두려워하는 기색 없이 끝까지 그 공격을 직시하며 살짝 몸을 틀었다. 벌써 수일째 계속된 체력신법 복합 강화 훈련에 그의 신체 운용은 부드러워질 대로 부드러워져 있었다.

콰콰콰쾅!

대지를 두 조각 내고야 말겠다는 굳은 의지가 담긴 무식한 소리가 산을 진동시켰다. 하지만 아무리 위력적인 초식이라도 맞지 않으면 소용이 없는 법이었다. 남궁상의 검을 두 동강 내고 내친김에 목과 몸통도 분리시켜 준다는 그의 원대한 계획은 실패로 돌아가고 말았다. 그의 전법은 실패였다. 이미 상대에게 움직임을 읽혀버린 이후였던 것이다. 임개는 힘으로 기술을 제압하려 했지만 남궁상의 속도와 기술은 이미 임개의 실력보다 훨씬 위였다.

지면으로 끌어 당겨지는 자신의 흑랑부를 지탱하기 위해 임개는 온 힘을 쏟아부어야 했다. 그러자 그의 머리와 몸통과 팔이 완전 무방비 상태로 방치되어 버렸다. 절호의 기회였다. 그리고 남궁상은 비류연에게 절호의 기회를 놓치는 훈련을 받아본 기억이 없었다. 훤하게 드러난 빈틈을 향해 남궁상은 검을 찔러 넣었다. 복잡한 초식 따위는 이 순간 아무런 필요가 없었다.

그저 벨 뿐이었다.

"끝났군!"

임개의 검은 도끼가 하늘로부터 일직선으로 떨어지는 것을 보며 염도가 한마디하자 빙검은 그의 말에 동의라도 하듯 고개를 끄덕였다. 저 정도까지 허점이 드러나면 만회하기가 거의 불가능에 가깝다는 것을 그들은 알기 때문이다.

누군가 절정 고수가 임개를 도와주지 않는 한!

"아직이야!"

비류연의 짧은 한마디였다.

스르륵!

그때 예리하게 찔러 들어가는 남궁상의 검을 임개의 목 언저리로부터 흘려내는 검 한 자루가 있었다.

검화(劍化) 류(流)

어디선가 허락도 없이 불쑥 나타난 난입자. 남궁상의 검은 그 난입자의 검신을 타고 얼음에 미끄러지는 것처럼 옆으로 비껴 나가고 말았다. 덕분에 임개는 겨우 치명상을 면하고 목숨을 구할 수 있었다. 하지만 구해 준 사람의 얼굴을 본 순간 임개는 자신의 두 눈이 용도

폐기될 정도로 환상이 보인다고 생각했다.

머엉……!

경악(驚愕)! 불신(不信)! 허탈(虛脫)!

남궁상이 놀란 눈으로 다시 한 번 임개를 바라보았다. 아니 정확히 말하자면 임개의 코앞에 느닷없이 불쑥 나타난 검의 주인을 바라본 것이다. 자신의 검을 가볍게 흘려보낸 범인, 놀랍게도 그 검의 주인은 바로 평범한 얼굴의 주인공 부채주 이송이었다.

남궁상 정도의 실력자가 내뿜는 검기를, 그것이 아무리 단순하다 해도 — 공격은 단순한 만큼 위력적이다 — 이토록 가볍게 거의 저항이 느껴지지 않을 정도로 매끄럽게 흘려보낸다는 것은 쉬운 일이 아니었다. 절정에 다다른 고수가 아니면 어림 반 푼어치도 없는 일, 그것을 일개 산적 부채주가 해낸 것이다.

턱이 빠져라 놀라기는 대표단 모두도 마찬가지였다. 누가 뭐래도 이미 끝난 승부였다. 최후의 심판만이 남아 있을 뿐이었지 않은가!

"것 봐라! 망설이니깐 헛품만 팔았잖아! 그렇게 주의를 줬는데도 못 알아듣다니, 검을 휘두를 때는 주저해서는 안 된다고 그렇게 일렀거늘……. 아마 망설임만 없었어도 끼어들 틈을 주지 않고 벌써 끝났잖아. 쯧쯧쯧!"

염도의 책망에 남궁상의 얼굴이 벌게졌다.

군자소요검(君子逍遙劍)

남궁상이 멀뚱한 눈으로 이송을 바라보았다.
어처구니없기는 염도도 빙검도 별반 다를 바 없었다.

"야! 얼음탱아! 언제부터 녹림산채 부두목의 실력이 저 정도까지
격상한 거냐?"

빙검은 고개를 가로저었다. 보이지 않을 정도로 빠르게 날아오는
검을 나중에 출수해 최소한의 움직임으로 흘려보냈다. 최소한의 힘
으로 최대한의 효과를 낸 것이다. 그 흘리기 동작 또한 깔끔하고 유
려하기 그지없었다.

"언제부터 녹림의 위계질서가 이렇게 흐트러졌지?"

염도의 의문은 당연한 것이었다. 녹림은 원래 강한 자가 가장 높은
자리에 앉는 게 정석이었다. 학연이고, 지연이고, 혈연이고 다 필요
없었다. 강함을 추구하는 그들에게 있어 약하다는 것은 그 자체만으
로도 죄악이었다.

"허 참, 녹림에서 채주보다 부채주가 더 강한 경우는 이번에 처음 보는군."

우습게도 이 흑랑채 최고의 고수는 흑랑채주 흑랑부 임개가 아니라 옆에서 그를 보좌하던, 특기라고는 유식한 티 내는 말재간뿐인 줄 알았던 이송이었던 것이다.

"미안하지만 채주를 보좌하는 입장에 있는 본인으로서는 공자의 검을 막을 수밖에 없었네. 양해해 주길 바라네."

그동안 하늘의 농간 때문인지, 기구한 운명 탓인지 나이답지 않게 많은 산적 패들을 만나본 남궁상으로서도 이송은 처음 접하는 유형의 녹림도였다. 이렇게 정중한 산적을 그는 이제껏 만난 적이 없었다. 이 일은 일종의 정신적 충격으로 그에게 다가왔다. 잠시 정신적 공황 상태에 빠진 남궁상에게 부디 채주의 주책을 양해해 주기 바란다는 말로 이송은 말을 계속 이어나갔다.

"미안하지만 나이를 먹어도 철이 안 들고, 다 늙어가면서 어린 아내를 맞이하겠다고 주제도 모르고 억지를 쓰며 주책을 부려도, 맨날 술만 마시고 놀기 좋아하고 싸우기 좋아해도, 술주정이 지극히 심각할 정도로 나빠도, 항상 이성보다는 감정이 앞서서 때로는 무모한 일을 자주 벌여도 이 사람은 어쩔 수 없는 우리 흑랑채의 채주인지라 여기서 죽게 할 수 없으니 이해하시고 납득해 주시길 바라오."

태연자약한 행운유수(行雲流水) 같은 이송의 언어 난타에 정신적으로 얻어맞은 임개의 얼굴은 점점 더 시커멓게 변해 갔다. 이리저리 둘러보고 메 쳐봐도 채주에 대한 권위나 존경심은 눈 씻고 찾아봐도 없지 않은가. 그는 너무 기가 막혀서 말도 제대로 나오지 않았다.

어디 으슥한 곳으로 먹살을 잡아 끌고 간 다음 밤이 새도록 정신 교육을 시키고 싶었지만 일단 자신은 이송에게 도움을 받은 처지(그 것도 구명지은으로!)인지라 입이 열 개라도 할 말이 없었다.

"그러니 이대로 여기서 조용히 끝내는 게 어떻겠소? 그러는 것이 쌍방에게 유익하리라 생각합니다만?"

남궁상이 슬쩍 염도 쪽을 바라보았다. 예상한 대로 염도는 고개를 가로젓고 있었다. 염도의 불같은 성격상 이 일을 이대로 덮을 리는 없었다. 아마 그는 좋은 연습 상대가 생겼다고 내심 좋아하고 있는지도 모른다.

"불가하오!"

남궁상은 일언지하에 그 말을 거절했다. 평소 유약하던 그의 모습은 지금 온데간데없었다.

"천무학관 화산규약지회 대표단의 앞길을 가로막고도 아무 일 없이 끝날 거라고 생각했소? 우리의 앞길을 막은 이상 그에 상응하는 대가를 치러야 하오!"

"처, 천무학관!"

"화, 화산지회!"

그제야 이들은 지금 자신들이 기름 창고 옆에서 불장난을 했었다는 사실을 깨달았다. 절대 건드려서는 안 될 집단을 건드리고 만 것이다.

'똥 밟았다!'

소태 씹은 얼굴로 속으로 그답지 않은 상소리를 내뱉은 이송은 천박한 말을 했다는 생각에 이내 반성했다. 그리고는 자신의 검을 굳게 쥐었다.

'요즘 천무학관 대표단들은 돈이 없어 식별 깃발 하나 안 가지고 다닌단 말인가?'

그 깃발만 앞세웠어도 손가락 하나 건드리지 않았을 것을! 일부러 유인했다고밖에는 생각할 수 없는 일이었다.

'어떻게 할까요?'라는 질문이 담긴 의미심장한 시선이었지만 염도는 무시해 버렸다. 염도는 갑자기 등장한 이 검객에 부쩍 흥미가 동해 있는 상태였다. 검을 쓰는 빙검은 아마 자신보다 더 몸이 달아 있을 것이다. 고수나 하수를 파악하는 데는 한 수면 충분했다. 칼을 뽑는 동작 하나만으로도 고수나 하수를 구분하는 것이 가능한 것이다. 그런 맥락에서 볼 때 저자는 고수였다. 그것도 상당한 실력을 감춘 절정의 검객이었다.

남궁 세가의 백뢰검법 중 절초인 백뢰일시(白雷一矢)를 저리도 가볍게 흘려보낼 자는 많지 않았다. 이송의 검법은 철저한 수비식 위주의 검법이었다. 지금도 남궁상의 끊임없는 공세에도 불구하고 묵묵히 방어만 할 뿐 반격하는 법이 없었다. 그렇다고 허점을 내주는 것도 아니었다. 지금도 그의 검은 최소한의 동작으로 남궁상의 검을 흘려보내고 있었다. 이토록 침착하게 연속적으로 수비에 전념할 수 있다니 놀라운 실력이 아닐 수 없었다.

그러나 더욱 의외인 점은 그자의 검이 사도의 것이 아닌 지극히 정파스러운 검이라는 점이었다. 저런 비효율적인 검법을 사파나 녹림에서 악을 쓰며 익힐 리가 만무한 것이다.

'도대체 저놈의 정체가 뭘까?'

검초를 좀더 보면 내력을 파악할 수 있을 것 같았다. 염도는 눈에 힘을 주어 그의 검초를 뚫어지게 바라보았다. 그건 빙검도 마찬가지였다.

"분명 어디서 많이 본 검법인데……?"

남궁상과 이송의 계속되는 비검(比劍)를 보며 빙검은 속으로 중얼거렸다. 저 정도 검법이라면 자신이 모를 리 없다. 직접 목도하지 못했다 할지라도 적어도 최소한 들어보기라도 했을 것이다. 저토록 공격이 철저히 배제된 수비 위주의 검법은 이 험한 강호에서는 매우 드문 탓이었다. 좋게 말하면 점잖지만, 나쁘게 말하면 실속이 없고, 더 나아가 실용성 또한 떨어졌다. 아니 실전성이라 해야 하나…….

남궁상은 계속해서 공격을 해 들어가고 있었고, 이송은 그 공격을 막거나 흘리면서 방어를 해 나가고 있었다. 그런데 놀라운 점은 벌써 20여 합이 지났음에도 불구하고 이송은 단 한 번도 공격을 하지 않았다는 점이었다. 분명 수세에 몰려 방어에만 급급한 것은 아니었다. 하얀 번개처럼 눈부신 속도로 공격해 들어오는 남궁상의 검을 그는 큰 무리 없이 막아내고 있었다. 유효한 공격이 없으니 상대가 제풀에 지치기를 기대하는 수밖에 없는 그런 검법이었던 것이다.

저렇게 정직한 검이라니……. 산적답지 않게 야비함이라고는 눈 씻고 찾아볼 수가 없었다. 산적이 쓰는 검법이 정직하고 공명정대하다니……? 저 사람이 누가 악명 높은 녹림오패의 흑랑채 부채주라고, 쓰는 검법만 보고 믿어주겠는가.

'그래 마치 군자처럼…….'

'군자처럼 실속 없는 검!'

순간 번뜩이는 섬광이 빙검의 뇌리를 꿰뚫고 지나갔다.

"군자소요검(君子逍遙劍) 이송학!"

그의 입에서 놀라움이 담긴 이름 하나가 터져 나왔다.

"하북십검(河北十劍)!"

덩달아 염도의 입에서 터져 나온 말이었다. 주위의 웅성거림으로 인해 남궁상과 이송의 비검은 중지되고 말았다. 방금 전까지 그와 검을 섞던 남궁상 또한 의외라는 눈빛으로 이송, 아니 이송학을 바라보았다. 군자소요검 이송학이라면 그도 익히 소문을 들은 적이 있는 유명인이었던 것이다.

군자소요검(君子逍遙劍) 이송학!

줄여서 보통 군자검(君子劍)이라 불리던 그는 강호에서 가장 정직하고 인자한 검법의 소유자라고 알려져 있던 터였다. 그 실전성이 턱없이 부족한 검법을 가지고도 사람들은 그를 하북(河北)에서 가장 검을 잘 쓰는 열 명의 사람에 올려놓기를 주저하지 않았다. 그런 검법을 가지고 여태껏 살아있는 것만 해도 그는 놀라운 검의 천재라는 분석까지 있었다.

공격이라고는 거의 무용지물에 가까운 몇 초식뿐인, 수비식만 잔뜩 있는 불구자 검법(혹자는 이렇게 혹평한다)을 가지고도 여태껏 살아남았으니 이 얼마나 위대한가.

그러나 그는 몇 년 전 하북에서 홀연히 종적을 감추고 말았다. 그후 그의 행적에 관한 소식은 글자 한 자도 없었다. 홀연히 사라진 문제의 그날도 그의 방은 깔끔하게 정리되어 있었다고 한다. 그래서 그 누구도 그가 연기처럼 사라졌다는 것을 인식하지 못했다. 한 달이 지나도 그의 행적이 발견되지 않을 때까지 말이다.

"하북 십검의 일인이자 정의문(正義門)의 장로이기도 한 당신이 어째서?"

'여기서 녹림도들이랑 사이좋게 산적질이나 하고 있는 거요?' 라는 말이 생략된 질문이었다. 빙검의 질문에 군자도 이송, 아니 군자소요검 이송학의 얼굴에 낭패감이 서렸다.

그러나 인생의 우여곡절(迂餘曲折)을 이야기하지 않고서는 오늘 이곳을 무사히 빠져나갈 수 없다는 사실을 깨닫고는 포기하고 말았다. 이송학은 길게 한숨을 토해 내며 이야기를 시작하였다.

"후우…, 본래 난 성격이 원만해 패배를 당해도 별 느낌이 없을 줄 알았지요. '나 같은 군자는 하찮은 승부욕에 몸을 맡기지 않는다. 난 나 자신을 훌륭하게 제어할 수 있다. 꼭 승부에 승패가 중요한 것은 아니지 않는가!' 라고 항상 되뇌이고 또 되뇌이고 있었지요. 하지만 누군가에게 패하고 나서야 내가 얼마나 승부에 집착하는 나약한 인간인 줄 깨달았습니다."

그의 얼굴에는 짙은 회한이 가득 담겨 있었다.

"그자가 누구였소이까?"

빙검은 군자소요검 이송학이 누군가에게 대패했다는 소식은 귓동냥으로도 들은 적이 없었다.

"부끄럽게도 그자는 한 소년이었습니다."

"소년?"

염도와 빙검 두 사람은 갑자기 심장이 뜨끔해 왔다. '에이…, 설마 아니겠지. 아닐 거야…….' 두 사람은 일단 마음을 진정하고 계속 경청하기로 했다.

"그것도 손 한번 제대로 못 써보고 당한 참담한 패배였습니다. 그제야 전 제가 얼마나 좌정관천(坐井觀天)한 우물 안 개구리였는지 깨닫게 되었지요. 그는 아직 스무 살도 안 돼 보이는 소년이었습니다. 어리지만 아주 차가운 인상의 소년이었습니다. 자식뻘도 안 되는 소년에게 손 한번 제대로 못 쓰고 당하다니 정말 내가 이 세상을 살아갈 자격이 있나 그런 생각이 들더군요."

푸욱, 푸욱!

염도와 빙검은 이송학의 입이 열릴 때마다 심장에 비수가 꽂히는 아픔을 맛봐야 했다. 그의 구구절절한 말에 그들은 금세 동감할 수 있었던 것이다. 왠지 남의 이야기 같지가 않았던 것이다.

"그동안 내가 세상을 헛살아 온 게 아닌가 하는 회의도 들었지요."

음! 음! 염도와 빙검 두 사람이 동시에 고개를 끄덕였다.

"입에 칼을 물고 죽어버릴까 하는 생각도 들더군요. 왠지 치욕을 당한 것 같았지요. 놀림을 당한 것 같기도 하고……. 그것은 아마 제가 그 소년이 전력을 다하지도 않고 나를 제압했다는 것을 본능적으로 느꼈기 때문일 겁니다. 한낱 소년에게 전력을 다하지 않았는데도 불구하고 당해야 했으니 참으로 수치스러웠지요."

조금 더 듣다가는 두 눈에서 눈물이 흐를 것만 같았다. 저토록 구구절절하고 가슴 울리는 사연은 처음 들어보는 염도였다. 냉큼 달려가 그를 와락 껴안아주고 싶었다. 주위의 눈만 없었으면 그는 정말 충동적으로 그랬을지도 몰랐다.

'이해해! 다 이해해! 그 억장이 무너지는 마음! 내 잘 알지! 친구!'

그러나 그는 극도의 자제심과 인내심을 발휘해 참고 또 참았다.

"그…, 그래서 어떻게 되었나? 혹시 그 소년이 자네보고 자기 제자가 되라고 터무니없는 강요는 하지 않던가?"

다급한 목소리로 염도가 물었다.

"네? 그게 무슨 말씀이시죠?"

그의 얼굴을 보니 그건 아닌 모양이었다. 또다시 동문사형제가 늘지 않아도 되었다는 사실에 염도는 속으로 안도의 한숨을 내쉬었다.

"아…, 아닐세! 계속하게!"

염도는 다급하게 화제를 돌렸다. 이송학의 과거를 더듬는 말은 계속되고 있었다.

"그 소년이 그러더군요. 난 너무 틀에 얽매어 고지식함에 빠져 있어서 발전이 없다고요. 그 틀을 깨지 않는 이상 더 강해지기는 무리라고 하더군요. 그 후로는 며칠간 기억이 잘 나지 않더군요. 아마 무작정 집을 나서서 정처 없이 걸었던 모양입니다. 그리고 정신이 드니 이 무리 안에 있는 저 자신을 발견할 수 있었죠. 그런데 귀하들은 누구시오?"

이송학의 이야기를 듣고 있던 두 사람은 쓰고 있던 삿갓을 벗었다. 평상시에 인상착의가 너무 눈에 띄어 삿갓을 쓰고 있던 것이다. 그제야 이송학은 자신에게 이야기하는 두 사람의 모습이 무척이나 낯이 익었다는 점을 발견할 수 있었다.

"본인은 천무학관의 총노사를 맡고 있는 빙검 관철수라 하오."

빙검이 그제야 자기를 소개했다.

"염도다!"

무뚝뚝한 염도의 소개였다.

"컥! 그, 그럼 당신들이 그 유명한……."

사색이 된 사람은 비단 그뿐만이 아니었다. 두 사람의 소개를 들은 산적들 대부분의 얼굴이 푸르죽죽하게 변했다. 몇몇 산적은 사레가 심하게 들린 듯 연신 기침을 해댔다. 심장이 안 좋은지 심장을 움켜쥐고 갖은 인상을 다 쓰는 산적도 있었다.

그제야 그들은 자신들이 얼마나 무모하고 어리석기 짝이 없는 짓을 시도하려 했는지 깨달았던 것이다. 그 비난의 화살은 모두 채주 임개를 향했다. 다른 사람과 마찬가지로 안색이 시커멓게 죽어 있는 임개는 입이 열 개라도 할 말이 없었다.

"얼음과 불은 절대 섞이지 않고 같이 다니는 법이 없다고 들었었는데……."

때문에 이송학은 순간적으로 이 두 사람이 그 유명한 두 사람이라고 미처 생각지 못했던 것이다. 빙검이 쓸쓸한 어조로 중얼거렸다.

"세상엔 가끔 피치 못할 사정도, 예외도 있는 법이지요."

그러나 이번에는 그 예외가 사람 여럿 잡을 뻔했다. 위기일발의 순간이었었다.

"휴우~."

임성진은 안도의 한숨을 내쉬었다. 아무래도 자기 차례까지는 오지 않을 듯했다.

몰살(沒殺)!

임개와 이송학은 손까지 흔들며 그들을 배웅했다.
"휴우…, 하마터면 쪽박 찰 뻔했구만……."
임개의 말은 사실이었다.

천하오대검수(天下五大劍手)의 일좌인 빙검과 천하오대도객(天下五大刀客)의 일좌인 염도. 이 두 사람의 힘만으로도 이 흑랑채를 강호에서 먼지로 사라지게 만들 수 있는 실력이 있었다. 이 둘만을 상대한다 해도 승리를 확신할 수 없었다. 그런데 그 둘 이외에도 50여 명의 화산지회 대표단이라니, 상상만으로도 전율이 일 정도로 끔찍했다.

천무학관 사람들이 모두 떠난 후 흑랑채주 임개는 식은땀에 흥건히 젖은 이마를 훔치며 안도의 한숨을 내쉬었다. 그들은 저승사자가 코앞에 행차한 줄도 모르고 기세 좋게 날뛰며 방종한 행동을 무참히 감행했던 것이다. 목이 온전히 붙어 있는 게 기적이었다.

만약 빙검과 염도가 이송학의 심금을 울리는 구구절절한 사연에 감동한 나머지 그의 체면을 봐주지 않았다면 그들은 귀신이 되어 구천을 떠도는 신세가 될 뻔했던 것이다. 임개는 고개를 휘휘 휘둘러보고는 호탕하게 외쳤다.

"구사일생이란 게 이런 걸 두고 하는 말이로구나. 기념으로 내일은 착한 일이나 좀 해야겠다."

"착한 일이라굽쇼?"

착한 일이라니? 산적과 가장 안 어울리는 일 중 하나였다. 그 착한 일이란 말은 들어본 지 너무 까마득한 세월이 지나 정말 그런 말이 있는지조차 의심스러워하는 사람들이 바로 녹림도들이었던 것이다. 그들은 채주의 정신 이상을 의심했다.

"너무나 큰 정신적 충격 때문에 약간 훼까닥한 거 아닐까?"

임개의 부하 중 조장을 맡고 있는 장규가 옆의 동료인 노구에게 귓속말로 소곤거렸다.

"글쎄? 네 말이 맞는 거 같기도 한데, 그렇지 않고서야 산적 놈이 무슨 염병할 착한 일? 이 닭살 돋는 거 안 보여?"

노구는 자신의 팔뚝을 친구의 눈앞에 불쑥 내밀었다. 톡톡! 그의 팔뚝 피부에는 깃털 뽑힌 닭살같이 우둘우둘한 게 돋아나 있었다. 그가 얼마나 착한 일이라는 말에 거부감을 일으켰는지 그의 팔뚝이 잘 증명해 주고 있었다. 이해한다는 듯 친구 장규가 고개를 끄덕였다.

"이해해. 나도 좀 전에 아까 그 착한 일, 선행이라는 말을 듣고 소름이 오싹 끼치더라구. 하마터면 경기 들 뻔했지."

이들의 대화가 만일 두목의 귀에 흘러 들어가면 경을 칠 우려가 다분했기에 그들은 아주 작은 모기만 한 목소리로 소곤거려야만 했다.

휙!

그때 갑자기 채주 임개의 날카롭고 험악한 시선이 그 둘을 향하자 그들의 연약한 심장은 덜컥 내려앉을 뻔했다.

"이봐! 조장!"

임개가 그들을 불렀다.

"네! 두목!"

둘이 동시에 대답했다.

"내일 작업할 때는 딱 반만 털도록!"

그가 말한 선행은 그런 형태를 지니고 있었던 모양이다. 장규와 노구의 눈이 크게 부릅떠졌다.

"허걱! 그렇게 엄청나게 착한 일을……?"

둘은 마치 다른 사람 보듯 경이적인 시선으로 임개를 쳐다보았다.

그런데 그때였다.

"그럴 필요는 없을 것 같군."

나직하고 음습한 목소리에 임개의 고개가 홱 돌아갔다. 그의 눈이 가늘게 떠졌다. 그들이 언제 그곳에 있었는지 아무도 몰랐다. 그들의 기척을 느낄 만한 실력을 지닌 이가 여기에는 전혀 없었던 것이다. 그러나 검은 그림자들은 이미 자신들의 주위를 완전히 포위하고 있었다.

"웨…, 웬 놈들이냐?"

오랜 녹림 생활로 다져진 그의 본능이 절박한 위험이 다가왔음을 삑삑거리며 알려주고 있었다. 그의 예민한 후각은 검은 천으로 온몸을 감싼 이들의 전신에서 뿜어져 나오는 피와 죽음과 공포의 냄새를 맡을 수 있었다.

'우라질! 이거 재미없겠는데…….'

한눈에 척 보기에도 이놈들은 엄청나게 위험한 놈들이었다. 마른 침이 목젖을 타고 넘어갔다. 그는 지금 본능적으로 치솟아 오르는 공포와 맞서 맹렬히 싸우고 있는 중이었다. 선두에 선 흑의 중년 사내의 입꼬리가 살짝 말려 올라갔다. 그가 바로 이들을 이끄는 총대장, 그 이름은 적혈이라 칭하는 사내였다.

"누구냐? 정체를 밝혀라!"

임개가 떨리는 목소리로 묻자 적혈은 무미건조하고 감정이 철저히 배제된 목소리로 대답했다.

"저 · 승 · 사 · 자! 너희들의 제삿날이 내년 바로 오늘이다."

그것은 지옥에서나 어울릴 듯한 목소리였다. 사방을 가득 채운 살기에 배짱으로 먹고 산다는 흑랑채의 부하들도 한마디도 내뱉지 못한 채 입을 봉하고 있었다. 평소라면 최소한 기본적인 욕설만이라도 먼저 쏟아부었을 것이다.

"걱정 마라! 한꺼번에 저승길로 보내줄 테니 외롭지는 않을 거다."

"니기미, 쓰불! 누구 맘대로! 얘들아, 쳐라!"

더 이상 생각할 필요도 없다는 듯 임개가 외쳤다. 계속 시간 끌어봐야 흑랑채에 유리할 건 아무것도 없었다.

"우오오오오!"

흑랑채의 산적들은 일제히 무기를 꼬나들고 달려들었다. 그러자 검은 그림자인 십이혈마대도 기다렸다는 듯이 신속하게 움직였다. 그것은 애초에 싸움이라 부를 수도 없는 것이었다. 완전한 일방적인 도살이었다. 십이혈마대의 칼이 사신의 미소를 지으며 휘둘러질 때마다 산적들은 그 생명을 그 칼날 아래 고스란히 내놓아야 했다. 아무리 녹림오패의 이름이 대단하다 해도 이들 앞에서는 어른에게 대드는 어린애만큼이나 역부족이었다.

피! 피! 피!

가을의 만추를 강제로 앞당기기라도 한 듯 산 전체가 붉은색으로 물들었다. 학살(虐殺)은 반 시진 동안이나 계속되었다.

"헉, 헉, 헉!"

씨근덕씨근덕 거칠게 숨을 몰아쉬며 찢어질 듯 부릅뜬 눈으로 임개는 주위를 둘러보았다. 수많은 시체더미 속에서 마지막까지 저항한 사람은 자신 혼자뿐인 모양이었다. 그의 얼굴은 이미 악귀를 방불케 할 만큼 많은 피로 범벅이 되어 있었다. 그러나 그 피의 태반은 산채 부하들의 피였다.

"야! 먹물! 먹물! 이소오옹!"

그러나 아무런 대답도 없었다. 자신의 부하들 중 숨쉬고 있는 이는 아무도 없었던 것이다. 전신의 상처에서 흘러내리는 피로 피칠갑을 한 채 임개는 십이혈마대의 총대장 적혈을 노려보았다. 그의 눈은 광기로 번들거렸지만, 그의 도끼는 이미 고철덩어리처럼 형편없이 너덜너덜해져 있었다. 무자비한 십이혈마대의 칼들로부터 자신의 생명을 지키느라 입은 상처들이었다.

오른쪽 허벅지에는 이미 감각이 없었다. 왼팔도 이미 너덜너덜해진 모양인지 거추장스럽기만 했다. 옆구리랑 뱃가죽 여기저기가 쑤시는 것을 보니 칼이 한두 번 지나간 게 아닌 듯싶었다.

'빌어먹을! 이렇게 끝인가?'

이제 한 번밖에는 제대로 휘두를 힘이 남아 있지 않았다. 그렇다면 혼자 죽지는 않으리라! 임개는 자신의 단전 밑바닥에 있는 마지막 진기 한 줌까지 짜내었다. 죽을 때는 한 놈이라도 더 많이! 저승 가는 길동무는 많으면 많을수록 좋은 법이었다.

"크아아악! 죽어라!"

콰쾅!

피를 토하는 듯한 날카로운 괴성! 그리고 거대한 기폭음(氣爆音)!

그것은 임개가 이승에 남긴 마지막 존재의 흔적이 되었다. 본의 아니게 그날 구궁산은 수십 통의 피를 끊임없이 들이켜야만 했다.

"피해는?"

자욱한 피 냄새가 진동하는 참혹한 시체더미의 한가운데 서 있던 십이혈마대 총대주 적혈이 무감정한 목소리로 물었다.

"사망 두 명! 중상 세 명! 경상 일곱 명입니다."

제1대 조장과 부장을 겸하고 있는 혈검이 인원을 점검한 후 보고했다. 적혈의 인상이 싸늘하게 굳어졌다.

"지금 제정신인가? 겨우 이런 조무래기들이랑 싸우는데 사망자가 둘씩이나 나오다니 그게 말이나 될 법한 소리인가? 게다가 부상자가 열? 도대체 그동안 훈련을 어떻게 해왔기에 요 모양 요 꼴인가?"

적혈의 입에서 불호령이 떨어졌다. 조직 최정예를 자랑하는 암살 전문가인 자신들이 이런 산적 나부랭이를 상대로 이 정도 피해를 입은 것은 그의 자존심에 크나큰 상처를 입히는 일이었다.

"사망자는 어느 대 소속인가?"

"제9대와 제11대 소속 대원들입니다. 예상 외로 흑랑채주 흑랑부 임개라는 자의 도끼가 매서웠던 모양입니다. 녹림오패란 말은 거저 얻은 게 아니었더군요."

"아무리 녹림오패의 일인이라 해도 어차피 산적 나부랭이일 뿐이다. 제9대 조장과 제11대 조장은 돌아가면 문책이 있을 거라 전해라. 그리고 중상을 입은 놈은 특별 강화 수련 과정인 지옥연무 석 달! 경상은 한 달이다. 물론 이 작전이 끝날 때까지 살아 있다는 전제하에서!"

지옥연무란 말에 부장 혈검의 얼굴이 창백해졌다.

'불쌍한 놈들!'

그러나 당연한 대가였다. 약한 자에게 던져줄 자비 따위는 이곳에 존재하지 않았다.

"예! 알겠습니다."

"이런 조무래기들에게 두 명씩이나 당해서야 앞으로 일을 어찌 해 먹는단 말이냐? 쓸모없는 것들!"

"임개 이외에도 놈들 중에 의외의 고수가 끼어 있었습니다. 검을 쓰는 자였습니다."

"산적이 검이라……?"

정말 어울리지 않는 무기였다.

"그자의 검법으로 미루어 볼 때 아무래도 군자소요검 이송학인 것 같습니다."

십이혈마대는 힘만 앞세워 정보를 무시하는 엉터리 부대는 아니었다.

"쌓아놓은 학식이 강을 메울 정도라는 군자소요검 이송학이 도적질을?"

이번 보고만큼은 적혈도 놀라고 말았다. 그러나 그런 사치스런 감정은 잠시 잠깐일 뿐이었다.

"그자는?"

순간 혈검은 대답할 말을 잊었다. 입이 열 개라도 그는 할 말이 없는 입장이었다.

"죄…, 죄송합니다. 놓쳤습니다."

이 작전의 요체는 절대 생존자를 남겨서는 안 된다는 것이었다. 살기어린 무시무시한 책망의 시선이 혈검의 전신을 관통했다. 그의 몸이 부들부들 떨렸다.

"책임은 나중에 묻겠다. 지금 그자는?"

삭풍이 몰아치는 듯한 말투였다.

"제8대에서 추적대를 보냈습니다."

"그래?"

그제야 잔뜩 굳어져 있던 그의 얼굴이 조금이나마 풀렸다. 제8대는 추종술을 전문적으로 익힌 조였다. 그들이 여태껏 사냥감을 놓친 적은 단 한 번도 없었다.

"저 지평선 너머까지라도 샅샅이 뒤져 반드시 제거하라. 실패하면 목숨으로 그 죄를 물을 것이다. 우리는 절대 흔적을 남기지 않는다. 반드시 말살하도록. 지금부터 부대 재정비에 들어간다. 실시!"

"예! 알겠습니다."

"정비가 끝나는 즉시 재추적이다. 그리고 미끼를 풀어라! 녹림왕이 그 미끼를 물도록. 미끼는 중상 입은 놈들을 써라! 마침 잘됐군. 일부러 상처낼 필요도 없으니깐. 그리고 도주한 그자는 무슨 일이 있어도 제거하도록! 이상!"

얼음처럼 냉철한 명령이었다.

"복명(復命)!"

중상을 입은, 그러나 움직이기에는 그다지 불편이 없는 대원 한 명이 주섬주섬 죽은 녹림도의 옷으로 바꿔 입고, 얼굴을 매만져 역용(易容)을 했다. 어차피 상처는 가짜가 아니기에 아직도 붕대 밖으로 피가 배어 나오고 있었다. 영락없는 패잔병의 모습이었다.

잠깐 사이에 그자는 어느새 한 명의 부상당한 산적 졸개로 변해 있었다. 그자의 찌를 듯한 살기도 어느새 몸 안으로 깊숙이 갈무리되고 없었다. 원래 이런 일에 종사하는 자들은 하나같이 살기가 강하지만, 때에 따라 그 살기를 숨기지 못하면 이 장사를 계속 해먹기가 힘들었다.

"가서 일을 제대로 처리하면 그 공을 감안해 지옥연무를 반으로 줄여주겠다."

적혈의 말에 그는 감지덕지한 표정이 되었다. 그만큼 지옥연무는 아무리 독하게 수련해 온 그들로서도 힘겨운 과정이었다. 산적이라고 흑랑부 임개의 도끼를 얕잡아 본 게 크나큰 실수였었다.

"가라!"

"복명!"

적혈의 명이 떨어지자 그자는 금세 신형을 움직여 녹림왕이 기거한다는 녹림칠십이채 총채가 있는 쪽으로 사라졌다.

"철수한다!"

적혈의 명령과 함께 마치 땅으로 꺼지기라도 하듯 그들의 신형이 사라졌다. 그들이 떠난 자리 뒤로는 싸늘한 죽음의 정적만이 짙은 피비린내와 함께 남아 있을 뿐이었다.

두두두!

강렬한 힘이 대지를 박차는 소리.

"워워!"

대지를 두드리던 여러 필의 말발굽 소리와 함께 산길을 달려오던 한 대의 마차가 마부의 명령에 멈춰 섰다. 갑작스런 제동에 말들이 투레질하며 거친 움직임을 보였다. 네 필의 말이 끄는 검은 마차가 멈춰 선 곳은 바로 얼마 전에 흑랑채의 산적들이 떼죽음을 당한 참상의 현장이었다.

끼익!

마차의 문이 열리고 그 안에서 황홀할 정도로 아름다운 여인이 모습을 드러냈다.

순간 퍼져 나오는 피비린내에 그녀는 손수건으로 코를 막아야만 했다.

"참혹하군요."

그녀의 아름다운 아미(蛾眉) 사이가 가볍게 찡그려졌다. 그녀의 호수 같은 두 눈에는 혐오감이 일렁거렸다.

"누구의 소행일까요?"

마부석에 앉아 있던 장노(張老)가 대답했다.

"시신 여기저기서 발견되는 표식으로 미루어 볼 때 이들은 아무래도 녹림오패 중 하나인 흑랑채의 산적들인 것 같습니다. 녹림오패는 다른 어중이떠중이 산적 패들과는 달리 매우 훈련이 잘돼 있는 곳인데 하나같이 제대로 반항도 못 해보고 죽었군요. 모두들 상처가 지독히 깔끔합니다. 이들의 상처로 미루어 볼 때 전문가들의 소행이 틀림

없습니다. 무서운 솜씨입니다."

"그렇다면……."

그때였다. 갑자기 장노가 손가락을 입에 가져다 대며 조용히 하라는 신호를 보냈다. 그녀는 즉시 하얀 옥수를 들어 붉은 입술을 막았다. 장노의 예리한 시선과 쫑긋한 귀가 주위를 살폈다.

팟!

순간 장노의 눈이 날카롭게 번뜩이며 그의 손이 바람보다 빨리 뻗어 나갔다. 그의 손끝에서 섬광 하나가 풀숲 안으로 빨려 들어가듯 사라졌다.

사라라락!

풀이 흔들리는 소리가 귓가를 자극했다.

"놓쳤나요?"

"면목없습니다. 반응은 있었는데 놓친 것 같습니다. 상당히 빠른 쥐새끼로군요."

"괜찮아요. 그보다 빨리 이곳을 떠나도록 하지요. 그들에게 무슨 사고라도 생기지 않았나 걱정이에요."

"네, 소저!"

사실 그녀가 그들의 안위를 걱정해 준다는 것은 그녀의 소속과 출신상 무척이나 우스운 이야기였지만, 그녀는 그것을 전혀 부끄럽게 여기지 않았다. 오히려 그녀는 이 모든 걸 당연하게 생각했다.

"이럇!"

찰싹!

장노의 채찍이 허공의 바람을 가르자 마차의 바퀴는 다시 구르기 시작했다.

적혈은 상당히 기분이 불쾌했다. 그럴 만도 했다. 왜냐하면 뒤처리를 깔끔히 하라고 남겨두었던 부하 녀석 하나가 꼴사납게 어깨에 비도를 맞고 돌아온 것이다. 그 미덥지 못한 데다 칠칠치도 못한 부하는 왼손으로 자신의 오른쪽 어깨를 감싼 채 송구스러운 듯 부복하고 있었다.

'내가 언제부터 이렇게 약해 빠진 녀석들의 대장이 되었지?'

욕지거리를 참으려야 참을 수가 없었다. 돌아가서 어떻게 주군의 얼굴을 대한단 말인가? 얼굴이 화끈거려 면목이 서질 않았다.

'아무래도 다시 한 번 뼈를 깎는 단련을 시켜야겠어!'

백 년을 걸쳐 내려온 강철의 율법대로 천겁의 그림자에 약한 자는 필요 없었다.

"상당히 고명한 솜씨로군요."

부장 혈검이 칠칠치 못한 부하의 상처를 살펴본 후 말했다. 어깨를 꿰뚫은 암기는 어디서나 구할 수 있는 평범한 것이라 그것만으로는 출수자의 신분을 파악하기는 힘들었다. 더 많은 정보가 필요했다.

"평범한 마차꾼의 솜씨가 아니었습니다. 기척을 완전히 숨겼다고 생각했었는데……."

부상입은 장본인 512호가 대답했다. 512호면 제5대 12번 대원이라는 뜻이었다. 대주와 조장 이외에는 그들에게 이름은 존재하지 않았다. 512호는 변명이라도 하고 싶은 모양이었다.

"절정 고수의 솜씨가 확실합니다. 피하지 않았다면 분명 심장을 관통했을 겁니다."

혈검의 판단은 아마 정확할 것이다. 이런 유의 판단에서 그는 여태 껏 틀려본 적이 없었다.

"게다가……."

512호는 아직 할 말이 남은 것 같았다.

"도망쳐 온 주제에 아직도 할 말이 남아 있나?"

쏘아붙이는 듯한 날카로운 시선으로 적혈이 물었다.

"면목없습니다. 하지만 그 마차에 타고 있는 사람은 바로…였습니다."

"뭐라고?"

적혈은 하마터면 그의 멱살을 움켜쥘 뻔했다.

"그 말! 책임질 수 있나?"

"제 목숨을 걸겠습니다. 은빛여우가 확실합니다."

"왜 그걸 먼저 말하지 않았나? 이 멍청아!"

잔뜩 화가 난 적혈이 고래고래 고함을 질렀다. 이제는 약해진 데다 멍청해지기까지 하고 있다는 사실에 512호는 절망감마저 느껴야 했다.

"급신을 통해 이 사실을 상부에 알리고 대응책을 받아 오게. 그리고 그 마부의 존재가 누군지 조사해 보도록! 분명 보통 인물은 아닐 것 이다."

"알겠습니다."

적혈의 명령에 십이혈마대가 바쁘게 돌아가기 시작했다. 그리고 한 마리의 매가 날갯짓하며 하늘로 날아올랐다.

재회(再會)

날카로운 칼이 허공중에 번뜩였다.
그리고 무엇인가의 살, 혹은 고기라고 불리우는 것이 칼날 아래에 잔인하게
난도질당했다. 칼의 주인은 피도 눈물도 없었다.

쉬익!

푸학!

서걱 서걱 서걱!

한 번! 두 번! 세 번! 네 번······.

얼마나 많은 칼질이 있은 이후일까······.

진하고 선명한 붉은빛!

칼자국 사이로 피가 냇물처럼 흘렀다. 내장이 한아름 쏟아져 나왔다.

씨익!

칼을 들고 있는 괴인의 입에 비릿한 웃음이 맺혔다. 그는 잔인하게
손을 뻗어 삐져나온 내장을 잔인하게 잡아뽑았다.

"흐흐흐!"

괴인은 비릿한 웃음을 지으며 손에 묻은 붉은 피를 핥았다. 끔찍한 광경이었다.

화르르륵!

거센 불꽃이 활활 잔혹하게 타올랐다.

"오향장육 10인분 나왔습니다."

숙수의 외침과 함께 점소이가 잽싸게 요리를 들고 달려왔다.

"왜 이렇게 늦었어? 뱃가죽이 등에 달라붙은 후에야 가져올 셈이냐?"

염도가 강하게 불평을 터뜨렸다. 아직도 가져올 음식은 40인분이 더 남아 있었다. 지금 주방은 대량의 주문을 소화하기 위해 완전히 전쟁이었다.

"헤헤…, 죄송합니다. 손님! 금방, 금방 대령하겠습니다."

염도가 내뿜는 무시무시한 기세에 얼어붙은 점소이가 연신 허리를 구부리며 헤헤거렸다.

"빨리 하게."

염도가 흉폭한 안광을 번뜩이며 말했다. 순간 오금이 저리는 공포를 느끼며 점소이는 벌벌 떨었다. 그 같은 일반인이 염도 같은 절정 고수의 안광을 정면으로 받는다는 것 자체가 어불성설이었다.

오줌을 지리지 않은 것만 해도 다행이었다.

이곳은 어디에나 있는 무척이나 흔한 평범한 객잔은 아니었다. 삼양(三陽) 성내에 들어서자마자 이 성에서 가장 좋은 객잔을 물어 찾아온 곳이었다. 가끔 비가 오면 부실한 천장에서 물이 새 홍수를 일으키는 일이 심심찮게 발생하는 그런 삼류 업소와는 차별화된, 당당히 일류라는 간판을 걸고 영업을 하는 곳이었다.

순평루(順平樓)!

예산이 넉넉한 천무학관 대표단 일행은 이곳을 오늘의 숙소로 정하기로 결정했다. 그리고 조금이라도 늦으면 사람이라도 잡아먹을 것 같은 염도의 독촉에 막 음식이 나온 참이었다.

"류연이는 어디 갔느냐?"

거의 전세 내다시피 한 식당 안을 빙 둘러본 염도가 고개를 갸우뚱했다.

"마을을 둘러본다고 나갔습니다."

모용휘, 장홍과 함께 앉아 있던 효룡이 대답했다.

"쳇! 또 예린이를 쫓아서 나간 모양이군."

염도가 작게 투덜거렸다.

'그 아이는 여전히 사람을 피하는 모양이군.'

나예린이 뭔가를 구경하러 일행을 이탈했을 리가 만무했다. 그녀는 아무래도 이 일행들과 어울려 있는 게 힘들었던 모양이었다. 나예린은 사람이 많이 모인 곳은 아무리 동문들이라 해도 의도적으로 자리를 피했다. 염도로서도 그편이 사람들을 통솔하기가 더 편했다. 특히나 식사 시간에는 더욱더. 더 이상 관도들이 나예린을 훔쳐보다 밥이나 국을 입이 아니라 옷에다가 쏟아 붓는 꼴사나운 모습은 사양이었다.

"휘! 상! 너희들이 나가서 찾아와라. 무슨 말썽이나 피우지 않았으면 좋겠는데……."

그러나 염도 자신도 그것이 얼마나 부질없는 소원인지 잘 알고 있었다.

"예!"

모용휘와 남궁상이 즉시 자리에서 일어나 밖으로 나섰다.

"저…, 저도 함께 다녀오겠습니다."

두 사람이 밖으로 나간 잠시 후, 안절부절 못하던 위지천이 마침내 참지 못하고 자리에서 벌떡 일어나며 말했다. 그는 절대 두 사람이 만나는 꼴을 그냥 두고 볼 수는 없었다. 온갖 망상이 그의 머릿속 가득히 떠올랐다.

"네가 왜?"

시큰둥한 표정으로 염도는 의아스럽다는 듯이 물었다.

"그러니깐……."

염도는 위지천이 말할 틈을 주지 않고 한 마디만 했다.

"일없다. 앉아!"

거부는 용납되지 않는 어조였다. 어쩔 수 없이 위지천은 울상이 되어 다시 자리에 앉았다. 분을 삭이지 못하겠다는 듯 울퉁불퉁 그의 볼이 부어올랐다. 아마 속으로는 염도의 욕을 무더기로 내뱉고 있는 것이 분명했다. 위지천의 기분이 상하던 말든 염도는 아무런 상관도 없는 모양이었다.

"요즘 왜 이렇게 개인 행동들이 많은 거야? 자, 먹자!"

염도가 퉁명스럽게 한마디 내뱉고는 젓가락을 빠르게 놀렸다.

"또 피하는군요!"

사뿐히 내딛던 우아한 발걸음이 움찔 멈추었다.

"예린, 왜 자꾸만 나를 피하는 거죠? 환마동을 나온 이후 눈에 띄게 거리를 두려고 하는군요. 도대체 이유가 뭐죠?"

나예린이 고개를 돌려 비류연을 바라보았다. 사람들의 이목 집중을 피하기 위해 그녀의 얼굴은 하얀 면사로 가려져 있었다. 이렇게라도 하지 않으면 엄청난 수의 남자들이 시도 때도 없이 수작을 걸어오기 때문이다. 그러나 그런 행위는 태양을 손바닥으로 가리는 것처럼 무모했다. 한 조각의 면사로 가려지기에는 그녀의 아름다움이 너무나 빼어났다.

나예린에게로 다가간 비류연이 손을 움직여 그녀의 손목을 잡으려 했다. 순간 무인의 본능이 발휘된 나예린은 비류연의 손을 피한 다음 금나수(擒拿手)를 이용해 오히려 비류연의 손목을 잡았다. 비류연은 애초부터 나예린의 손목을 잡을 생각이 없었다. 그러나 나예린은 아직까지 자신이 함정에 빠졌다는 사실을 알지 못했다.

천상의 미녀에게 손목을 잡힌 비류연은 뛸 듯이 기뻐해야 함에도 불구하고 의기소침한 표정을 지었다.

"흑흑흑, 예린. 나 이제 어쩌죠?"

"……?"

왜 비류연이 갑자기 저렇게 가식적인 울음을 터뜨리며 울먹거리는지 나예린은 이해할 수가 없었다.

"무, 무슨 일 있나요?"

"흑흑흑, 전 이제 장가 다 갔어요."

나예린은 여전히 이해가 불가능했다.

"이유가 뭐죠?"

비류연의 울먹거림이 한층 더 심해졌다. 마치 절망에라도 빠진 그런 모습이었다.

"방심하는 사이 외간여자에게 손목을 잡히고 말았어요. 전 이제 순결이 더럽혀지고 말았어요. 이제 어떻게 다른 사람에게 장가를 가죠? 흑흑흑."

비류연의 절망적인 울먹거림에 나예린은 황당한 표정을 지어 보였다.

"남자가 여자에게 손목을 잡히면 정조를 잃는다는 이야기는 처음 들어보는군요. 강호인이 아닌 일반 여자가 외간남자에게 손목을 잡히면 그런다는 이야기는 들어보았지만……."

나예린의 의문제기에 비류연의 울먹거림이 뚝 멈췄다.

"무슨 말씀을! 그건 하나만 알고 둘은 모르는 이야기라고요. 남녀는 평등한 거잖아요! 그러니 공동의 책임을 져야죠! 남자만 그러는 건 불공평하다고요!"

순간 언제 울먹거렸냐는 듯 비류연은 강한 어조로 망설임 없이 당당하게 자신의 의견을 피력했다. 그리고는 싱긋 웃으며 한 마디를 더 덧붙였다.

"그러니 책임져줘야겠어요."

한 치의 망설임도 없는 비류연의 말에 나예린은 피식 웃고 말았다.

"참, 어쩔 수 없는 사람이군요."

실소와 함께 긴장감이 풀어지고 어느새 어색함이 많이 사라져 있었다.

"이제 뭐가 문제인지 나에게 말해 줄 수 있겠어요? 절 책임져야 하잖아요."

　여전히 책임론을 강조하며 박박 우기고 있는 비류연이었다. 나예린은 지금이라면 말할 수 있을지도 모른다고 생각했다.

　"류연…, 난 두려워요."

　마침내 나직한 목소리로 나예린이 말하기 시작했다.

　"뭘 그렇게 두려워하는 거죠?"

　나예린은 환마동의 환상 때문에 잠시 잊고 있었던, 아니 의식적으로 잊어버리려고 노력했던 과거의 악몽이 되살아나고야 만 것이다. 그에 따라 남성 혐오증이 재발의 기미를 보이고 있었다. 붕괴된 암흑 안에서 두 사람이 있을 때는 미처 깨닫지 못하고 있었지만 그곳을 나오고 나서 다시 자신을 귀찮게 하는 여러 남자들을 접하다 보니 그 사실이 확연히 느껴졌다. 때문에 비류연마저 피하게 된 것이다. 환마동 사건 이후 흘러 들어오는 여러 가지 의식에 더욱 민감해졌기 때문에 사람들 사이에 있는 것이 그녀에게는 너무나 힘들었다. 그리고 또 하나 나예린이 비류연을 피하는 데는 한 가지 이유가 더 있었다.

　"내가 내 자신이 아닌 것처럼 느껴져서요. 당신과 함께 있을 때면 난 보통의 나와는 전혀 다른 모습의 내가 되어버려요. 평정심과 냉정을 유지하기가 힘들어져요. 왠지 그게 내 자신이 아닌 것만 같아요. 전 그 사실이 너무나 두려워요."

　나예린은 면사로 얼굴의 반을 가리고는 있었지만, 눈처럼 하얀 면사도 그녀의 아름다움을 완전히 가려주지는 못했다. 오히려 그녀가 가진 아름다움 중에서 신비로움을 더 강조시켜 줬을 뿐이었다.

　비류연은 그녀의 끝없이 펼쳐진 밤하늘 같은 깊은 눈동자를 정면으로 바라보았다. 그녀의 빠져들 것만 같은 깊은 눈을 아무런 거리낌 없이 정면으로 바라볼 수 있는 남자는 비류연뿐이었다. 다들 그녀와 시선을 마주치면 얼른 외면했다. 마치 자신의 마음이 샅샅이 읽히는 것만 같은 느낌이 들었기 때문이다. 그리고 그것은 사실이었다.

그녀의 안색은 무척이나 어두웠다. 이 일로 상당히 고민했음이 분명한 것 같았다. 비류연은 망설이지 않고 말했다.

"그 모습 또한 예린 자신의 모습이 아닐까요? 예린은 지금 그대로도 좋아요. 변화하는 자신 또한 자기 자신임에는 변함이 없죠. 평생 동안 아무런 변화도 없는 자신은 너무 재미가 없지 않을까요? 그리고 남들과 다르다고 해서 걱정하지 말아요. 꼭 획일적으로 남들과 똑같아질 필요는 없잖아요. 재미없게! 그런 건 너무 평범하고 단조로울 뿐이라고요. 변화란 자연스러운 거예요. 그러니 애써 의식적으로 거부하려 들지 말아요."

지금까지 그 누구도 그녀에게 해주지 않은 말이었다.

"그리고 오늘은 잊지 않고 내 이름을 불러줬으니 이것으로 만족할게요. 그러니 나중에 나 책임지는 거 잊지 말아요."

비류연이 살짝 미소 지었다. 나예린은 포근하고 따스한 온기가 가슴에 와 닿음을 느낄 수 있었다. 비류연은 계속해서 말을 이어나갔다.

"그러니 그렇게 혼자서 고민하고 괴로워하지 말아요. 예린은 혼자가 아니에요. 왜 혼자라고 생각하는 거죠? 무거운 짐을 함께 들어줄 내가 있잖아요. 내가 허락해요. 예린은 이 세상에서 가장 행복해질 자격이 있어요."

"류연……!"

비류연의 말은 마법의 언어처럼 나예린의 가슴속에 울려 퍼졌다. 그것은 봄날의 햇살처럼 느껴지기도 했다. 나예린은 자신의 마음속에 쌓여 있던 한겨울의 눈이 조금씩 녹아내리는 느낌을 받았다. 마치 사막 같았던 그녀의 마음에 따스한 비가 내려 대지를 적시고, 메마른 감정의 불모지에 재생의 싹이 돋아나고 있었다. 그리고 그것은 그녀에게 있어서 무척이나 신비스럽고 생경한 느낌이었다. 휘몰아치는 눈보라에 얼어붙었던 얼음의 강이 사르륵 풀리는 듯한 느낌은.

"걱정 말아요. 그리고 말만 해요. 그것이 어떤 고민이든 눈 깜짝할 사이에 이 세상에서 소멸시켜 버릴 테니까요. 설혹 그것이 옥황상제든 염라대왕이든 간에 산뜻하게 초전 박살을 내버리죠. 그게 무슨 대수겠어요!"

엄청 무시무시한 말을 천진난만하게 활짝 웃으며 아무렇지도 않게 말하는 비류연이었다. 너무나 당당한 비류연의 과격 무쌍한 발언에 나예린조차도 흠칫하고 말았다.

'아니 굳이 소멸시킬 것까지야'라고 생각되었지만 그의 불타는 의지를 말릴 엄두는 나지 않았다. 그녀의 입가에 우아한 미소가 걸렸다.

"어? 드디어 웃었네요."

비류연도 함께 웃었다. 면사가 가려져 있지만 그런 것은 비류연의 눈에 아무런 장해물이 될 수 없었다.

"……?"

나예린은 무심결에 자신의 손을 입가에 대보았다.

'웃어?'

분명 그녀의 입은 웃고 있었다. 또다시 자신도 모르는 사이에 자신이 인지하지 못한 행동을 하고야 말았다.

'왜 항상 이 사람이랑 있으면 이런 일이 일어나는 걸까?'

그것은 그녀에게 있어 아직도 풀어야 할 숙제였다. 잠시 대화가 단절되고 두 사람 사이에 침묵의 강이 흘렀다. 아무래도 지금의 상황은 무척이나 어색한 것 같았다. 비류연은 한시라도 빨리 화제를 전환해야 할 필요성을 느꼈다. 그의 바람이 하늘에 다다랐음인가!

"왜 이러시는 거죠? 길을 비켜주세요!"

구슬이 굴러가는 것처럼 아름다운 목소리였다. 두 사람의 시선이 미성의 진원지로 향했다. 비류연과 나예린이 앞쪽을 바라보니 쭉 뻗어져 있는 대로 한복판에서 소란이 일고 있었다.

분명 어디서 많이 들어본 목소리였다.

'누구지?'

"어허! 잠깐 차나 마시고 이야기나 좀 나누자는데 왜 그렇게 거부하시오?"

"왜 이러시는 거죠? 놓아주세요!"

자신의 손목을 잡으려는 사내의 손을 여인이 힘껏 뿌리쳤다. 여인은 확실히 거부 의사를 표시하고 있었지만 귀에 귀지가 가득 들어 막혔는지 사내들은 들은 척도 하지 않았다.

"뭘 그리 뒤로 빼는 거요? 결코 당신에게 나쁜 짓을 하려는 게 아니오. 그러니 너무 경계할 필요 없소이다. 우린 나쁜 사람들이 아니오!"

나쁜 사람들이 항상 쓰는 상투적인 말이었다. 옆에 있던 남자 중 하나가 거들었다.

"우린 모두 팔대 세가의 자손들이오, 우리랑 어울려 해(害)를 보는 일은 없을 거요. 그러지 말고 잠시 차나 마시며 담소나 나누는 게 어떻소?"

가문은 여자 꼬시라고 있는 게 아니었다. 뭔가 이 남자는 단단히 착각을 하고 있는 모양이었다.

"나쁜 짓을 하려는 것은 아니니 안심하시오!"

언제나 강간범이나 흉악범들이 항상 입에 달고 다니는 소리였다. 그들 말대로만 됐다면 이 세상이 이렇게 험난하게 되었겠는가?

"공자님들! 그만 해주십시오. 저희 아가씨께서 곤란해하십니다."

여인의 마부가 앞으로 나서며 사내들을 말리려 들었다.

"아랫것은 나서지 말라! 건방지다!"

백색 비단 옷을 입은 청년이 마부를 깔아보며 호통을 쳤다. '네까짓 천한 것이 어딜 방정맞게 함부로 나서느냐!' 라는 그런 눈빛이었다. 그것은 남을 존중하는 법을 배우지 못한 자들의 눈빛이었다. 조금 전만 해도 당황하던 기색이 역력하던 마부의 얼굴이 순간 딱딱하게 굳어지며 그의 눈이 차가운 한광을 발했다.

"뭐, 뭐냐? 감히 천한 것이 덤비기라도 하겠다는 거냐?"

마부의 한광에 순간 흠칫한 백의청년이 자신의 실수를 깨닫고 불같이 화를 냈다. 알 수 없는 불쾌감이 그의 심장을 옥죄어 왔던 것이다. 점점 더 차가운 한기를 내뿜으며 마부가 한 발 앞으로 나서려 했지만 그 앞을 여인의 손이 가로막았다. 여인은 고개를 가로저었다. 마부는 항의의 시선을 보냈다. 그러나 여인의 의지는 완강했다.

그녀의 시야에 반가운 얼굴들이 들어왔기 때문이다.

나예린의 눈살이 살짝 찌푸려졌다.

여러 명의 남자들이 한 여인을 소위 '찝쩍' 거리고 있었던 것이다. 찝쩍거리는 남자들의 행색을 살펴보니 평범한 동네 깡패나 일반 불한당이 아닌 모양이었다. 그들의 허리에 차여 있는 값비싸 보이는 명검은 그들이 무림인이라는 것을 명확하게 나타내고 있었다. 그리고 그들의 전신을 휘감고 있는 지나칠 정도로 화려한 비단옷은 그들이 꽤나 잘나가는 집안의 자제라는 것을 뜻했다.

"행색을 보아하니 분명 무림세가의 자제들 같은데 저런 무례한 짓을……."

나예린은 살짝 눈살을 찌푸렸다.

'응? 아…, 아니!'

비류연은 그녀의 눈살이 살짝 찌푸려지는 것을 보고 대노하고 말았다.

'옥황상제든 염라대왕이든 산뜻하게 초전 박살 내버리죠.'

이렇게 빨리 약속을 이행해야 될 때가 올 줄은 그로서도 미처 예상치 못했던 것이다. 비류연은 아무래도 그 약속을 실제로 실행할 생각인 모양이었다. 그가 성큼성큼 앞으로 걸어 나갔다.

"그 더러운 손 이제 그만 치우시지. 아가씨께 민폐라고!"

"웬 놈이냐?"

너무 들어 귀에 딱지가 앉은 악당들의 대사라 쥐꼬리만 한 참신함도 전혀 느껴지지 않았다.

"어라? 소저는?"

비류연의 눈이 휘둥그레졌다(비록 남에게 보이지는 않지만). 놀래기는 나예린도 마찬가지였다. 설마 여기서 만날 거라 생각지 못한 인물이었기에 두 사람의 놀람은 더욱 컸다.

"어머!"

두 사람을 발견한 미성의 주인공이자, 불행한 현 상황의 주인공인 그 여인은 두 사람을 발견하고 반색하며 기뻐했다.

"류연, 예린!"

그녀는 바로 사중화(邪中花) 은설란이었다.

미녀에게 찝쩍거리고 싶은 것은 동서고금의 거의 대부분 남자들의 기본 욕구 중 하나, 아니 철저히 본능에 입각한 행동이라 할 수 있겠다. 특히나 거칠고 막돼먹은 남자들일수록 이 증세가 심각하다.

망나니 건달들이자 무뢰배들이 은설란 정도의 눈 돌아가는 미모를 두고 가만히 있을 리가 없었다. 만일 혹시 행여라도 그렇게 생각한 사람이 있다면 그것은 망나니 건달들의 쥐똥만 한 인내심을 너무 과대평가한 망상일 것이다.

그런데 꽤나 '전(錢)' 있게 차려입은 도련님들이 그녀를 둘러싸고 있는 걸 보니 그들이 아무래도 이번 경쟁(?)의 최종 승리자들인 모양이었다.

"이런 건방진 놈! 이놈! 네 눈에는 이 몸들이 보이지도 않으냐?"

평범한 안부 묻기 따위에 자신들의 존재가 한참 동안 무시당하자 그들은 참지 못하고 고함을 질렀다.

"노옴?"

뚜두둑.

비류연의 고개가 천천히 불쾌한 소리를 내며 돌아갔다. 마치 녹슨 문이 열리는 소리가 울려 퍼지는 듯한 착각이 들 정도였다.

"참 버릇없는 주둥아리님이로군요. 조금은 예의를 가르쳐주어야 할 필요가 있겠네요."

비류연의 입가에 짙은 미소가 그어졌다.

"이놈, 우리가 누군지 알고 감히 까부는 게냐?"

화려한 자수가 새겨진 백색 비단옷을 입은 청년 하나가 불쾌감을 감추지 않은 얼굴로 앞으로 나섰다. 방금 전 은설란의 마부를 향해 무례하다 욕을 한 바로 그놈이었다. 이 불한당 집단은 쪽 수가 합이 다섯이었다. 저 거만함이 줄줄 흐르는 얼굴을 보아하니 짐작대로 한가락 하는 무림세가의 자손인 모양이었다. 그들의 모습을 아래위로 대충 한번 훑어본 비류연이 대꾸했다.

"뭐 그 몰골을 보니 일일이 떠벌이고 다니지 않아도 집안과 배경의 힘이 곧 자기 자신의 힘인 줄 착각하시는 얼간이 도련님 한 묶음이 분명한 것 같군요."

그런데 그게 뭐 어쨌다고? 비류연이 해줄 말은 이것 하나뿐이었다.

"이…, 이 자식! 그…, 그런 모욕적인 언사를!"

정곡을 찌르는 비류연의 말에 다섯 명의 얼굴이 감정을 주체하지 못하고 붉으락푸르락해졌다. 그러나 그들의 멍멍 짖음은 비류연의 귀에는 마이동풍(馬耳東風)일 뿐이었다.

"이대로 넘어갈 수는 없다!"

"무릎을 꿇고 이마가 깨질 때까지 사과해라! 그렇지 않으면 오늘 재미가 없을 것이다."

다섯 명이 너나 할 것 없이 분노의 외침을 토해 냈다.

"허어! 요즘은 진실을 말하면 모욕으로 간주당하는 세상인가 보군요. 세상이 이렇게 각박해져서야. 쯧쯧쯧."

비류연은 다섯 명이 내뿜은 살기어린 분노에도 아랑곳하지 않았다. 어디서 뉘 집 개가 짖나, 라는 그런 태도였다. 그 태연자약한 모습이 도련님들의 타오르는 분노에 기름을 퍼부었다. 그러나 비류연은 미친개가 발광을 하든 지랄을 하든 자기와는 하등 관계없다는 태도였다.

"어?"

그때 뭔가를 생각해 낸 듯 갑자기 비류연의 손가락이 사내들의 머리 수를 세었다.

"그런데…, 하나, 둘, 셋, 넷, 다섯!"

더 이상은 세고 싶어도 셀 머리가 없었다. 비류연의 고개가 갸우뚱해졌다. 의아하다는 표정으로 보아 도저히 풀지 못하는 난제라도 만난 사람 같았다.

"어라? 아무리 세어봐도 다섯 마리뿐이네. 팔대 세가면 나머지 세 마리가 더 있어야 할 텐데? 나머지 세 마리는 어디 갔지요?"

인간 이하의 축생 취급을 서슴없이 해버리는 비류연이었다. 자격이 없는 놈들이 깝죽대는 꼴을 그는 가장 혐오했다.

"이…, 이놈이……."

마침내 다섯 마리, 아니 다섯 명의 분노가 폭발하고 말았다.

"네놈 하나 찢어 죽이는 데는 우리만으로도 충분하다."

챙!

"결투다!"

가운데 서 있던 백의청년이 검을 뽑으며 외쳤다. 갑자기 비류연의 가려진 눈에서 서늘한 기운이 흘러나왔다. 갑작스럽게 쏘아져 나온 한기에 백의청년은 흠칫하고 말았다.

"어?"

"어?"

"어?"

"어?"

"어?"

의아함이 담긴 목소리가 다섯 명에게서 동시에 터져 나왔다.

"자네 왜 장난하고 그러나?"

녹의청년 하나가 옆에 있던 황의청년의 어깨를 가볍게 치며 말했다.

"하하하…, 자네는 왜 그랬나?"

황의청년도 어색하게 웃으며 그의 어깨를 툭 쳤다.

"하하하, 그러는 자네는?"

옆에 있던 백의청년이 같이 그의 등을 두드렸다.

"사람들이 짓궂기는, 하하하!"

황의청년은 두 사람의 어깨를 동시에 두드렸다. 그들의 입은 지금 쉴새없이 웃고 있었지만 그들의 얼굴은 웃는 것이 아니라 잔뜩 굳어져 있었다. 좀 전에 비류연의 웃음과 함께 그의 전신에서 발산된 날카로운 예기가 그들은 원래 있던 곳에서부터 세 걸음이나 뒤로 물러나게 만들었던 것이다. 그러나 그들은 왜 자신들이 세 발자국이나 뒤로 물러났는지 이유를 알 수가 없었다.

"큭큭, 쿡쿡쿡!"

갑자기 비류연이 무엇이 그리 재미있는지 킥킥거리며 웃기 시작했다. 나예린은 비류연이 화가 몹시 났다는 것을 직감적으로 알아차릴 수 있었다. 정말 화가 났을 때 비류연은 항상 저런 식으로 웃었다.

그를 화나게 하는 것, 그것은 누차 얘기하지만 끔찍한 재앙이었다.

"이 애송이가 검을 함부로 뽑다니! 과연 그 검 끝에 실린 무게를 네가 감당할 수 있을까? 가문의 후광에 안주하는 너 따위가?"

비릿한 조소가 흘렀다.

"으으으……."

백의청년은 벙어리라도 되어버린 듯 말을 잇지 못했다.

"류연, 그만둬요. 표식을 보니 아무래도 남궁세가의 자제 같아요. 더 이상 시비를 일으키는 건 좋지 않아요."

나예린이 백의청년의 옷에 수놓아진 표식을 알아보고 비류연을 말렸다. 그러나 그것은 오히려 역효과를 발생시켰다.

"풋! 푸하하!"

기어코 참지 못하고 비류연은 웃음을 터뜨리고야 말았다.

"킥킥! 팔대세가의 생각 없이 사는 녀석들인 줄은 알았지만 남궁세가의 자식이라니…, 너 혹시 남궁상이란 이름을 들어보았냐?"

순간 검을 쥔 청년의 손이 살짝 떨렸다. 마음이 동요되자 검도 떨리다니 아직 턱없이 미숙하다는 증거였다.

"네놈이 어떻게 그분을 아느냐? 그분은 나의 사촌 형님으로 내가 가장 존경하는 분 중 한 분이다."

청년의 이름은 남궁호!

남궁상은 그가 가문의 또래 중에서 가장 존경하고 닮고 싶어하는 존재였다. 물론 비류연은 그런 청년의 기분은 전혀 이해할 수가 없었다. 비류연은 고압적인 자세로 남궁호를 바라보았다.

"큭큭큭, 알고 보니 낙오자였군. 그럼 이건 나름대로 낙오자의 방탕함을 나타내고 싶어하는 몸부림인가?"

저 나이에 이러고 있다는 것은 천무학관 시험에 떨어졌다는 것과 같은 이야기였다. 자신이 가장 듣고 싶지 않은 말을 들었을 때 나타나는 사람의 반응은 단 하나뿐이었다.

"이놈! 죽여버린다."

남궁호가 불같이 화를 내며 달려들었다. 그의 검이 검광을 뿌렸다. 하지만 비류연은 눈썹 하나 꿈쩍하지 않았다. 비류연은 참으로 어이가 없었다. 그리고 솔직히 가소롭기 짝이 없었다.

"나한테 시비를 걸다니…, 좋은 배짱이로군. 하지만 아직 부화도 못한 달걀 주제에 감히 덤빈단 말이냐? 삼천년은 더 수련하고 와라!"

비류연이 사람 좋은 미소를 지어 보였다. 참으로 깜찍한 놈들이 아닌가! 발로 자근자근 밟아버리고 싶을 정도로!

"참나, 검과 몸과 마음이 제각각 따로 노는 주제에 감히 나에게 덤벼? 정말 간덩이가 부었군."

비류연이 한심스럽다는 투의 말대로 남궁호의 실력은 정말 보잘 것없는 것이었다. 그러나 그것은 비류연의 기준에서 그렇다는 거지 다른 사람의 눈에도 그렇게 보인다는 것은 아니었다.

비류연은 남궁호의 찔러 들어오는 검을 가볍게 피하며 슬쩍 옆으로 접근해 살짝 다리를 걸었다. 그러자 그는 균형을 잡을 새도 없이 땅바닥에 엎어지고 말았다. 남궁호는 입 안 가득히 한 움큼의 모래를 삼켜야만 했다.

"쯧쯧쯧, 겨우 다리를 건 것만으로도 맥을 못 추다니……."

비류연은 한심스럽다는 듯이 혀를 찼다. 같이 어울려 놀고 있는 자신이 한심스러울 지경이었다.

"이것도 인연인 것 같으니 그렇다면 인생의 선배로서 내가 교훈을 하나 가르쳐주지. 강호의 쓰디쓴 교훈과 철칙을!"

비류연이 호기롭게 외쳤다.

"강하지 않으면 죽는다! 이게 바로 강호의 철칙이다. 가끔은 가문의 배경도 통하지 않는 때가 있다는 걸 명심해 둬라. 비명횡사란 말이 무슨 뜻인지 몸소 체험해 보고 싶지 않다면 말이다."

개구락지처럼 널브러져 있는 남궁호를 내려다보며 비류연이 말했다. 남궁호는 수치심에 전신이 불에 덴 듯 달아올랐다.

"이, 이…, 이노오옴!"

동료가 엎어지는 것을 보고 분개한 또 한 명의 팔대세가 도련님이 비류연의 시선이 돌아간 틈을 타 정정당당하게 검을 찔러 들어왔다. 그자 역시 팔대세가의 하나인 제갈세가의 직계손이었지만 비겁함 따위는 신경 쓰지 않는 털 난 양심의 소유자인 모양이었다.

그러나 꼭 눈이 있어야 모든 사물을 볼 수 있는 것은 아니다. 사람은 수련 여부와 정도에 따라 눈에 의지하지 않고도 얼마든지 사물을 느낄 수 있었다.

바람소리, 공기의 진동, 차가운 살기 등등 자연계에 존재하는 이런 여러 가지 정보들이 비류연에게 검이 어떤 방향에서 날아오는지를 친절하게 가르쳐주었다. 비류연이 살짝 몸을 한 번 틀자 그것들은 모두 허무하게 허공을 갈랐다. 정말 미숙하기 짝이 없는 검법이었다.

그리고 살짝 손목을 한 번 가격하자 제갈무는 치욕스럽게도 검을 떨구고 말았다.

"뭐야 이거? 기초도 전혀 안 됐잖아!"

비류연은 어이없어하는 와중에도 잊지 않고 그의 복부에 주먹 한 방을 먹였다. 이제 겨우 시작일 뿐이었다. 두 사람이 순식간에 당하자 나머지 세 명은 체면치레고 뭐고 생각할 겨를도 없이 일제히 달려들었다. 한 명은 검으로, 또 한 명은 도로, 그리고 또 한 명은 주먹으로.

"정말 비겁하군요."

은설란의 말에 나예린은 살짝 고개를 끄덕였다.

사람을 널브러지게 하는 방법에 대한 다양한 고찰이 이 시각 한 남자에 의해 행해지고 있었다.

비류연은 몇 번씩이나 더 손과 발을 수고하며 '어떻게 하는 것이 진정하고 올바르며 이의 없는 널브러짐'인가 연구하기 시작했다. 남궁호와 제갈무가 검 한번 제대로 휘둘러보지 못하고 맥없이 나가떨어지자 도련님들은 명예고, 체면이고, 나발이고 다 팽개치고 일제히 비류연을 향해 달려들었기에 연구 재료는 걱정할 필요가 없었다.

"이건가?"

비류연이 만지작거리자 그를 향해 맹렬히 주먹을 내뻗었던 황의사내 언개정의 고개가 휙 돌아가며 사람의 몸이 만(卍) 자를 그렸다. 그는 권법으로 이름 높은 진주언가의 직계로 실력 또한 가문에서 인정

받고 있는 처지였지만 비류연의 손 안에서는 장난감에 불과했다.

퍽!

벌렁!

비류연이 발길질을 한 번 하자 그의 다리를 동강내기 위해 도를 휘둘렀던 하북팽가의 팽연우는 배를 움켜쥐고 허공에서 한 바퀴 맴돌았다.

"아니면 이런 건가?"

퍽!

공손세가의 직계손인 공손승우가 얼굴을 땅바닥에 처박았다.

"아니야! 이럴 수도 있는 거야. 고리타분한 편견과 고정관념에 사고를 얽매일 필요는 없지."

비류연의 손이 분주하게 움직였다.

우둑우둑!

뿌드득!

"으아아악!"

"그, 그만! 제발……."

그러는 동안에도 비명은 계속해서 터져 나오고 있었다. 그러나 비류연은 무심하게 귀를 닫고 자신의 할 일에만 열중하는 모습을 보여주었다. 하나에 열중하는 사람의 모습은 아름답다고 누가 그랬던가?

참으로 형이상학적인 자세였다. 어떤 천축 요가 수행자도 감히 해내지 못할 고난이도의 형상이었다. 사람과 사람이 뒤엉켜 이런 기이한 모양을 만들어 낼 수 있다는 사실에 신비로움마저 느껴졌다. 사람의 발과 손을 단 한 곳도 부러트리지 않고 이렇게 복잡하게 얽히게

할 수 있다니 사람들은 인간이 이런 일을 해낼 수 있다는 사실에 경외심마저 느꼈다. 그러나 비류연은 만족스럽지 못한 모양이었다.

'어떤 모양새가 되어야 진정한 널브러짐일까? 쓰러짐이랑 다른 차이를 어떻게 확연하게 보일 수 있을까?' 비류연의 고민은 계속되었다.

"어렵군, 어려워!"

난해하고 심오한 고찰에 몰두하는, 참선하는 고승처럼 비류연이 나직이 중얼거렸다. 그때 소위 그 널브러짐 당해 있는 남궁호는 울고 싶은 심정이었다. 그는 너무나 불행했다. 오늘, 그의 전 생애에 걸쳐 차분히 나누어 찾아왔어야 할 불행이 한꺼번에 몰려오기라도 한 듯이. 휙 던져질 때 과일 상자에 박치기를 했는지 향긋한 과일 내음와 함께 남궁호는 의식을 잃고 말았다.

"이…, 이게 어찌된 일……?"

주변에 펼쳐진 성대한 난장판을 보며 남궁상이 물었다. 모용휘도 어이없다는 표정으로 비류연이 만들어놓은 작품을 감상하고 있었다. 비류연을 찾는 일은 무척이나 간단했다. 객잔을 나오자마자 가장 소란스러운 곳으로 발길을 옮기기만 하면 되었던 것이다.

"지금 뭘 하…, 신 겁니까?"

걱정이 가득한 눈빛으로 남궁상이 물었다. 이런 소동을 일으켜봐야 이득될 일이 하나도 없었던 것이다.

"응? 나? 여기서 잠시 구조 작업을 하고 있었지. 언제나 그렇지만 사람의 생명을 구하는 고귀한 행동은 무척이나 힘들고 번거로운 일인 것 같아."

비류연이 이마의 땀을 훔치는 시늉을 하며 말했다.

"저기 저 소저 말…, 씀입니까?"

남궁상의 손이 은설란을 가리키며 해명을 요구했다. 그도 그녀가 누군지는 잘 알고 있었다. 단지 그녀가 왜 여기 있는지 알 수가 없었지만 말이다. 비류연은 고개를 천천히 가로저었다.

"아니, 내가 구한 것들은 저기 바닥에 여기저기 누워 있는 달걀들이지."

"네? 그게 무슨……?"

"문자 그대로 내가 오늘 초상치를 젊은 목숨들을 살려주었다는 말이야. 안 그래요, 할아버지?"

비류연이 느닷없이 고개를 휙 돌린 곳은 방금 전 찝쩍대는 도련님들을 말리던 마부 노인이었다. 은설란이 타고 온 마차를 모는 이 노인은 처음에는 이 느닷없는 질문에 일순 흠칫 당황한 듯했지만 이내 웃음을 터뜨렸다.

"허허허, 소인 같은 하찮은 마부가 무엇을 알겠습니까. 그나저나 도와주서서 감사합니다, 공자!"

"그래요? 그렇다면 일단 그렇다고 해두죠."

비류연의 웃음섞인 대답에 은설란은 묘한 시선으로 그를 바라보았다.

'이 마부 노인이 도대체 뭘 어쨌다는 거지?'

남궁상은 여전히 현 사태가 어떻게 돌아가는지 이해 불능이었다. 그의 머릿속에서 수십 개의 의문부호들이 사이좋게 춤을 췄다.

그때였다. 저쪽 과일가게 과일들 속에 얼굴을 파묻고 있던 청년 하나가 비칠비칠 몸을 일으켰다. 언제부터 그가 거기에 처박혀 있었는지 아무도 알지 못했다. 눈처럼 새하얗던 그의 백의는 짓이겨진 과일들로 인해 알록달록 여러 가지 색깔로 염색되어 있었다. 겨우 겨우 정신을 차린 듯 연신 고개를 좌우로 돌리며 몸 여기저기를 만지고 있는 것을 보면 온몸의 뼈마디가 쑤신 듯 아픈 것 같았다.

지옥 같은 고통 속에 인상을 찡그리고 있던 청년은 주위를 두리번거리다 자신이 아는 얼굴 하나를 발견하고는 반색을 하며 다가왔다. 그의 눈엔 그가 마치 구세주처럼 보였을 것이다.

"혀…, 형님!"

남궁상을 부르는 그의 목소리는 처량하기 짝이 없었고, 그의 얼굴은 정상이라고 하기에는 너무나 현란했다.

"아니 너는 둘째 작은 아버지의 둘째 호(虎)가 아니냐! 네 몰골이 어찌 그 모양이냐?"

남궁상의 걱정어린 질문에 힘을 얻은 남궁호가 비류연을 향해 삿대질을 하며 외쳤다. 내심 복수해 주기를 간절히 바라면서.

"그러니깐 저 작자가……."

퍽!

지옥 같은 고통 속에서 겨우 정신을 차렸던 남궁호는 남궁상의 온화하고 적절한 조치에 다시금 침묵하고 말았다.

'설마…, 못 들었겠지?'

얼른 비류연 쪽을 바라보니 그는 지금 모용휘와 함께 은설란이랑 이야기를 나누느라 정신이 없는 듯 보였다. 성공인가?

[무슨 일 있었냐?]

바로 그 순간 그의 귓가를 때리는 전음성, 마치 귀신을 본 것처럼 남궁상은 화들짝 놀랐다.

[네에? 하하하, 아무 일도 없습니다. 없었어요! 그럼요, 정말입니다.]

당황한 남궁상이 전심전력으로 변명을 늘어놓았다.

"그으래?"

대사형의 돌려졌던 고개가 다시 원상 복구되자 그제야 남궁상은 안도의 한숨을 내쉴 수 있었다.

"휴우~!"

사촌 동생을 생명의 위기에서 극적으로 구한 남궁상의 신속한 조치는 칭찬받아 마땅했다. 물론 남궁호는 이해할 수 없었겠지만.

모용휘와 은설란의 재회
- 지상 최강의 공격

"은 소저, 그런데 여긴 어떻게?"
의혹이 가득 담긴 목소리로 모용휘가 물었다.
"어머나, 우연이네요!"

은설란이 활짝 웃으며 대답했다. 정색하며 질문한 모용휘가 오히려 무안을 느낄 정도로 해맑은 미소였다. 저 미소를 볼 때마다 모용휘는 과연 저 여인이 흑도의 여인이 맞는지 의문을 느끼게 된다. 그리고 자신이 그동안 흑도 전부를 악으로 규정했던 것이 너무 편협했던 것이 아닌가 하는 반성을 하게 만들었다.

그리고 결정적으로, 같은 또래에서 적수를 찾아보기 힘들다는 칠절신검 모용휘도 저 미소에는 한없이 약하다는 점이었다. 은설란의 미소 속에는 모용휘를 당황케 만드는 독(毒)이라도 들어 있는 모양이었다.

"우, 우연이라니요?"

'절대 그럴 리가 없잖습니까!' 라고 소리 높여 외치고 싶었지만, 그녀의 생글거리는 그리고 천진난만해 보이기까지 한 미소 앞에서는 감히 입 밖에 낼 엄두가 나지 않았다.

"이곳엔 어쩐 일로……?"

같은 질문이었지만 이번에는 '장난치지 말고 제대로 대답해 주세요' 라는 의미가 이중으로 담긴 질문이기도 했다.

"휴가를 받아서 지금 여행중이에요. 여행을 하다 보면 종종 길이 겹쳐지는 일이 있지요. 그때가 바로 길동무를 사귈 수 있는 절호의 기회가 아닐까요? 화산은 가볼 만한 명승지가 많아 좋은 여행지라고 들었어요."

은설란은 여전히 '우연한 만남'을 강조하고 있었다.

"맞습니다. 마음 맞는 길동무와 함께하는 여행만큼 즐거운 여행도 없지요."

마부 장노가 끼어들어 한마디 거들었다.

"서…, 설마……?"

모용휘는 뒤를 이을 말이 생각나지 않자 말을 더듬거려야만 했다. 은설란이 천천히 고개를 끄덕였다.

"저, 정말 우리랑 함께 동행할 생각입니까?"

모용휘는 너무 당황한 나머지 언성을 높이고 말았다.

"안 되나요?"

은설란은 흑요석 같은 두 눈에 눈물을 글썽이며 애처로운 눈빛으로 물끄러미 모용휘를 쳐다보았다. 세상에서 가장 무시무시한 궁극 기술 중 하나인 미인계(美人計)라는 것이었다. 특히나 은설란 정도의 초특급 미인이 이 기술을 사용하면 그 효과는 그야말로 엄청난 것이다.

"모용공자!"

심혼을 울리는 애처로운 목소리에 모용휘의 수려한 얼굴이 가을 단풍처럼 붉게 물들었다.

모범생, 얼음탱이, 혹은 나무토막이라 불리는 모용휘도 그 초롱초롱 사슴 눈동자처럼 빛나는 그 눈동자에는 무릎을 꿇을 수밖에 없었다. 더 이상의 거절은 이성과 본능이 함께 거부하고 있었다.

'서, 설마 나 자신이 함께 가고 싶은 건가?'

문득 떠오른 얼토당토않은 생각에 모용휘는 마음속으로 세차게 도리질쳤다.

"노, 노사님께 여쭤보겠습니다."

현 무림 최고의 후기지수, 무림의 기린아 칠절신검의 완패였다.

'고단수군!'

비류연은 감탄하며 고개를 끄덕였다.

"좋겠다! 예쁜 아가씨가 응원도 하러 오고."

염도가 이죽거리며 말하자 모용휘는 무척이나 난감했다.

"그…, 그건 오해입니다."

그 수려하고 단정한 용모의 청년은 눈에 띄게 당황하고 있었다.

"무슨 오해? 이렇게 눈앞에 확연히 그 증거가 서 있는데 무슨 오해? 이 세상 오해가 다 얼어 죽었냐?"

모용휘는 점점 더 당혹스러웠다. 서 있는 자리가 가시밭길이라도 되는 것처럼 편치 않았다. 이렇게 불편한 자리는 난생 처음이었다.

"어떻게 하면 좋겠습니까?"

당황해하는 모용휘를 대신해 남궁상이 염도에게 물었다. 의견과 허락과 동의를 구하는 눈초리였다. 염도는 갑자기 남궁상을 한 대 패 주고 싶었다. 자신한테 결정을 내리라고 열심히 눈빛으로 압박을 가 하다니!

이것은 바꿔어 말하면 '저는 이 일에 대해 책임지고 싶지 않으니 모 든 책임은 노사님께서 판단하시고 책임지십시오'라는 말이 아닌가!

매우 어렵고 난해한 선택의 고달픈 기로에 서게 만든 남궁상이 매 우 괘씸했다. 그 옆에서 궁상을 보이지 않게 응원해 주고 있는 모용 휘도 못마땅하기는 마찬가지였다.

그러나 괘씸죄를 적용해 징벌을 가하기에는 주위의 눈이 너무 많 았다. '이놈, 어디 두고 보자!'라며 남궁상에게 앙심을 품는 염도였 다. 그래서 내일 주작단이 치러야 하는 수련의 양이 이때 두 배로 결 정되었다는 것은 아무도 몰랐을 것이다. 그리고 주작단 중 그 누구도 그 사실을 눈치 채지 못했다.

"그러니깐 화산에 볼 일이 있는 이 흑도 아가씨가 주위의 환경적 위 협에 노출되지 않는 안전한 여행을 위해 우리랑 여행을 함께하고 싶 다는 그런 이야긴가? 내가 제대로 요약한 거냐?"

물끄러미 모용휘를 쳐다보며 염도가 물었다.

"맞습니다."

모용휘가 고개를 끄덕였다.

"그러니깐 이 마천각 출신의 아가씨가 마천각 출신 애들이랑 한 판 붙으러 가는 우리들과 함께 화산까지 가고 싶다 이거지?"

"마, 맞습니다."

모용휘와 남궁상의 얼굴이 약간 굳어졌다.

'너희들 지금 미쳤냐? 제정신이야? 헛소리 하냐? 확 아가리를 찢어 줄까?'

분명 여느 때의 그라면 서슴지 않고 그렇게 외쳤을 것이다. 그러나 지금은 여러 가지 변수가 많이 작용되고 있었다. 우선 은설란이 혹도 사대 미인 중 하나에 들 만큼 아름다운 자태의 소유자라는 점이었다.

'그래도 미인이니깐⋯⋯.'

무작정 거절하기에는 마음에 걸리는 게 너무 많았다. 자신도 일단 남자인 이상, 가장 남성 우월주의적이고 가부장적인 사고방식에 따라 미인을 보호해 줄 의무가 있었다. 염도는 가장 합리적이고 이성적인 판단을 내렸다.

'그래! 까짓것 함께 가지 뭐! 그런다고 하늘이 두 쪽 나는 것도 아니잖아. 그래! 큰 죄를 짓는 것도 아닌데 골 싸맬 필요가 무에 있겠어? 그리고 너무 이쁘잖아!'

동서고금(古今)을 떠나 모든 곳에 다 통용되는 매우 일반적이고 보편적인 이론이자 이유였다. 너무나 논리적이고 합리적인 이 설명에 아무도 반박하는 이가 없을 것이다.

"그래! 까짓것 허락한다."

"꺄악! 노사님!"

은설란이 와락 염도에게 달려가 안겼다. 그 누구도 예측지 못한 돌발 행동이었다.

"아니, 뭐⋯, 꼭⋯, 이러지 않아도 되는데⋯⋯."

염도의 당황하고 어색해하면서도 수줍어하는 모습도 예상 외의 모

습이었다. 그러나 싫지는 않은 얼굴이었다. 오히려 기뻐하고 있다고
해야 옳을 것이다.

"속물!"

여자 관도들의 나직한 한마디가 있었지만 어느 누구도 신경 쓰지
않았다. 아니, 고의적으로 묵살되었다는 편이 더 정확할 것이다. 이
렇게 해서 54명의 천무학관 대표단 일행은 길동무와 마부를 추가해
56명으로 늘어났다.

"그런데 저기 밖에 있는 마차가 소저의 마차요?"

빙검이 앉은 자리는 순평루의 이층에서 바깥 경치가 보이는 난간
쪽에 위치한지라 밖을 훤히 내다볼 수 있었다. 은설란에게 마구 말을
놓는 염도와는 다르게 자신은 품위가 있다고 생각하는 빙검은 정중
하게 경어를 썼다. 이래봬도 은설란은 흑천맹을 대표하는 조사관인
것이다. 애초에 일반 관도에게 하듯 대하는 것 자체가 어불성설이었
다. 그런데 그 사실에 신경 쓰는 사람은 아무래도 빙검 자신 혼자뿐
인 것 같았다.

"좋은 마차로군요."

"감사합니다."

"그리고 보면 볼수록 소저는 대단한 여인이라 여겨지는구려."

"어머, 저같이 평범한 계집에게 무슨 대단한 점이 있겠어요? 호호호."

요즘은 평범이란 단어의 용법이 크게 바뀐 모양이었다. 빙검이 마
부석에 앉아 있는 장노를 힐끗 일별하더니 말했다.

"아니오, 절대 그렇지 않소. 저런 범상치 않은 마부가 모는 마차의

주인이 평범할 리가 있겠소? 그것은 언어도단이오."

순간 마부의 몸이 긴장한 듯 움츠러 들었지만 빙검은 은설란에게 시선을 맞추고 있었던 터라 그것을 눈치 채지 못한 듯했다.

"어머, 과찬의 말씀이에요. 마부가 대단해 봤자 그저 마차를 모는 실력만이 좋을 뿐이죠. 하긴, 저만큼 솜씨 좋은 마부를 구하기도 하늘의 별 따기랍니다. 전 운이 좋은 편이죠. 그래서 그 덕분에 이렇게 편안하게 여행하고 있답니다."

은설란은 일말의 당황한 기색도 없이 생글생글 웃으며 대답했다.

"허허, 요즘은 마차 모는 솜씨만 천하제일이라 해서 무사 평안한 여행이 가능한 시대가 아니오. 시대는 뒤숭숭하고 강호는 험난한데 어찌 마차 모는 솜씨만으로 평안한 여행을 계속할 수 있겠소."

"……."

은설란은 잠시 침묵했다. 빙검은 나름대로 웃고는 있었지만 그의 가늘게 떠진 눈빛은 여전히 날카로운 예기를 머금고 있다는 것을 은설란은 놓치지 않았다.

'과연 빙검 노사로구나!'

결코 방심할 수 없는 사람이었다. 더욱더 몸을 사려야 할 필요성이 느껴졌다.

"마차로는 함께 갈 수 없으니 마차는 맡기든지 팔든지 해야 할 것이오. 그렇지 않으면 같이 갈 수가 없소."

"네, 지당하신 지적입니다, 노사님!"

어차피 처음부터 그럴 작정이었기에 은설란의 대답에는 전혀 망설임이 없었다. 염도가 주위를 한번 쭈욱 둘러보며 장내를 환기시켰다.

"자, 이제 모든 것이 일단락된 것 같으니 이제부터 또다시 재차 본인의 식사를 중도에 방해하는 놈은 절대로 결단코 가만두지 않겠다!"

그렇게 엄포를 놓고 염도는 잠시 중단했던 젓가락질을 계속했다. 그러자 다른 사람들도 멈췄던 식사를 계속하기 시작했다.

쾅쾅!

순평루의 정문이 요란한 소리를 내며 거칠게 열렸다. 순간적으로 가해진 거대한 충격에 문의 경첩이 심하게 흔들거릴 정도였다.

"조금 전에 팔대세가를 모욕한 놈! 어디 있느냐? 당장 나와라! 내가 오늘 네놈의 버르장머리를 고쳐주겠다! 썩 나와라! 무릎을 꿇고 천 번을 석고대죄하지 않는 한 오늘 이후 살 생각은 하지 말아야 할 것이다."

시끌벅적한 소음!

흑의무복을 입은 청년 하나가 순평루의 문을 박차고 들어와 고래고래 소리를 지른 것이다.

"썩 나와라! 나 사천당가의 쾌속수(快速手) 당철악이 상대해 주마."

아무래도 이 청년이 조금 전 그 다섯 애송이들의 형뻘인 모양이었다. 확실히 한두 살 정도는 더 많아 보이기는 했다.

"……."

이미 엄중한 염도의 경고가 있었던 터라 순간 객잔은 괴이한 정적 속에 휘감겼다. 머리카락 하나 떨어지는 소리조차 능히 감지해 낼 수 있을 만큼 지독한 적막이었다. 기도를 보아하니 앞의 다섯 얼간이들보다는 실력이 있는 놈인 모양이었지만, 그것도 장소를 잘 가려가며

설쳐야 하는 것이다.

'당삼이가 애들 교육을 잘못시켰군!'

비류연은 혀를 찼다.

"어? 어? 어? 어?"

한 호흡에 주위를 둘러본 사천당가의 천무학관 입관 삼수생 당철악은 그제야 무엇인가 크게 잘못되었다는 사실을 느낄 수 있었다. 사방천지에서 싸늘하게 빛나는 눈동자들이 자신을 쏘아보고 있었다. 당철악은 자신이 점점 더 위축되어가고 있음을 느낄 수 있었다.

딸그락!

그리고 붉은 머리 사내의 젓가락이 식탁에 떨어지는 소리가 요란스럽게 객잔 안에 울려 퍼졌다.

"크아아아아악!"

꾹꾹 눌러 참았던 염도의 분노가 마침내 일순간에 폭발하고야 말았다.

"어떤 개망종이야! 집안에서 식사 예절도 못 배운 망나니 놈이! 우워어어!"

염도의 폭갈과 함께 그의 손이 '파파팟' 전광석화처럼 움직였다.

'아아아아아……'

새하얗게 빛나는 광채 속에서 당철악은 순간 머릿속이 하얀 백지 상태가 된 채 아무런 생각도 떠올리지 못했다. 그리고 그는 이윽고 하얀 재가 되어 사르륵 허공중으로 흔적도 없이 날아가버리고 말았다.

사천당가의 당철악에게는 또 한 명의 일행이 있었다. 당철악의 엄청나게 박력 있는 돌격과 다르게 객잔 안이 잠잠하자 의아함을 느낀 동행자는 용기를 내어 안으로 들어가보기로 결심했다.

"당 공자? 무슨 일 있으십니까? 당 공…, 허걱!"

뒤늦게 당철악을 따라 들어온 청년은 눈앞에 펼쳐진 상황을 보고 경악하고야 말았다. 그는 왜 암기의 달인이라고 떠벌리고 다니던 당철악의 전신 의복이 수십 개의 나무젓가락에 숭숭숭 바람구멍이 뚫려 있는지 이해할 수가 없었다.

그리고 그는 왜 당철악의 입에 음식을 담아두는 데나 쓰이는 커다란 접시가 흘러내리는 음식과 함께 물려 있는지 이해할 수가 없었다.

또 그는 왜 벽에 나무젓가락으로 고정된 채 축 늘어져 있는 당철악의 넋이 나간 얼굴이 푸르팅팅한 빛을 띠며 알록달록한지 도저히 이해할 수 없었다.

하지만 정말 이해할 수 없었던 것은 수십 개의 싸늘한 시선이 왜 자신을 잡아먹을 듯이 노려보고 있는지였다. 땅을 밟고 몸을 지탱하는 자신의 두 다리가 왜 명령도 안 했는데 후들후들 떨리는지 그는 알 수가 없었다. 그때였다. 누군가를 그를 아는 척하는 소리가 들려왔다.

"어라? 네가 여기는 웬일이냐?"

청년은 이 공포의 도가니탕 속에서 귀에 익은 목소리를 들었다. 그러나 불행한 점은 그 목소리는 뇌리에서 깡그리 지워버리고 싶을 만큼 두 번 다시 듣고 싶지 않았던 그런 목소리라는 점이었다.

'누, 누구지?'

그의 본능은 절대 고개를 돌려 그자를 바라봐서는 안 된다고 얼이 나갈 정도로 맹렬히 경고하고 있었다. 그러나 인간은 호기심 앞에서는 너무나 나약한 생물이었다. 반갑게 자신을 아는 척한 사람이 누군지 웃는 낯으로 돌아본 청년의 얼굴이 순간적으로 새하얗게 탈색이 되었다.

"한 이 년 만인가?"

그를 아는 체한 사람은 다름 아닌 비류연이었다. 인간관계가 턱없이 적은 비류연이 이런 타지에서 아는 사람을 만났다는 것 자체가 무척이나 신기한 우연이었다.

"키에에엑!"

객잔이 떠나갈 듯한 비명이 울려 퍼졌다. 그리고 그 후 얼마 동안 무슨 일이 있었는지 아무리 머리를 쥐어짜봐도 그는 아무것도 기억해 낼 수가 없었다. 그는 바로 요즘 한창 잘나간다는 중앙표국의 국주 실팔검 장우양의 아들 장우강이었다. 남궁상이 다급하게 뛰쳐나와 그를 부축했다.

"이봐, 왜 그래? 정신 차려! 이 식은땀 좀 봐! 야! 정신 차리라니까!"

정신을 차리라고 따귀를 때리는 남궁상의 손길이 꽤나 부산했다. 아마도 요 며칠간 불만이 꽤나 쌓인 모양이었다.

철썩, 철썩! 찰싹, 찰싹!

이때 멀뚱히 뒤에서 보고 있던 당삼이 앞으로 튀어나와 남궁상을 밀치고 장우강의 얼굴을 바라보며 말했다.

"맥박과 혈압이 점점 느려지고 있습니다. 어, 빨리 정신을 차려야 하는데."

철썩, 철썩!

장우강의 뺨을 사정없이 후려갈기는 당삼의 표정에는 왠지 묘한 충족감이 가득 했다. 그러자 주작단원 중 또 한 명이 뛰쳐나와 당삼과 교대했다.

"큰일났어요. 동공이 점점 풀리고 있습니다."

짝! 짝! 짝!

주위에서 어이가 없이 멍하니 바라보고 있던 나머지 대표단 일행들은 언제부터 주작단원들이 이토록 사악하게 변했는지 고개를 갸우뚱거렸다.

"야! 정신 차려! 정신!"

연신 빰을 얻어터지면서도 장우상은 전혀 아픔을 느끼지 못했다.

'아…, 따뜻해.'

장우강은 밝고 따뜻한 빛이 자신을 포근하게 감싸는 것을 느꼈다. 그곳은 낙원이었다. 그는 찬란한 빛의 낙원 속에서 이 충만한 행복감을 느끼며 영원히 살고 싶다고 간절히 염원했다.

행복했다.

"어? 이사람 입만 웃고 있습니다. 어떡하죠?"

"빨리 구명환을 먹이고 응급조치를 해! 빨리! 서둘러!"

뭔가가 자신의 신체를 건드리며 여러 가지 조치를 취하는 것 같았다. 그러나 그에게는 이 모든 일이 아득히 먼 세계에서 벌어지는 환상처럼 느껴졌다. 그의 의식이 점점 더 현실에서 비현실의 세계로 도주해 갔다. 마음의 평안을 찾기 위한 정신의 도피였다.

'아아…, 이 얼마나 따뜻한가…….'

신(神)은 현재 외출중?

"헉! 다, 당신은!"
악관절이 탈골되지 않은 게 신기할 정도로 입을 쩌억 벌린 인물,
그는 바로 중양표국의 국주 십팔검 장우양이었다.

'오, 부처님! 옥황상제님, 천지신명님, 정말 저 하늘 위에 계시긴 계
시는 겁니까?'

이것은 무슨 인연일까? 세상에는 인연이란 인과율의 일종이 존재
한다는 학설이 있다. 물론 이 인연은 신의 조화에 의한 변화라고 여
겨진다. 오늘 장우양, 그는 신이 존재함을 믿으지 못하는 불신자가 되
어버릴까 하는 불순한 마음을 품고야 말았다. 신도 도움이 돼야 믿는
보람이 있는 것이다. 그는 아직 신을 믿으며 대가성 은혜를 바라는
속물이었다. 그러나 이는 대부분의 인간에게 적용되기에 굳이 그만
을 탓할 수만은 없다.

크든 작든 바라는 바가 있기에 신을 믿는 것이고, 그 때문에 종교
란 것이 생겨난 것이다. 바라는 게 없고 소원이 없다면 애당초 이 세

계에 종교란 존재하지 않았을지도 모른다.

"여어, 오랜만이군요."

비류연이 한손을 살짝 들어올리며 반갑게 인사했다. 그러나 이미 넋이 반쯤 나간 장우양은 그의 인사를 제대로 받지 못했다. 도저히 그런 상태가 되지 못했던 것이다.

'크윽!'

속이 쓰러왔다. 장우양은 지난 몇 달간 찾는 일이 없어 먼지가 쌓여 있을 황가비전(黃家秘傳) 황가위장약(黃家胃腸藥)을 찾아 품안을 뒤적거렸다. 사람들은 왜 요즘 한창 잘나가는, 너무 잘나가다 보니 중원최대 표국인 중원표국(中原 局)의 확고부동한 명성마저 위협하고 있는 중앙표국의 대국주 십팔검 장우양이 아무 명성도 배경도 없는 청년에게 저토록 저자세를 취하는지 이해할 수가 없었다.

저래서야 마치 상전을 모시는 하인의 모습이 아닌가? 불가사의한 일이었다. 간신히 정신을 차리고 먼저 비류연과 수인사를 나눈 장우양은 그제야 안면이 있는 주작단원들과 마주 인사를 나누었다. 그들은 한때 생사를 함께하던 전우 사이였기에 남다른 정이 있었다.

그제야 주위에 시선이 너무 많음을 느낀 비류연이 염도에게 신호를 보내자 염도는 다들 객실에 들어가 푹 쉬라는 말과 함께 관도들을 해산시켰다. 늑기한과 고약한도 서로 단 한마디도 나누지 않은 채 자신들의 방으로 돌아갔다.

이제 식당에 남은 이는 비류연, 염도, 빙검, 그리고 장우양 이 네 사람뿐이었다.

"그런데 이곳에는 어쩐 일이신가요? 직접 오시다니 특이한 일이로군요."

장우양이 이곳에 있는 이유? 물어볼 필요도 없이 표행 때문일 것이다. 그런데 지난 2년간 급속한 확장을 거듭하여 지금은 중원각지에 18개의 지국을 두고 있는, 이미 팽창할 대로 팽창한 중앙표국의 대국주가 직접 올 정도라면 어마어마하게 중요한 표행이라는 이야기가 된다. 때문에 지금 비류연은 흥미로움을 표시하고 있는 것이다. 그의 중요 감각 중 하나인 금전계 본능이 민감한 반응을 보이고 있었다.

"오늘 도착하셨나요?"

비류연의 질문은 그냥 지나가는 말이었음에도 불구하고 장우양의 안색이 눈에 띄게 어두워졌다.

"사실 이곳에서 머문 지 벌써 3일이나 되었습니다."

"예?"

"엥?"

"허어?"

3일이라는 말에 세 사람이 동시에 놀란 반응을 보였다. 일각이 급한 신속함이 요구되는 표행이었다. 표행은 안전과 속도가 생명이었다. 그런데 한 곳에서 두 손 놓고 3일이나 머물렀다는 것은 뭔가 중차대한 문제가 발생했다는 것을 의미했다.

"무슨 특기할 만한 일이라도 있나요?"

"사실 내일 크고 험한 산을 하나 넘어야 하기 때문입니다."

그의 말은 등산의 어려움을 토로한 말은 분명 아니었다. 장우양의 대답에 비류연은 뜻밖이라는 표정을 지었다.

"흐흠! 산길이 험해서 오르기가 힘들다는 것은 분명 아닐 테고, 설마 일개 산적이 겁난다는 이야긴가요? 지금?"

어딜 가나 표행에 산적은 돈 달라고 바가지 긁는 아내처럼 친숙한 존재였다. 비류연의 말에 염도가 염장을 벅벅 긁었다.

"겨우 산적 나부랭이 따위에게 지금 벌벌 떨고 있는 건가? 신용 제일 환명수호(換命守護: 생명과 바꿔 물건을 지킴)의 중양표국이란 말도 모두 헛소문이었던 모양이군. 역시 소문은 믿을 게 못 된다니까."

"후우……. 보통의 일반 산적이라면 아무런 문제가 없지요. 웬만큼 큰 산채도 통행료 흥정으로 지나갈 수 있으니까요. 그런데 제가 이번에 올라가야 할 산의 주인은 그런 흥정이 일체 통하지 않는 상대입니다."

"왜? 녹림왕이라도 기다리고 있는가?"

염도가 비아냥거리는 농담조로 물었다.

"네! 바로 그렇습니다."

망설이지 않고 장우양은 고개를 끄덕였다.

"뭐라고?"

자신도 모르게 염도는 언성을 높이고야 말았다.

"말씀대로입니다. 녹림왕이 영업을 선언했습니다. 녹림왕 임덕성의 사냥터를 의미하는 녹색 늑대 깃발이 오른 이상 보통의 각오로는 저 산을 오를 수가 없습니다.

"그게 뭐죠? 그리고 임덕성은 또 누구죠?"

비류연이 물었다. 분명 현 강호 일반 세력 상식 시간에 들은 기억이 있는 것 같았다. 분명히…….

"녹림왕 광풍마랑 임덕성으로 말할 것 같으면 녹림칠십이채의 총채주로 십만 녹림도의 정점에 우뚝 서 있는 호걸입니다. 보통 때는 총채에서 쉬면서 지나가는 행인들에게 손가락 하나 건드리지 않고 있다가 자신이 정한 사냥기에만 몸을 움직이는 사람입니다. 저희는 어쩌다가 재수가 없어 그의 영업기와 영업권 안에 걸리게 되었지요. 보통 이 시기에는 영업을 하는 법이 없었는데 무슨 바람이 분 건지는 모르겠습니다. 하지만 그렇다고 돌아갈 수도 없고……. 그런데 가장 중요한 점은 내일은 무슨 수를 써서라도 그 산을 넘어야 한다는 것입니다. 늑대가 아가리를 쩍 벌리고 벼르고 있는 그 험산을요."

장우양은 걱정이 태산 같은 모양이었다.

"보수는요?"

비류연이 단도직입적으로 물었다.

"예?"

순간 장우양은 비류연이 무슨 말을 하는지 알아들을 수가 없었다.

"그 산을 무사히 넘게 해주면 어느 정도의 보수를 약속할 수 있느냐는 거지요. 표행의 안전에 대한 대가로!"

갑자기 장우양의 얼굴에 화색이 돌았다. 그도 이곳에서 3일간의 시간을 들여 나름대로 준비를 했지만 전혀 미덥지 못한 터였다. 그런데 저 비류연과 천무학관 대표단 일행이 이런 시기에 함께 가준다면 녹림왕이라도 전혀 두려울 것이 없었다.

"그…, 그렇다면……. 비용은 조금도 신경 쓰지 마십시오. 무사히 산만 넘게 해주신다면 크게 후사하겠습니다. 반드시 내일 산을 넘어야 합니다. 더 이상 지체할 수 없습니다. 하지만……."

하던 말을 끊은 장우양의 시선이 염도를 향했다. 과연 인솔자인 염도가 그것을 허락해 줄지 그로서는 회의적이었던 것이다. 비류연과 염도의 암중 관계를 모르는 장우양으로서는 당연한 반응이었다. 그러나 염도는 별 반대 없이 금방 고개를 끄덕였다. 승낙의 표시였다.

"어차피 가는 길, 동행이 있다 해서 나쁠 건 없지. 게다가……."

녹림왕 임덕성은 패도적인 광풍마랑도의 달인이라고 들은 적이 있었다. 십만 녹림도 위에 군림하는 도법이라……. 도를 쓰는 그로서는 꽤 흥미가 동하는 존재였다.

"그렇다면 거래 성립이로군요."

비류연이 싱긋 웃었다. 장우양은 갑자기 구세주를 만난 느낌이었다. 절망적이던 마음이 순식간에 행복 충만으로 뒤바뀌었다.

"그런데 일이 어떻게 된 거죠?"

이야기인즉 이러했다. 장우양은 처음부터 자신이 처한 상황을 하나하나 이야기해 나갔다. 상황을 요약하면…….

"그러니깐 지금 중원 최대 표국이 바로 중원표국이라는 곳인데, 지금 중앙표국은 그 중원표국과 사활을 건 경쟁중이고, 그 때문에 어떻게든 중원표국보다 도착지에 먼저 무사히 도착해야 한다 그 말이로군요. 바로 중앙표국이 중원제일표국이 되기 위해서요."

"그렇습니다."

장우양은 비류연의 일목요연한 설명에 감탄하며 고개를 끄덕였다.

"도착지는요?"

"화산입니다."

표국의 목적지가 화산인 이유는 화산규약지회라는 10년 만의 크나큰 행사가 치러지다 보니 자연 대박을 노리고 몰려드는 엄청난 사람과 장사꾼들이 발생해 그와 함께 그곳으로 물량이 집중되고 있었기 때문이다. 돈은 물류의 흐름과 사람의 흐름과 함께하기 때문에 당연한 이치였다.

　어둠으로 둘러싸인 한 암실.
　순평루로부터 얼마 떨어지지 않은 곳에 위치한 비밀 장소였다.
　"연락은?"
　"사전 준비는 완벽히 완료됐다고 합니다. 올가미는 이미 쳐져 있습니다."
　"뒤처리는?"
　"완벽합니다. 그들은 절대 증인의 증언을 들을 수 없을 겁니다."
　적혈은 만족스럽게 고개를 끄덕였다.
　"좋다. 이대로 추적을 계속한다. 무슨 일이 있어도 끼어들지 않는다. 이상!"
　그의 명령이 떨어지기가 무섭게, 수많은 그림자가 어둠 속으로 사라졌다.

　"뭔가요?"
　집무실 문을 열고 들어온 치사한을 보며 대공자가 물었다.
　"곧 하얀 사슴과 늑대와 접촉한다는 보고가 방금 도착했습니다. 모든 것이 예정대로입니다."
　"전멸당하지나 않았으면 좋겠군요. 무대는 배우가 필요한 법이니까요."
　대공자의 입가에 차가운 미소가 어렸다.

"추가 보고가 하나 더 있었습니다. 사소한 변수 하나가 발생했다고 합니다."

"변수?"

대공자는 자신의 의도와 상관없이 나타나는 변수를 좋아하지 않았다. 그런 건 완벽한 계획을 수립하는 데 있어 방해물일 뿐이었다.

"예, 사슴 무리 사이로 귀여운 은색 여우 한 마리가 합류했다고 합니다. 은색 여우 모피는 어떠신지요?"

노골적인 미소를 지어 보이는 치사한의 보고에 대공자는 흠칫거리는 반응을 보였다.

"……"

대공자는 아무 말도 하지 않았다. 순간 두 사람 사이로 깊은 침묵이 흘렀다. 치사한은 대공자의 의외의 반응에 몸을 움찔했다.

'제길…, 내가 실수한 건가?'

만일 그렇다면 재미없었다. 그의 등줄기를 타고 식은땀이 흘러내렸다.

"사, 사냥할까요?"

대공자의 고개가 좌우로 가로저어졌다.

"여우 사냥은 잠시 미룹니다."

"알겠습니다. 일단 동태 파악에 전력을 집중시키도록 하겠습니다."

치사한은 속으로 안도의 한숨을 쓸어 내쉬었다. 치사한이 돌아가고 텅 빈 어둠 속을 그는 조용히 응시했다,

대공자의 눈이 심연에서 차갑게 빛나기 시작했다.

녹림왕(綠林王) 임덕성

"그건 그렇고 이…, 에휴~!"

비류연은 한심하다는 듯 한숨을 내쉬었다. 지금 비류연과 대표단 일행은 녹림왕 임덕성이 팻말을 꽂아놓고 공개 영업을 하고 있다는 바로 그 문제의 대홍산(大洪山)을 오르는 중이었다.

세상 참 좁다는 말이 새삼 실감나는 비류연이었다.

"이 오합지졸들은 뭔가?"

비류연은 가장 짧은 말로 가장 최상의 모욕을 주는 법을 잘 알고 있었다. 그렇기에 그는 짧은 한마디만으로 단번에 가장 심한 모욕을 그들에게 안겨줄 수 있었다.

비류연은 절약이 뭔지를 잘 알고 있었다. 남들이 열 마디 해야 겨우 도달할 수 있는 경지를 단 한마디로 해결 할 수 있으니 어찌 경제적이지 않겠는가.

귀가 버젓이 뚫려 있는 것이 분명한 그들 — 즉 비류연에게 오합지졸이라 지칭된 사람들이 그 말을 듣자마자 얼굴이 붉그락푸르락해진 것은 두 말 할 것도 없었다. 그러나 그들은 침묵할 수밖에 없었다.

그들은 바로 어제 저녁 비류연에게 널브러짐을 당한 팔대세가의 자제들 여섯 명이었다. 원래부터 나머지 두 명은 없었던 모양이다.

이들이 아마도 중앙표국이 나름대로 준비한 한 수였던 모양이었다. 지금 돌이켜보면 무의미한 투자가 아닐 수 없었다. 남궁호를 비롯한 이들 오합지졸은 20세가 되었지만 아직 실력이 부족하여(한 마디로 약해빠져서) 천무학관에 들어가지는 못하고(낙제하고) 가문이나 사문에서 가전무공이나 전수받으며 열심히 익히고 있는 이들이었다. 비록 천무학관의 벽이 높아 그곳에 들어가지는 못했지만 가전무공만으로도 능히 강호에서 행세를 할 수 있는 정도는 되었던 것이다.

이들도 젊은 무인인 이상 이번에 열리는 화산규약지회를 구경하기 위해 화산으로 유람을 계획했다. 이들에게는 놓칠 수 없는 볼거리였던 것이다. 그런데 이때 이들과 그 나름대로 친분이 있던 중앙표국의 소국주 장우강이 전적인 지원과 성대한 환대를 약속하며 표행에 동행할 것을 부탁했던 것이다. 전 여행 경비를 부담한다는 조건에, 게다가 무사히 도착하면 심심찮은 대가까지 약속한 장우강의 제안이 나쁘게 들릴 리가 없었다.

이들 오합지졸 여섯 명은 이내 장우강의 제안에 승낙했고, 여기까지 동행해 온 것이었다. 그러다가 풍류를 떤답시고 대홍산의 입구인 삼양에서 한 여인에게 찝쩍거리다가 된통 당하고 얼굴 전신이 푸르팅팅하게 변한 채 지금 전쟁 포로처럼 산길을 비척비척 올라가고 있는 중인 것이다.

그들도 설마 자신들과 시비가 붙은 곳이 자신들이 선망하는, 그리고 가문의 존경하는 형님과 누님들이 소속되어 있는 천무학관 화산규약지회 대표단인 줄은 꿈에도 몰랐던 것이다.

"하릴없는 청춘들이로군. 얼마나 허송세월을 보내려고 벌써부터 화산행을 서두른단 말인가?"

비류연의 못마땅한 시선이 오합지졸 백수들을 하나하나 날카롭게 해부했다.

"발목 잡는 건 고사하고 오줌이나 지리지 않았으면 좋겠군."

비류연의 최종 해부 소감에 청년들의 얼굴이 오갈 데 없는 분노와 수치로 벌겋게 달아올랐다. 그러나 그들이 할 수 있는 일은 아무것도 없었다. 항의, 저항, 반박 그 어느 것 하나 그들에게 허락된 것은 없었다.

"멧돼지 떼가 여기저기를 들쑤셔놓는 것도 아닌데 산이 무척 소란스럽군요. 예린, 느껴져요?"

비류연이 녹음으로 우거진 숲을 한번 둘러보며 말했다. 그날 이후 아직 서먹함은 남아 있지만 비류연을 피하는 게 적어진 나예린이었다.

"네, 그런데 움직임에 상당한 악의가 느껴져요. 살의에 가까운 지독한 악의!"

고개를 끄덕이며 대답하는 그녀의 안색은 결코 밝지 않았다.

"호호, 한번 해보겠다는 건가?"

차분히 눈을 감은 염도는 자신의 애도를 한번 쓰다듬어주었다. 전의가 솟아올랐다.

"상당한 숫자로군."

주위 사방으로 자신들을 압박하는 기운에 불쾌함을 느끼며 빙검이 중얼거렸다.

"왔군!"

감겼던 염도의 눈이 번쩍 떠졌다.

끼익!

대표단과 표행이 일제히 정지했다.

"멈춰라! 더 이상 지나갈 수 없다."

구릿빛 얼굴을 한 덩치가 좋은 장한 하나가 길 한복판에서 그들의 발걸음을 멈춰 세웠다. 그 장한은 상의에 늑대 가죽을 통으로 이용해 만든 피의를 입고 있었다. 그의 왼쪽 어깨를 장식하고 있는 늑대 얼굴에는 금세라도 사람을 물어뜯을 것처럼 하얀 이빨이 빛나고 있었다.

그의 목소리가 산을 쩌렁쩌렁 울리는 것을 보니 상당한 내공을 실어 말하고 있음이 분명했다. 과연 녹림총채의 기세는 다른 곳과는 사뭇 달랐다. 이미 예상했던 일이지만 장우양은 긴장되는 것을 감출 수가 없었다. 그는 지금 표국의 사활을 걸고 이 표행을 수행중이었다. 어떤 사소한 실수도 용납되지 않았다.

"여기 칠십두 개 산의 주인이 계시는 것을 알고 있소. 우리는 중앙표국 사람이오. 녹림왕의 사냥터를 지나가기 위해서는 시험을 통과해야 한다고 알고 있소. 시험을 치르고 싶소이다."

장우양이 큰 소리로 외쳤다.

"시험을 치르고 싶다고?"

"그렇소!"

그러자 거구 장한의 입에 조소가 어렸다.

"물론 보통 때는 시험을 통과하면 얌전히 보내줬을 것이다. 그러나……!"

거한의 눈에 시린 살기가 폭사되어 나왔다.

"네놈들은 예외다. 너희들은 이곳에서 단 한 놈도 살아 나가지 못한다."

척!

구릿빛 피부를 지닌 장한의 손이 들어올려졌다.

쿠쿠쿠쿵! 우르르릉!

갑자기 산이 천둥소리를 내며 진동하기 시작했다. 지진은 아니었다. 천둥도 아니었다. 수많은 사람들이 한순간에 일사분란하게 움직인 까닭에 그리 느껴졌던 것이다.

도대체 얼마나 많은 사람들이 움직였기에?

정신을 차리고 주위를 둘러보니 표행과 대표단 주위로 빼곡한 사람의 시커먼 벽이 겹겹이 쌓여 있었다. 그들의 손에 들린 각종 흉악한 무기들로 인해 대표단 주위로 마치 도산검림(刀山劍林)이 펼쳐져 있는 것 같았다.

장우양의 얼굴이 창백하게 탈색되었다.

"2천? 아니…, 3천인가?"

비류연은 일단 어림짐작해 보았다. 적어도 다섯 겹 이상의 장벽이 그들을 빙 둘러쌓고 있었다. 흑랑채와는 비교도 할 수 없는 대인원에 엄청난 기세였다.

"우오오오오!"

챙, 챙, 챙, 챙, 챙!

그들은 자신들의 무기를 일제히 들어올리고, 때로는 부딪치며 요란스럽게 함성을 질러댔다. 3천에 가까운 사람들이 일제히 지르는 함성과 병장기 부딪치는 소리에 산은 떠나갈 듯 울부짖었고, 그들이 일제히 구르는 발에 산은 지진이라도 만난 것처럼 진동했다. 이들의 이런 행동은 엄청난 효과를 가져왔다.

중앙표국의 대다수 표사들과 쟁자수들은 이들의 무시무시한 기세에 안색이 창백해진 채 바들바들 떨고 있었다. 신임 표사들은 감히 칼을 빼들 엄두도 못 내고 있었다. 짐꾼이나 마찬가지인 쟁자수들은 더 말할 것도 없었다. 어디선가 구사일생, 안 되면 극락왕생을 비는 기도 소리가 들려왔다.

강호 경험이 거의 없는 천무학관 대표단들 중 몇몇도 두려움과 당황에 어쩔 줄 몰라하고 있었다. 배우고 익힌 무공은 강할지 몰라도 강호 경험이라고는 전무한 사람도 이중에는 상당수 포함되어 있었던 것이다.

그중 윤준호의 안색은 특히나 창백했다. 아직 겁쟁이에서 완전히 탈피하지는 못한 모양이었다. 그나마 평정을 가장하려는 그의 노력이 가상했다.

원래 산적들의 집단 행동은 바로 이런 효과, 즉 적의 사기를 바닥으로 떨어뜨리고 엄청난 공포 속에서 정신적 혼란을 일으켜 집단 광란 상태에 빠뜨리게 하기 위한 의도적인 노림수였던 것이었다.

덤으로 따라온 팔대세가 도련님들은 적들의 기세가 이 정도일 줄은 예상치 못했는지 얼굴이 창백해진 채 발발 떨고 있었다. 그들은 자신들의 눈앞에서 죽음의 그림자가 춤추는 것을 보고 만 것이다. 비류연이 보기에 그들은 오줌을 지리지 않은 것만 해도 칭찬받아 마땅했다.

과연 녹림칠십이채의 총채 마랑채(魔狼寨)다운 엄청난 위세였다.

구정회주 용천명과 비천룡 삼절검 청혼, 지룡 백무영, 그리고 군웅회주 철옥잠 마하령도 생전 처음 겪어보는 이런 돌발 상황에 내심 당황했지만 자존심 때문에 억지로 평정을 가장하고 있었다. 그러나 그들도 당황을 완전히 감출 수는 없었다.

그러나 정말로 태연자약한 사람도 있었다. 염도, 빙검, 그리고 비류연은 이런 일에 혼백이 달아날 것처럼 당황하기에는 그동안 겪은 일이 너무 많았다. 그리고 그 밑에서 억척스럽게 수련해 온 주작단도 마찬가지였다.

아무리 녹림칠십이채가 대단하다 해도 강호의 싸움은 쪽수가 아니다. 한 명의 고수가 천 명의 역할을 해낸다. 그것이 바로 일반 전쟁과는 차별되는 무림인들 간의 싸움이었다. 그리고 지금 마랑채와 맞서고 있는 것은 아마 전 강호를 통틀어 이만한 전력을 가진 여행자 집단은 전무하다 봐도 이견은 없을 터였다.

"짝짝짝짝!"

출처를 알 수 없는 느닷없는 박수소리가 일촉즉발의 험악한 상태로 대치하고 있는 장내를 조용한 침묵 속에 빠뜨렸다.

"성대한 환영식 잘 봤습니다. 훌륭한 볼거리였습니다."

수천 개의 시선이 동시에 이 겁 없는 자를 향했다. '너무 두려워서 미쳐버렸나?' 라고 몇몇 산적들이 생각한 것도 어쩔 수 없는 일이었다. 말을 한 겁대가리 상실한 사람은 비류연이었다. 잠시 말을 멈추었던 비류연은 다시 말을 이어 나갔다.

"하지만 누구 맘대로 내 생명을 허락도 받지 않고 가져가겠다는 겁니까? 누·구·맘·대·로! 어떻게 그렇게 허무맹랑한 욕망을 품게 되었는지 놀라울 뿐이로군요."

인정사정없는 비류연의 날카로운 한마디였다.

"우리가 산적 따위에게 시험을 구걸할 생각은 없지만 남들은 다 되고 우리만 안 된다는 이유가 뭐죠? 이유나 알고 시작하죠."

뭐…, 뭘 시작한단 말인가?

"고…, 공자! 제…, 제발!"

안색이 파리해진 장우양이 급히 손을 흔들며 비류연을 말렸다. 이 이상 살기등등한 산적들을 자극하는 도발은 사양하고 싶은 마음이 간절한 장우양이었다. 그렇지 않아도 상황은 충분히 그들에게 불리하게 돌아가고 있었다. 더 이상 악화시키려 노력하지 않아도 생명의 위협을 느끼기에는 충분했다.

"이 찢어죽일 놈들! 네놈들이 정녕 그 이유를 모른단 말이냐?"

거한이 다시 버럭 소리를 질렀다. 그의 목소리에는 분노가 가득 실려 있었다.

"남을 욕하기 전에 먼저 자신의 신분을 밝히는 게 순서일 것 같은데요?"

비류연의 한마디에 거한의 얼굴이 시뻘겋게 달구어졌다. 그는 그 때서야 자신이 이름도 안 밝히고 떠들고 있었다는 것을 깨달았던 것이다.

"본인은 녹림칠십이채 폭랑삼십육도의 대장 폭랑귀도(暴狼鬼刀) 모경이다!"

폭랑삼십육도(暴狼三十六刀)!

녹림왕 광풍마랑 임덕성이 직접 육성했다는 녹림칠십이채 최강의 도객 집단이다. 임덕성의 친위대 격인 집단으로 가장 사납고 난폭한 늑대들로 이루어진 집단이었다.

녹림왕 임덕성의 분신이라 해도 과언이 아닌 존재들.

이들은 필요할 때 가장 사납고 잔인할 수 있는 자들로 같은 녹림칠십이채들 중에서도 이들을 두려워하는 이들이 상당수라 한다. 왜냐하면 이들의 힘은 외부의 적뿐만 아니라 내부의 적에 대한 제재 행위도 병행하고 있기 때문이다. 특히나 이들의 내부 불순 세력이나 불온한 움직임에 대한 제재는 대부분 말살(抹殺)로 그 귀결을 맺기 때문에 다른 산채들에게는 공포의 대상이었다. 이렇게 그들은 힘과 공포로 항상 녹림칠십이채의 힘의 상징 중 하나로 군림해 왔었다.

즉 이들은 적으로 돌리면 녹림에서 가장 무서운 적이 될 수 있는 자들이었다.

"호오, 알고 보니 꽤 유명인인가 보군요."

그제야 주위의 설명으로 그 사실을 전해들은 비류연은 여전히 웃음을 잃지 않고 있었다. 녹림 최대의 공포도 그에게는 아무런 감흥을 주지 못하는 모양이었다.

"그러나 명성만으로 주눅 들기에는 이쪽에 포진한 유명인도 만만치 않죠. 그렇지 않아요, 예린?"

"……."

나예린은 어떻게 대답해야 할지 알 수가 없어 침묵으로 대답을 대신했다.

"크으으!"

자신은 안중에도 없이 옆의 여자와 노닥거리는 비류연의 모습은 모경의 마음에 분노의 봉화를 피어 올렸다. 역시 세상에는 아직 쳐죽일 놈들이 많다고 그는 생각했다.

"그런데 우리들이 누군지는 알고나 있는 건가? 그걸 알고서도 지금 길을 막고 있는 건가?"

비류연이 계속해서 나서봤자 사태는 점점 더 악화 일로로 치달을 뿐이라고 판단한 빙검이 앞으로 나섰다.

"아무리 댁들이 명문대파의 자제들이라 해도 피의 값은 피로 갚아야 하오."

모경의 말은 우리도 그동안 쌓아온 눈썰미가 있어 네 녀석들이 보통내기가 아닌 건 알고 있다는 투였다.

"우리는 그 피의 값이 어떤 계산 방법에 의해 나왔는지를 알지 못하네."

차분히 빙검이 한마디했다. 천무학관의 총노사 입장에서 그는 이 상황이 무척이나 불유쾌했다. 저들에게 천무학관의 이름이 무시당하고 있다는 느낌을 지울 수가 없었던 것이다. 그렇지 않고서는 이런 어리석은 행위를 할 리가 없었다. 천무학관의 화산규약지회 대표단의 행보를 가로막다니! 이건 말도 안 되는 언도도단이었다.

'설마 이 일에도 예의 검은 그림자가 얽혀 있는 건가?'

배제할 수 없는 가정이었다. 빙검은 날카로운 시선으로 장내를 주시했다.

"너희들이 지금 흑랑채를 모른다고 발뺌할 테냐?"

모경이 분노한 목소리로 외쳤다.

"흑랑채? 물론 알지. 그런데 그게 무슨 상관이냐?"

염도가 짜증섞인 어조로 반문했다. 모경의 가슴속에서 이글거리던 분노가 대갈성이 되어 터져 나왔다.

"닥쳐라! 이런 후안무치한 놈들! 그래도 아직 발뺌을 하려는 속셈이냐? 흑랑채의 전원을 몰살시키고도 네놈들은 아직도 시치미를 뗄 생각이란 말이냐?"

말을 듣던 염도는 욕을 먹어 치밀어 오르는 분노보다 흑랑채가 몰살당했다는 말에 의아하다는 듯 되물었다.

"그게 무슨 소리지? 흑랑채가 왜 몰살을 당했단 말인가?"

"이런 쳐죽일 놈들! 네놈들이 흑랑채를 몰살시켰다는 사실을 다 알고 있다. 순순히 목을 내놓아라! 혈채(血債 : 피의 값)는 오직 피로만 갚을 수 있다."

생사람 잡아도 유분수였다. 의외의 사실에 대표단 사람들은 서로를 바라보며 의견을 교환했다. 실감이 나지 않았던 것이다. 특히나 임성진이 받은 충격은 대단했다. 무고한 사람을 붙잡아놓고, 훔쳐간 전낭을 내놓으라고 하니 성질 급한 염도로서는 미치고 팔짝 뛸 노릇이었다.

"이제는 아예 생떼를 쓰는군. 며칠 전만 해도 멀쩡하게 잘 살아 있던 놈들이 죽긴 왜 죽어? 하늘에서 갑자기 날벼락이라도 맞았냐?"

염도의 반응은 무척이나 신경질적이었다.

"닥쳐라! 우리 녹림칠십이채는 피의 값은 피로 받아낸다. 너희들은 모두 오늘 이곳에서 뼈를 묻어야 한다. 네놈들의 피로 흑랑채 형제들의 넋을 위로하겠다."

이제는 벌건 대낮에 생사람을 잡으려 든다고 염도는 생각했다.

"하나만 묻자. 내가 웬만하면 참고 안 물어보려고 했는데 궁금해서 참을 수가 없어서 그러거든? 너희들 우리들이 천무학관 화산규약지회 대표단이라는 것을 알면서도 이러는 것이냐?"

염도가 짜증섞인 어조로 물었다.

"화, 화산지회!"

그들도 강호인인지라 이 화산규약지회가 얼마나 중요한지 익히 잘 알고 있었다.

웅성, 웅성, 웅성!

보이지 않는 동요가 순식간에 사람들 사이로 퍼져 나갔다. 이 화산규약지회에 얼마나 상식을 초월하는 괴물 같은 녀석들이 참가하는지 알고 있었던 것이다. 일단 명문정파의 제자와는 격이 다른 괴물들만이 화산규약지회에 참가할 자격을 얻을 수 있었다.

모경의 안색이 대번에 침중해졌다.

'구대문파 제자 집단 정도인 줄 알았더니 설마 화산지회 대표단일 줄이야.'

상황이 좋지 않았다. 아무리 녹림총채의 위세가 대단하다 해도 이들과 시비가 붙는 것은 정파 전체와 시비가 붙는 것이랑 같은 이야기였다. 그로서는 섣불리 판단할 수가 없었다. 올바른 판단의 갈피를 잡을 수 없었던 것이다.

바로 그때였다.

"아무리 천무학관 대표단이라 해도 피의 값을 치르지 않고는 이곳을 지나갈 수 없다!"

산 전체를 쩌렁쩌렁 울리는 일갈이었다. 무성한 나뭇잎들이 파르르 떨렸다. 몇몇 사람들은 그 일갈에 실린 내공을 견디지 못하고 귀를 틀어막았다. 고막이 찢어질 정도로 아팠던 것이다.

그 목소리를 들은 임성진의 안색이 딱딱하게 굳어졌다. 동요하는 그의 시선이 소리가 난 방향으로 향했다.

아버지와 아들
- 부자원수(父子怨讐)
아버지와 아들은 원수지간이었다.

이때 인의 장벽이 좌우로 갈라지며 그 가운데로 길이 열렸다.
그리고 열려진 외길로 한 명이 천천히 걸어 나왔다.
그러자 길 좌우의 녹림도들이 다들 부복하며 그에게 경의를 표했다.

"산의 소유는 전부 우리의 소유!"

우레와 같은 구호가 일제히 터져 나왔다.

'일종의 연출인가? 광오한 구호로군.'

우락부락한 호목에 송충이처럼 짙은 눈썹, 철침처럼 거칠게 자란 수염과 얼굴 여기저기에 보이는 크고 작은 상처들. 그동안 쌓아온 전장의 연륜이 돋보였다. 물어볼 필요도 없이 이 거한이 바로 마랑채 주인이자 녹림칠십이채의 총표파자(총채주를 가리키는 말!)인 광풍마랑 임덕성인 모양이었다.

산에 존재하는 모든 것이 자기들 거라니…, 뻔뻔스러울 정도로 광오한 구호였다.

'아버지….'

임성진의 얼굴이 눈에 띄게 굳어졌다. 아버지가 아들을 죽이려 하다니…, 이 얼마나 모순된 상황인가? 뭔가 오해가 있음이 분명했다.

'어쩔 수 없이 내가 나서야만 하는가?'

마침내 임성진은 결심을 굳혔다. 가장 마주치기 싫었던 현실이었지만 많은 피가 흐르는 것은 막아야만 했다.

대표단의 주위에는 지금 폭랑삼십육도 중 외부로 임무를 띠고 나간 18명을 제외한 나머지 18명이 거리를 두고 포위망의 최전선을 구축하고 있었다. 폭랑삼십육도의 사내들은 거칠다. 거친 만큼 너나 할 것 없이 여자를 밝혔다. 그들에게 있어 여자를 밝힌다는 것은 절대 잘못된 일이 아니었다. 그것은 당연한 일이었다.

입가에 침이 뚝뚝 떨어지는 저들이 무슨 생각을 하는지 비류연은 눈 감고도 알 수 있을 것 같았다.

'주, 죽인다….' '끝내주는군….' '미치겠네….' 기타 등등 뭐 그런 생각들일 것이다. 저렇게 노골적으로 얼굴에 드러내고 있는데 못 알아차린다면 눈치 못 채는 쪽이 이상한 것이었다. 비류연은 포위망의 최전선을 구축하고 있는 늑대 가죽 옷의 열여덟 명의 음탕한 시선이 심히 마음에 걸렸다.

비류연이 가만히 앉아 있는데 한 놈이 나예린을 향해 집중적인 음탕한 시선을 보냈다. 그의 입가에 흐르는 침과 몽롱한 두 눈으로 미루어 볼 때 뭘 생각하고 있는지 뻔했다. 이놈이나 저놈이나 맡은바 포위 임무나 제대로 할 것이지, 어디다 한눈을 파는 건지.

"이봐!"

비류연이 3장 거리에 있는 그들을 불렀다. 그러나 누구를 지칭하는지 알 수가 없었는지 아무런 대답이 없었다. 비류연이 부른 것은 그들 모두였다.

짝!

요란하게 뺨따귀를 올려붙이는 소리가 숲 속으로 시원스레 울려 퍼졌다. 그러나 비류연은 여전히 그 자리에 앉아 있었다.

"어? 어? 어?"

"뭐…, 뭐야?"

너무도 부지불식간에 일어난 일이라 18명의 폭랑십팔도는 무슨 일이 벌어졌는지 알아차리지 못했다. 그러나 더욱 놀라운 점은 소리는 분명 단 한 번 울렸을 뿐인데 18명 모두가 왼쪽 뺨을 부여잡고 있다는 사실이었다.

"왜 그래?"

표행 마차 위에 느긋한 자세로 앉아 있던 비류연이 다시 한 번 싱긋 웃었다. 그러자 그 순간 그의 몸이 흐릿해졌다.

비뢰도(飛雷刀) 독문신법(獨門身法)
봉황무(鳳凰舞) 오의(奧義)
환영의 거울[幻影之鏡]

짝!

이번에는 그들의 뺨이 동시에 왼쪽으로 돌아갔다. 그들의 오른쪽 뺨에는 선명하게 붉은 다섯 손가락이 도장처럼 찍혀 있었다. 그러나 여전히 그 누구도 무슨 일이 벌어졌는지 알아차리지 못했다.

'도…, 도대체 어떻게 한 거지? 지금 무슨 일이 벌어진 거야? 귀, 귀신인가?'

18명의 머릿속에 동시에 떠오른 생각이었다. 정말 귀신이 곡할 노릇이었다. 두 번째를 대비해 그들은 분명히 신경을 집중하고 있었지만 비류연이 움직인 기미는 전혀 없었다. 도대체 무슨 짓을 저지른 거지? 어떻게 한 거야?

비류연은 여전히 표행 마차에 앉은 채 미소만 짓고 있을 뿐이었다. 그들은 그저 본능적으로 비류연이 '뭔가'를 했다는 사실을 깨달았다. 그리고 그들 중 그 누구도 그게 뭔지 파악하지 못했다. 옆에 있던 나예린도 어리둥절하기는 마찬가지였다. 그녀의 눈에는 순간 비류연의 신형이 열여덟 개로 늘어난 것처럼 보였었다.

'설마……'

아마도 착시가 분명했으리라. 인간인 이상 그런 움직임은 불가능에 가까웠다.

"그건 경고예요. 다음에는 얼굴에서 흰 구슬 두 개를 뽑아주죠. 그러니…, 두 번 다시 그런 추잡한 눈으로 남의 것을 넘보지 마!"

한기가 몰아치는 경고!

정말 그렇게 될 것이라는 믿음이 들게 하는 말이었다. 아직도 폭랑 십팔도는 사태 파악을 못 한 채 어리둥절해하고 있었다. 하지만 가슴이 예리한 얼음 칼에 베인 것처럼 서늘했다.

이때 대표단 일행 중에서 청년 한 명이 걸어 나와 염도에게로 다가

갔다. 그 청년이 말했다.

"노사님! 이 일은 저에게 맡겨주십시오!"

"너에게?"

염도가 바라본 임성진의 눈은 그동안 애소저회에서 농이나 지껄이던 장난기 가득한 그 눈이 아니었다. 지금 그의 두 눈은 결연한 의지로 활활 불타오르고 있었다.

"별일이구나. 그러나 눈빛은 거짓말을 하지 않지. 자신 있느냐?"

"물론입니다. 이 일은 제가 제 손으로 해결지어야만 합니다. 저를 믿어주십시오."

잠시 생각에 잠겨 있던 염도는 이내 승낙의 뜻을 표했다.

"그럼 한번 믿어보는 것도 좋겠지. 다시 묻겠다. 자신 있느냐? 저자는 결코 만만한 상대가 아니다."

"자신 있습니다."

임성진의 대답은 확고했다. 염도는 허락할 수밖에 없었다. 만약 위험하다 해도 자신이 나서면 된다는 생각에 큰 부담은 없었다.

'그리고 이 녀석의 눈!'

임성진의 눈은 그 어떤 때보다 확고부동한 의지에 가득 차 있었다. 염도의 마음에 꽤나 드는 눈이었다.

"좋아! 이것도 경험이 되겠지. 이 일은 너에게 맡긴다. 맘껏 해봐라!"

"감사합니다. 맡겨주십시오. 결코 학관의 명예를 실추시키는 일은 없을 겁니다."

임성진은 흰 천으로 얼굴의 반을 감싼 채 앞으로 나섰다. 엉켜진 실은 누군가가 풀어야만 한다. 이 엉킴을 풀 수 있는 사람은 자신밖에 없다고 임성진은 생각했다. 그는 과거에 엉킴과 그 위에 겹쳐진 현재의 엉킴을 풀기 위해 한 발 한 발 앞으로 걸어 나갔다. 이윽고 그는 대표단에서 나와 녹림왕과 마주섰다.

"네놈은 누구냐?"

녹림왕 임덕성이 시비조로 물었다. 척 보자마자 흰 천으로 얼굴을 가리고 있는 게 엄청 마음에 안 드는 놈이었다. 왠지 모를 불쾌감이 그를 휘감았다.

"이야기를 하기 위해 나온 사람이오."

일행 앞에 나선 임성진은 자신의 얼굴을 천으로 가리고 있었기에 임덕성은 자신의 아들을 알아보지 못했다. 하지만 왠지 모를 익숙한 느낌에 임덕성은 당황했다.

"어라? 저 녀석 언제 목쉬었냐?"

염도가 의아해하며 노학에게 물었다.

"글쎄요? 별안간 감기에 걸렸을 리도 없고, 갑자기 자신의 못생긴 얼굴에 회의가 들었는지도 모르죠."

실없는 소리를 잘도 지껄이는 노학이었다.

딱!

징벌은 금세 행해졌다.

"우리는 아무런 죄가 없소. 흑랑채의 몰살은 우리랑 아무런 관련이 없다는 말이오."

임덕성과 일대일로 대치한 임성진이 외쳤다.

"그 말을 어떻게 믿지? 난 너희 정파 놈들을 믿지 못하겠다."

임덕성이 싸늘한 표정으로 비웃듯 대답했다.

"그렇다면 우리가 범인이라는 증거는 또 어디 있소?"

임성진의 반박은 날카로웠다.

"우리에게는 증인이 있다. 네놈들이 몰살시킨 흑랑채에서 간신히 살아 돌아온 목격자가 말이다."

'목격자?'

도저히 이해할 수 없는 일이었다. 하지도 않은 일에 무슨 목격자 따위가 존재할 수 있단 말인가?

"그 목격자는 지금 어디 있소이까? 일단 그 목격자를 보았으면 하오. 오해가 있다면 풀어야 하지 않겠소?"

임성진의 의문에는 아무런 하자가 없었다. 하지만 돌아온 답변은 웃기지 말라는 의미가 듬뿍 담겨 있었다.

"그럴 수는 없다!"

임덕성은 단번에 그의 제안을 거절했다.

"이유가 뭡니까? 이해할 수 없는 처사요."

임성진이 버럭 화를 냈다.

"그가 죽었기 때문이다."

임덕성의 한마디에 충격을 받은 임성진은 속으로 그 죽은 놈에게 욕을 퍼부었다.

'우라질!'

이걸로 마지막 남은 실마리마저도 사라져버렸다. 어쩌면 흑랑채 몰살의 의혹을 풀 수 있는 마지막 단서가 그 죽은 놈일 수도 있었다. 아무래도 최후의 방법을 쓸 수밖에 없는 모양이었다.

"우리는 전혀 그런 끔찍한 일을 할 이유가 없소. 우리는 결백하오.

내가 보증하오. 그러니 우리를 보내주시오."

임성진의 말에 임덕성은 코웃음을 치며 비웃듯 말했다.

"네까짓 게 뭔데 감히 보증을 한다고 나서느냐? 네놈에게 과연 그런 자격이 있다고 생각하느냐?"

"물론이오!"

임성진은 망설이지 않고 서슴없이 대답했다. 너무나 당당하게 말하는 임성진의 말에 임덕성은 잠시 할 말을 잊을 정도로 당황했다. 하지만 곧 날카롭게 눈빛을 발하며 물었다.

"자격은?"

"내가 바로 나이기 때문이오."

녹림왕 임덕성은 분노가 치밀어 올랐다. 감히 하찮은 정파 나부랭이가 자신을 희롱한다는 생각이 들었기 때문이다.

"미친놈! 네놈이 감히 죽으려고 내게……."

하지만 분노의 목소리는 끝까지 이어지지 못했다. 임성진이 자신의 얼굴을 두르고 있던 천을 벗어던졌기 때문이다.

"네…, 네놈은!"

임성진이 얼굴을 가렸던 천을 풀어헤치자 철석 같은 간담을 지닌 임덕성의 눈이 경악으로 부릅떠졌다. 왜 자신의 아들놈이 저 정파무리 틈바구니 안에 끼어 있단 말인가?

"소, 소주(小主)!"

폭랑귀도 모경도 경악으로 입을 쩌억 벌렸다. 그동안 행방불명되었던 임성진이 왜 저곳에 섞여 있단 말인가? 한참 만에야 간신히 놀란 마음을 추스린 임덕성의 얼굴이 딱딱하게 굳어졌다.

"이, 이게 누구야? 4년 전쯤에 가출한 우리 불효자식 아니신가?"

그의 탄성에는 비릿한 조소가 실려 있었다. 그러나 그의 두 눈에는 복잡한 심정으로 뒤범벅된 감정의 소용돌이가 일고 있었다. 임덕성의 말에 대표단과 녹림도 양쪽 모두에서 웅성거림이 터져 나왔다. 임성진이 출현은 양쪽 모두에게 생각지도 못했던 의외의 전개였던 것이다.

"그동안 평안하셨습니까? 아버님."

임성진이 포권지례를 취하며 딱딱하게 인사했다.

"평안? 그게 뭔지는 모르겠지만 그렇지는 못했던 것 같다. 그래! 아직도 4년 전 네놈에게 맞은 멍이 가시지 않아서 말이야. 비올 때마다 욱신욱신 쑤셔서 괴롭구나, 아들아!"

웅성거리는 소리가 주위에서 계속 들려왔다.

"그건 아버님이 방심하여 실수해서 그런 거지, 제 잘못은 아닌 것 같습니다. 겨우 살짝 스친 것 가지고 너무 그렇게 엄살떨지 마십시오. 왜 하나 뿐인 아들 면박주고 그러십니까? 부하들 보기가 민망스럽습니다."

"흐흐흐, 아들아, 네놈은 어찌 그렇게 귀엽게 맞을 소리만 하냐? 오늘 한번 죽어볼 테냐? 감히 하늘 같은 아비에게 대들어?"

아들의 투정어린 반항에 임덕성의 이마에 핏대가 섰다.

"저거 사건 해결하러 간다고 간 녀석 맞냐?"

염도의 어이없음에 남궁상은 자신도 모르겠다는 의사를 담아 고개를 가로저었다. 확실히 그의 눈에도 아무리 봐도 타오르는 불에 기름

부으러 간 것으로밖에는 보이지 않았다. 염도는 녹림왕 임덕성을 쩨려보며 으르렁거렸다.

"설마 며칠 전까지 멀쩡하던 그들이 아닌 밤중에 홍두깨처럼 몰살했을 리가 없잖아? 만일 그런 일이 있다면 내 손에 장을 지지겠다. 이건 분명히 녹림왕 임덕성이 우리에게 시비를 걸려는 트집이 분명해."

"죽었습니다."

"뭐라고?"

생각지도 못했던 대답에 염도의 고개가 홱 돌아갔다. 은설란이었다.

"구궁산을 넘어올 때만 해도 그들이 누군지 몰랐는데 그들이 바로 흑랑채 사람들이었군요. 저들 말대로입니다. 그들은 모두 죽었습니다."

"뭣이!"

염도와 빙검이 동시에 경악했다. 은설란은 차분한 목소리로 자신이 보았던 것을 있는 그대로 이야기했다.

"저도 그 현장을 봤어요. 참으로 끔찍하더군요. 하지만 그건 일말의 낭비도 없는 전문가들의 솜씨예요. 즉 살인을 밥 먹듯이 한 자의 솜씨였죠. 칼에 피 얼룩이 질 정도로 베어보지 않은 이상 그런 깔끔한 솜씨는 불가능해요. 그리고 그들의 상처는 대부분이 검흔이 아닌 도흔이었어요."

이야기를 경청하던 염도와 빙검의 얼굴이 점점 더 딱딱하게 굳어졌다. 그렇다면 녹림왕 임덕성이 저렇게 날뛰는 것도 무리는 아니었다.

"이거 골치 아프게 됐는걸!"

아무래도 오늘 일진은 사나울 모양이었다.

녹림왕 임덕성은 열혈의 사나이였다.

좋게 말하면 끓는 피를 지닌 호방한 성격의 소유자이지만, 그 실체는 인내심이 턱없이 부족한 자였다. 솔직히 그는 참을성이 별로 없었다. 그리고 일부러 감정을 절제할 만한 분별력도 가지고 있지 않았다. 그는 그것을 가식이라 칭하고 배척했다. 그는 웃고 싶을 때는 하늘이 떠나가라 웃고, 화날 때는 산을 뒤엎을 만큼 불같이 분노했다.

그리고 그는 지금 맹렬히 분노하고 있었다.

4년 만의 재회였는데도 이 불효자식은 하늘 같은 아비를 공경할 줄 모르는 것이었다. 이런 인간 말종을 용서할 만큼 그는 착하지 못했다. 그의 행동은 금방 무력이란 것으로 나타났다.

"오냐, 지난 4년 동안 그 나약한 정파 놈들 사이에서 얼마나 배웠는지 직접 몸으로 보여봐라. 이 애비랑 백 초식을 겨룰 수 있으면 하해와 같은 마음씨로 용서해 주마."

임덕성의 두 호목은 분노로 이글이글 타오르고 있었다.

"저희 동료들은 어떻게 되는 겁니까?"

"그들하고 넌 달라! 그들은 흑랑채의 몰살에 대가를 치러야 해!"

임성진도 지지 않고 소리쳤다.

"저흰 흑랑채의 몰살과 아무런 관련이 없습니다. 제가 이들과 계속 함께 있었는데 왜 거짓말을 하겠습니까? 지금 그렇게 절 근친 살해자로 만들고 싶은 겁니까? 흑랑채주 흑랑부 임개는 제 삼촌입니다. 제가 그분의 죽음을 방조할 리가 없잖습니까!"

임성진의 논리 정연한 반박에 임덕성은 움찔했다. 아들의 말은 한마디도 틀린 부분이 없었다.

"흥! 정파 놈들에게 세뇌되어 그런 막돼먹은 짓을 했을 수도 있지!"

임덕성의 말에 임성진은 딱하다는 듯 계속 말을 이었다.

"억지쓰지 마십시오. 이미 속으로는 그렇지 않다는 걸 알고 있잖습니까? 인정하고 싶지 않을 뿐이죠. 아버진 언제나 그랬어요. 왜 남이 맞다는 걸 알면서도 그 알량한 자존심 때문에 그것을 인정하지 않느냐 말입니까!"

"닥쳐라! 네 녀석이 무얼 안다고 까부느냐! 난 아직 널 인정 안 했어. 그러니깐 날 납득시키고 싶으면 덤벼봐라. 네놈이 날 이길 실력이 된다면 그때 가서 네놈 말을 믿겠다."

"좋습니다, 좋아요! 아버지가 하라는데 자식이 따라야죠!"

감정이 격해진 임성진은 자신의 곤을 으스러질 정도로 굳게 움켜잡았다.

"어디 그 늙은이에게 배운 막대기질이나 좀 볼까?"

"자식의 사부님을 함부로 늙은이라고 비하 발언 하지 마세요. 그리고 막대기질이 아니라 곤법입니다. 곤법!"

아버지도 아들도 단 한 치도 물러서지 않았다. 둘 사이의 관계에 부자지간이라기보다는 원수지간을 대입하는 편이 주위 사람들을 납득시키기에 오히려 편할 것만 같았다.

"와라!"

"갑니다!"

오라면 못 갈 줄 아냐는 눈빛을 빛내며 임성진이 도약했다.

"이야아압! 성광일시(星光一始)!"

우렁찬 기합소리와 함께 임성진의 곤이 임덕성을 향해 쭉 뻗어 나갔다. 바야흐로 철천지원수 같은 부자지간의 피 튀기는 혈투가 시작된 것이다.

"수준 있는 공방이로군."

부자간에 벌어지는 공전절후의 비무를 지켜보며 염도가 감탄사를 터뜨렸다.

패도 대 붕곤의 대결인가? 초식 하나하나마다 거대한 힘이 느껴졌다.

"힘과 힘의 싸움이라는 점에서는 둘 다 똑같군."

빙검이 짧게 평했다.

"아직까지는 잘 버티고 있어."

임성진은 마치 미친 늑대처럼 달려드는 임덕성의 도기 앞에서도 굳건한 방어를 유지하며 찌르고 들어올 허점을 내주지 않고 있었다. 그리고 잠깐 잠깐씩 허점을 틈타 반격하는 임성진의 일초 일초에는 붕곤답게 거대한 힘이 실려져 있어 임덕성을 당황하게 만들고 있었다.

붕결(崩訣)이란 모든 것을 힘으로 눌러 으스러뜨리고 부숴버리는 방법을 뜻한다. 즉 힘의 최고봉에 해당하는 무결이었다. 패(覇)와 붕(崩)은 힘을 추구한다는 점에서는 같지만 그 쓰임새는 확연히 구분지어질 만큼 틀렸다.

꽈꽝! 꽝!

무지막지한 힘과 힘의 격돌이 계속되었다.

붕곤은 느리고 패도는 빨랐다. 그러나 승부는 좀처럼 나지 않았다. 느린 것 같으면서도 빠른 임성진의 곤이 쉴새없이 몰아닥치는 도기 속에서도 용케 수비를 잘 해내고 있었기 때문이다.

"괜찮을까요?"

나예린이 걱정스럽게 물었다.

"물론 괜찮죠. 절대 쉽게 당할 사람은 아니에요. 그리고 부자간의 대결인데 아무리 정신 나간 부자지간이라도 정도 이상의 심각한 결과를 야기하지는 않을 거예요."

비류연이 침착하게 나예린을 안심시켰다.

"아마 얼마나 심오한 내공을 가지고 있는가 하는 것이 승부의 관건일 지도 모르겠네요. 서로 공수의 방식이 달라 한쪽의 균형이 무너지는 순간 판가름이 날 거예요."

임성진은 곤 주위에 보이지 않는 막을 형성시켜 놓은 채 그것을 이용해 아버지의 패도를 막아내고 있었다.

"그런데 역시 부자지간은 부자지간인가 봐요. 서로 잡아먹을 듯이 싸우고 있으면서도 저렇게 웃고 있으니…, 아마 자신들이 웃고 있다는 사실도 인식하지 못하고 있을걸요!"

비류연의 눈은 정확했다.

지금 임덕성은 4년 동안 놀랄 만큼 향상된 아들의 실력에 경악하고 있었다. 도저히 믿을 수 없다는 기색이 역력했다. 4년 전에는 비록 방심해서 한 방 먹기는 했지만 그것은 말 그대로 기습, 실력이라고는 할 수 없는 운의 일종이었다. 그런데 지금은 실력으로만 놓고 따져도 자신과 겨루어 전혀 손색이 없는 놀라운 실력을 보여주고 있었다. 아들이 강해졌다는데 싫어할 아버지는 몇 가지 예외의 경우를 제외하고는 이 세상에 없었다.

임덕성은 이 사실을 기뻐해야 할지 슬퍼해야 할지 갈피를 잡을 수가 없었다. 그러나 아비의 권위를 생각해서라도 질 수는 없었다.

그는 점점 더 공격을 강화해 나가기 시작했다.

"저기서 더 강한 공격을 행하다니 괴물은 괴물이로군요."

임성진이 갈기갈기 찢겨 나가지 않은 게 신기할 지경이었다. 물론 임성진이 녹림왕 임덕성의 광풍마랑도를 잘 알고 있다는 점도 유리하게 작용하고 있었다.

광풍마랑도법은 임성진이 어릴 때부터 한 8년 정도는 어쩔 수 없이 강제 주입식 교육을 받았기 때문에 잊고 싶어도 잊을 수 없는 도법이었다. 그도 한때는 한 손에 소랑도를 들고 이것을 배웠었으니까. 그러나 그에게는 운명을 바꾸어줄 만남이 있었다.

그는 자신을 다른 길로 이끌어줄 참스승을 만난 것이다. 옛날부터 그는 산적질이 싫었다. 그리고 그 불만은 스승과의 만남으로 인해 점점 증가되어 가다가 마침내 폭발하고 말았던 것이다.

"거기서는 그렇게 곤을 놀려서는 안 되지. 이건 비무가 아냐. 실전이란 말이야. 안이한 생각을 먹는 즉시 죽는 거다! 알겠냐?"

정신없이 비무를 하다 무의식중에 자식에게 충고까지 하는 임덕성이었다.

'내가 왜 그딴 말을 했지? 내가 정말 슬슬 진짜로 미쳐가는 건가?'

임덕성은 웃기지도 않은 일이라 치부하며 아예 그런 생각을 묵살해 버렸다. 이들 부자는 공수전환이 거듭될수록 흐르는 땀 속에서 자신들의 입가에 미소가 맺히고 있다는 것을 전혀 인식하지 못하고 있는 모양이었다. 아무래도 이 부자는 싸우면서 정이 드는 모양이었다.

"둘 다 바보로군요!"

가만히 지켜보던 비류연이 내린 간단한 결론이었다. 냉동되어 있던 부자간의 사이가 전신에서 흐르는 땀과 투기와 열기로 서서히 녹아내리고 있었다. 그러나 이 바보 부자는 그 사실조차 알아차리지 못하고 있었다.

"저 바보 부자는 아무래도 한 번에 끝장을 볼 모양이로군."

빙검이 말했다.

"그러니깐 힘만 무식한 바보 소리를 듣는 거겠지."

한심하다는 투로 염도는 고개를 가로저었다.

"그 점은 자네랑 닮았군."

"뭐야?"

빙검의 한마디에 염도는 발끈했다.

"헉헉헉, 짜식이 제법이구나. 그동안 머리 좀 컸다고 반항이냐? 예전엔 올챙인 줄 알았는데 이제 뒷다리쯤은 자랐구나!"

"헉헉헉, 아버지도요. 몇 년 안 보는 사이에 늙다리가 된 줄 알았는데 노친네가 아직도 정정하시네요."

녹림왕 임덕성은 왠지 터져 나오는 웃음을 참지 못하고 즐거운 듯 말했다.

"임마! 난 아직 청춘이야! 너 이제 몇 개 남았냐? 헉헉헉."

그 말에 대꾸하는 임성진도 지쳐 있기는 마찬가지였다. 하지만 대답하는 목소리에는 뭔가 맺혀 있던 것이 확 풀린 듯 상쾌하기만 했다.

"헉헉헉, 이제 하나 남았습니다. 아버지는요?"

"나도 하나 남았다."

이미 수십 번에 걸친 공수 전환으로 쓸 수 있는 초식은 모조리 쓴 마당이었다. 이제 서로 남은 것은 비장의 절초인 최후 초식 하나뿐이었다.

"어쩔래? 끝까지 해볼 테냐?"

"물론이죠. 여기까지 왔는데 여기서 그만둘 수는 없잖아요."

"좋다! 과연 내 아들이구나. 오늘 한번 끝장을 보자."

"좋습니다. 바라던 바입니다."

"바보 부자!"

멀리서 지켜보던 비류연이 한마디했지만 이들의 귀에는 들어오지 않았다. 마주 선 두 사람이 최종 초식 준비에 들어갔다. 무서운 기세가 두 사람 사이에 형성되었다. 주변의 기운이 두 사람 사이로 미친 듯이 빨려 들어가기 시작했다.

부자의 대결에 점차 그 대미(大尾)가 다가오고 있었다.

콰쾅!

천지가 진동하는 격렬한 폭음이 터져 나왔다. 귀청을 찢을 듯한 굉음이 사정없이 고막을 때렸다. 열혈 바보 부자답게 끝장 보는 것도 요란하고 화려했다. 요란했던 만큼 자욱한 먼지들이 가라앉고 나서야 장내의 상황을 제대로 파악할 수 있었다. 두 사람 모두 쓰러지지 않고 버티고 있었다. 최종 초식까지 몽땅 털어냈음에도 불구하고 두 사람은 끝내 우열을 가릴 수가 없었다. 물론 두 사람 다 필사의 각오로 임한 것은 아니었다. 어쩌면 임덕성이 봐준 것인지도 알 수가 없었지만.

"콜록콜록, 이런 후레아들 놈! 4년 전 때렸던 데를 또 때리냐? 게다가 그때보다 훨씬 더 아프구나. 에잉, 나쁜 놈!"

"콜록콜록, 아버지야말로 아들 모가지 짜를 일 있습니까? 그렇게 무식하게 도를 막무가내로 휘두르면 어떡니까? 좀 보고 휘둘렀어야지요. 이 아들 아직 장가도 못 가봤습니다. 하나뿐인 아들, 총각귀신 만들 일 있습니까?"

임성진도 지지 않고 씨근덕거리며 외쳤다.

"이 자식이! 아직도 애비한테 반항이네? 그리고 누가 너 같은 놈에게 시집오겠다는 머리 빈 계집이 있겠냐? 일찍 냉수 먹고 속 차려라!"

"저주 퍼붓지 마세요. 전 반드시 장가갈 겁니다."

"어쭈, 이놈이. 아직도…, 자꾸 반항하면 네놈이 일곱 살 때까지 이불에 쉬한 거 다 까발리고 다닌다?"

"그…, 그런 비겁한!"

거우 가라앉으려 하던 먼지가 다시 뭉게구름처럼 피어올랐다. 그속에서 두 사람은 한참이나 침을 튀기며 티격태격거렸다.

"바보!"

비류연의 관전평은 짧고도 명확했다.

"이 일은 녹림칠십이채뿐만 아니라 우리에게도 중요한 문제요. 아마도 누군가가 우리들에게 누명을 씌우기 위해 조작한 끔찍한 음모라 생각되오. 지금은 갈 길이 바빠 완전히 우리의 결백을 증명해 보이지는 못했지만, 지금부터 천무학관과 정천맹이 전력을 다해 이 사건을 조사할 것이외다. 기다려주시오. 그리고 우리를 믿어주기 바라오."

"좋소! 믿고 기다리겠소. 그리고……."

임덕성이 전음으로 몇 마디 말을 더 전했다. 빙검은 고개를 끄덕였다.

"걱정 마시오!"

"고맙소."

임덕성이 포권지례를 취하자 빙검도 따라 인사했다.

"쳇! 하고 싶은 대로 아무데나 가서 마음대로 살아라!"

빙검과의 대화를 마친 임덕성이 임성진에게 등을 돌리며 말했다.

"아버지……."

"어디 가서 아비 망신시키지나 말고! 싸우면 반드시 이겨라!"

말을 하던 녹림왕 임덕성의 눈가가 묘한 빛으로 일렁거렸다. 임성진은 뭔가 알 수 없는 것이 가슴에서 치솟아 목구멍까지 올라오는 것을 이를 악물고 참아야만 했다.

"물…, 론…, 이…, 죠."

"그만 가봐라!"

귀찮다는 듯 돌아보지도 않고 임덕성이 손사래를 치며 소리쳤다.

"길을 열어라! 그리고… 전원 검례(劍禮)!"

폭랑귀도 모경이 내공을 실은 목소리로 외쳤다.

바다가 반으로 갈라지듯 포위하고 있던 무사들이 양쪽으로 쩌억 갈라지며 주루룩 길 양 옆으로 나열해 서기 시작했다. 그 행렬은 대홍산 산길이 끝나는 곳까지 계속해서 이어졌다. 단 한마디 명령에 따른 이런 일사불란함이 지금의 마랑채를 이끌어온 원동력이었다. 그들의 일사불란한 이동과 재배치는 마치 군대를 방불케 했다.

3천명의 장한들이 좌우로 늘어서서 무기를 가슴에 들어 검례를 표하자 그만한 장관도 드물었다. 온몸에 전율이 일 정도였다.

이들과 정면으로 맞붙었다면 아마 양쪽 다 무사하지는 못했을 것이다. 산 밑까지 이어지는 그 행렬은 마치 이들의 무운을 빌어주는 것 같았다.

"좋은 아버지구나!"

눈앞에 펼쳐지는 장관을 정신없이 바라보고 있던 임성진은 옆에서 들려온 빙검의 말에 화들짝 놀랐다.

"예?"

"아까 마지막에 무의 극의를 추구하는데 출신 따위야 아무런 상관이 없지 않겠냐고 하더구나."

'그러니 내 아들내미를 잘 부탁하오!'

빙검과 마지막 나눴던 전음이 바로 그런 내용이었던 모양이다. 아마 자식의 출신이 혹 악영향을 미칠까 걱정한 모양이었다. 임덕성이 그런 세심한 데까지 신경을 썼다는 것은 거의 기적에 가까운 일이었다. 빙검도 임성진의 출신을 문제 삼을 생각은 조금도 없었다. 임성진은 그동안 가슴속에 쌓였던 앙금이 한순간에 풀어지는 느낌을 받았다.

"자, 잠시 다녀오겠습니다!"

빙검은 고개를 끄덕여 허락을 나타냈다. 임성진은 저쪽에서 여전히 뒤돌아 서 있는 임덕성에게로 달려갔다. 그리고는 울부짖듯 외쳤다.

"아버지!"

임덕성은 그 소리에 움찔했지만 결코 뒤를 돌아보지는 않았다.

"왜? 나 귀 안 먹었다."

돌아선 채 여전히 퉁명스런 어조로 임덕성이 말했다.

"그럼 이만 가보겠습니다. 건강하십시오."

임성진이 허리를 꾸벅 숙이며 인사했다. 그의 이번 인사에는 진심이 담겨 있었다. 그래서 그 인사는 거칠기는 했지만 따뜻했다.

"시끄럽다. 빨리 가!"

부끄러운 건지 쑥스러운 건지 임덕성은 끝내 뒤를 돌아보지 않았다. 그의 귀로 아들의 발자국 소리가 멀어지는 소리가 들려왔다. 발자국 소리가 여러 개의 발자국 소리와 합쳐졌다. 합쳐진 발자국 소리가 움직이기 시작했다. 동료들이랑 함께 산을 내려가는 모양이었다.

지면을 울리던 수십 개의 발자국 소리는 점점 더 그의 귓가에서 멀어져가다가 종내에는 마침내 들리지 않게 되었다.

"바보 아들 놈!"

툭 내뱉는 그의 어조에는 쓸쓸함이 배어 있었다.

신무림기(新武林記)
- 역사를 바꾸려 하는 자

"이걸 언제까지 배워야 하죠?"

심하게 까져서 피가 배어 나오는 작은 손이 보였다.

"가장 쉬워질 때까지!"

마치 미리 준비라도 한 듯 대답이 흘러나왔다.

"검은 어떻게 휘둘러야 하죠?"

"가장 빠르게!"

대답은 간단명료했다.

"사람은 어떻게 죽여야 하죠?"

쉽게 대답할 성질이 아니었음에도 불구하고 그 답변은 너무도 쉽게 흘러나왔다.

"가장 간단하게!"

그것으로 끝이었다.

그리고 다시 한 번 요약하듯 말했다. 여전히 무미건조하고 차가운 말투였다. 그 목소리에는 사람의 마음속에 공포를 심어주는 힘이 있었다. 듣는 사람의 마음이 먼지가 되어 흩날려버릴 정도의 공포!

"가장 간단하고, 가장 빠르게 그리고 가장 쉽게! 넌 이것만 기억하면 된다."

잠시 눈을 감고 있자 과거의 기억이 선명하게 떠오른다. 단편적인 과거 기억 속에서 잠시 머무르고 있을 때 집무실의 문이 벌컥 열리며 치사한이 헐레벌떡 보고하러 들어왔다.

눈살을 찌푸리며 그는 상념에서 깨어났다.

"무슨 일이죠?"

딱딱하게 굳어 있는 치사한의 태도로 볼 때 최소한 좋은 소식이 아닌 것만큼은 분명했다.

"실패로군요."

감정이 전혀 묻어 나오지 않는 목소리였다. 치사한은 송구스러워 감히 고개를 들 수가 없었다.

"죄, 죄송합니다. 면목이 없습니다."

치사한의 허리가 직각으로 접혔다.

"사슴들의 피해 상황은?"

질문을 받은 치사한은 차마 하기 싫었던 말을 겨우 내뱉어야만 했다.

"저, 전무합니다."

순간 치사한은 허공에서 보이지 않는 불꽃이 튀었다고 생각했다. 그가 느낀 전율은 그것 이외에는 설명이 불가능했다.

"그들이 그렇게 강했었나요? 녹림총채의 공격을 받고도 전혀 피해가 없을 만큼?"

질문을 하는 그 목소리에는 순간 평정심을 잃었는지 약간의 놀라움이 묻어 나왔다. 치사한은 차라리 그들이 그 정도로 강했다면 보고하기가 훨씬 더 쉬웠을 거라고 생각했다.

"아닙니다. 그들은 전면으로 붙지 않았다고 합니다. 의외의 변수가 있었습니다."

"변수? 그 변수를 찾아내어 미연에 막는 것이야말로 군사의 임무가 아니었던가요?"

치사한은 차가운 얼음송곳이 심장에 박히는 기분이었다. 그만큼 대공자의 위압감은 엄청났다. 치사한은 떨리는 심장을 가까스로 억제하며 전서를 통해 받은 내용을 정리하여 보고했다. 대공자는 차갑게 가라앉은 밤의 호수 같은 눈을 빛내며 그저 차분히 듣기만 했다. 치사한의 보고가 끝나자 대공자도 생각지도 못했다는 듯 중얼거렸다.

"녹림왕의 아들이라……."

정말 예기치 못한 변수였다. 어떻게 천무학관 무리 안에 그런 자가 끼어 있을 수 있었던 것일까?

"어떻게 하시겠습니까? 이대로 멀쩡히 화산까지 보낼 수야 없지 않겠습니까?"

하지만 대공자는 아무런 말도 하지 않고 생각에 잠겼다. 치사한은 대공자의 눈치를 보며 쥐죽은 듯 입을 다물었다. 잠시 후 억겁같이 느껴지던 침묵이 깨졌다.

"마음 내키지는 않지만 최후의 방법을 쓰도록 하지요."

마침내 대공자의 결정이 떨어졌다.

차도살인지계(借刀殺人之計 : 자신의 손을 더럽히지 않고 남의 칼로 자신의 적을 상하게 하는 책략. 보통 자신은 두 손 놓고 놀며 적으로 또 다른 적을 상대하여 어부지리(漁父之利)를 얻는 책략을 가리킨다. 어떤 학자는 손 안 대고 코풀기라고 해석하기도 한다)가 실패로 끝난 이상 이미 예상했던 결과였다.

"이미 준비는 모두 갖춰놨습니다. 하지만 얼마간의 희생은 불가피할 겁니다."

대공자는 만족스러운 듯이 고개를 끄덕이며 말했다.

"감수해야겠지요. 보고에 의하면 이번 동행자 중에 천하오검수의 1인과 천하오대도객의 1인이 한 명씩 끼어 있다고 하던데…, 빙검과 염도라면 무명 쟁쟁한 강호의 영웅이자 고수! 과연 그들을 상대로 십이혈마대가 얼마만큼 최소한의 손실로 버텨낼 수 있을까요?"

"지당하신 말씀입니다. 아무리 십이혈마대가 저희의 비밀 전력이라 해도 빙검과 염도의 보호를 뚫고 그자들에게 치명적인 타격을 주기는 힘들 겁니다."

치사한의 말에 뭔가 있다는 생각에 대공자가 물었다.

"잘 알고 있으면서도 준비가 되어 있다는 말은 벌써 방법을 강구해 두었다는 이야기겠군요?"

"도움을 구했습니다. 옛분들에게!"

순간 대공자의 몸이 움찔했다.

"옛분들이라면? 설마 본인의 허락 없이 그자들을 움직였단 말이오?"

"죄, 죄송합니다. 모든 것이 저의 독단이었습니다. 하지만 꼭 필요한 조치라 여겼습니다."

갑자기 전신을 덮치는 으슬으슬한 한기에 치사한은 몸을 바짝 긴장했다.

'이, 이런 중압감이……'

등줄기를 타고 식은땀이 축축이 흘러내렸다. 치사한은 아예 대공자의 형형한 안광을 쳐다볼 엄두가 나질 않았다.

"흐흠, 독단이라……."

"죄, 죄송합니다. 한 번만 용서를 해주십시오."

치사한이 식은땀을 삘삘 흘리며 빌었다. 대공자는 그런 그를 힐끗 일별하고는 말을 이어 나갔다.

"꼭 필요한 조치라 해서 모든 독단적 행동이 용서되는 것은 아닙니다. 전 저의 시야가 미치지 않는 곳에서 벌어지는 일을 무척이나 싫어하지요."

심장이 얼음송곳으로 무수하게 찔리는 듯한 느낌이었다. 엄청난 압박감에 치사한은 숨조차 제대로 쉴 수 없었다.

"독단은 한 번으로 족하다고 여겨지는군요. 하지만 두 번은 결코 반갑지 않을 겁니다."

"명심, 또 명심하겠습니다."

"그럼요. 명심해야죠! 개죽음당하고 싶지 않다면요!"

입가에 씨익 드리워진 미소가 그렇게 살벌하게 느껴질 수 없었다. 뼈 속까지 오싹해지는 한마디였다. 치사한은 오늘 염라대왕의 집무실이 어떻게 생겼는지 구경해 봤으니 호강했다 할 수 있으리라.

"군사, 혹시 멈추어진 바퀴가 왜 구르지 않는 줄 아나요?"

잠시 생각에 잠겨 있던 대공자가 다시 입을 열었다. 치사한은 이 세상에서 가장 공손한 자세로 그의 이야기를 경청했다. 겉모양새는 분명 존대이지만 대공자의 말 한 마디 한 마디는 듣는 사람에게 한없는 정신적 압박을 주었다. 계속해서 그를 보좌하는 치사한도 이것만큼은 좀처럼 익숙해지지 않았다. 그래서 그는 아직도 대공자의 말을 들을 때마다 심장이 오그라지는 듯한 긴장감을 느껴야 했다.

'무슨 말씀을 하고 싶으신 걸까?'

도무지 의중을 짐작할 수가 없었다. 이럴 때는 얌전히 경청하는 게 장땡이었다. 함부로 아는 척하며 나섰다가 잘못하면 본전도 못 찾고 대량 실점할 수도 있었다.

"잘 모르겠습니다."

식은땀을 흘리며 치사한이 대답했다. 항상 주인에게 조언해야 하는 입장인 그에게 모른다는 것은 매우 위험한 대답이었다.

"당연히 그것이 멈춰 있기 때문이지요."

치사한은 그런 건 세살배기 어린애도 다 알고 있는 이야기라고 굳이 말하지는 않았다. 목소리 높여 주장하다 쥐도 새도 모르게 죽고 싶지는 않았기 때문이다. 그리고 그는 아직은 제사를 지내줄 자손들이 없었다.

"강이 왜 멈춰 있는지 아나요?"

"잘 모르겠습니다."

"그건 둑으로 막혀 있기 때문이지요."

무엇을 말하고자 하시는 걸까? 치사한은 여전히 짐작조차 가지 않았다.

"이 무림도 정지된 마차나 정체된 강과 마찬가지라는 이야기입니다. 지금 이 거대한 마차는 백 년이라는 긴 시간 동안 흑천맹과 정천맹, 마천각과 천무학관이라는 오래된 녹슨 두 쌍의 바퀴에 의지한 채

굴러가고 있지요. 새로운 바퀴로 바꿀 생각조차 하지도 않은 채 말입니다. 게다가 이 강은 전대고수라는 이름표를 줄줄이 달고 있는 노령 고수들의 둑으로 꽉꽉 막혀 있지요. 그들은 새로운 물이 흘러갈 자리를 방해하고 있어요."

현 무림의 양극 체제가 지금의 평화를 가져왔다고 여기는 일반론과는 정반대되는 생각이었다. 그의 생각은 혁신적이고 또 파괴적이었다.

"나는 그 둑을 터뜨리고 싶어요. 물은 흘러가기 위해 존재하는 것이지 고이기 위해 존재하는 것은 아니죠. 고인 물은 썩게 마련 아니겠어요? 천겁을 막겠답시고 마천각과 천무학관을 세웠지만 이대로는 우물 안 개구리일 뿐입니다. 이론 수업만으로는 절대 한계 이상으로 강해질 수가 없습니다. 시련이 없으면 사람은 강해지지 않죠. 그런 것은 단지 지루하기만 할 뿐이죠. 나는 물론이고 그분에게도……."

그분이라는 말에 치사한의 몸이 흠칫 굳어졌다. 그분은 존재만으로도 그를 움츠리게 만들 수 있는 존재였다.

"받으세요."

대공자가 품안에서 책자를 하나 꺼내 치사한에게 던져주었다. 아주 느린 속도로 천천히 허공을 날아간 책자는 정확히 치사한의 손 위에 수직으로 서서히 떨어져 내렸다. 치사한은 얼른 빠른 속도로 받은 책자의 안을 살펴보았다.

"이, 이것은?"

그의 눈이 부릅떠졌다.

"이, 이건 아무것도 적혀 있지 않은 빈 책자 아닙니까?"

무언가 어마어마한 내용이 담겨 있을 줄 알았던 책자는 알고 보니 단순한 백지뭉치일 뿐이었다. 치사한은 왠지 농락당한 기분이었다. 그러나 그는 불쾌감을 굳이 내색하지 않았다.

"왜요? 흰 백지 덩어리라 불만인가요? 희대의 절세비급쯤 되어야 만족할 수 있었나요? 단 한 번 읽는 것만으로도 천하 제일의 고수가 될 수 있는 그런 신비한 비급 같은 것 말이죠?"

"아, 아닙니다. 제가 어찌 그런 불측한 마음을 품겠습니까! 게다가 세상에 그런 물건이 있을 리가 없지요. 무협지도 아니고 말입니다."

치사한은 만면에 자신의 주특기인 비굴한 웃음을 지어 보였다.

"그 책자가 곧 필요하게 될 겁니다."

대공자의 목소리는 확신에 차 있었다.

"제 아둔한 머리로는 어디에 쓰는 물건인지 알 수가 없습니다. 제 우둔한 머리를 깨우쳐주시기 바랍니다."

치사한의 간청에도 대공자는 창밖의 드높은 파란 하늘을 주시하고 있었다. 그의 눈동자 안으로 드넓은 창천이 빨려 들어왔다.

그의 입이 조용히 열렸다.

"새 술은 새 부대에 담으라는 이야기 들어보았나요?"

"물론입니다."

그 옛말을 모르는 사람은 거의 없을 것이다.

"무슨 뜻인지도 잘 알겠군요?"

"물론입니다. 새롭게 시작하는 때는 과거에 얽매이지 말고 하나부터 열까지 새롭게 시작해야 한다는 뜻으로, 과거의 잔재를 남기지 말아야 한다는 의미이지요. 과거와의 단절만이 새로운 미래를 열 수 있다는 이야기를 담고 있다고 생각합니다."

일반적인 해석과는 조금 꽤를 달리하는 독특한 해석이었다. 그러나 크게 틀린 점은 없었다. 옛부터 전해져 내려온 속담이라 해서 꼭 한 가지 방식만으로 단일하게 해석되어야 할 필요는 그 어디에도 없는 것이다. 요는 그 안에서 실생활에 적용할 수 있는 교훈이나 삶의 지혜를 얻으면 되는 것이다.

"요즘 강호의 피가 너무 정체되어 있다고 생각하지 않나요? 그래요, 현 무림은 너무 많은 피가 정체되어 있어요. 지금 강호에서 이름을 드날리고 있는 웬만한 고수들은 아직도 대부분이 100년 전 사람들이에요. 바로 천겁혈세에서 살아남은 바로 그들 말입니다. 전전대 고수여야 할 사람들이 그저 전대 고수로 끝나고 그중 아직도 살아서 영명을 누리는 사람들이 너무나 많아요. 게다가 지나간 세월만큼 연륜도 쌓이고 그 영향력이 거대해지자 그들의 존재는 점점 더 커져갔지요. 그러다 보니 그들의 거대한 존재는 후배들의 앞길을 완전히 가로막고 말았어요. 그들을 뛰어넘는 것 자체가 불경처럼 느껴지도록 온갖 치장을 다해놓았죠. 약육강식, 적자생존의 이 세계에서는 터무니없는 일이죠. 참으로 큰일이 아닐 수 없지 않습니까?"

"그렇습니다. 선배들은 후배들을 위해 얼른 길을 열어줘야죠."

"녹슨 마차는 새 마차에 자리를 내주는 법이지요. 늙은 범은 젊은 범에게 산중왕의 자리를 내주는 게 인지상정이죠. 뼈마디에 녹이 슬어서 어디 제대로 사냥이나 할 수 있겠어요?"

치사한은 대공자의 말에 고개까지 끄덕이며 연신 맞장구를 쳤다.

"지당하신 말씀입니다. 천겁혈세의 주역들이라 해도 이제는 거의

다 폐물들 아니겠습니까!"

"홍! 그때 겨우 목숨만 구걸받은 주제에 아직도 잘난 척을 하고 있으니 언어도단이죠. 그래서 이번 화산지회는 아주 성대한 대회가 될 겁니다. 그 유래를 찾아볼 수 없을 만큼 역대 최고의 대회, 이번 대회는 그 화려한 불꽃으로 무림에 생기를 불어넣는 계기가 되겠지요."

"흐흐흐, 재생을 위한 파괴로군요."

치사한의 말에 대공자가 고개를 끄덕였다.

"옛 시대가 지나고 새로운 시대가 도래할 때입니다. 왜냐하면 이번 대회를 계기로 모든 노고수들이 이 강호에서 사라질 테니깐 말입니다. 과거를 청산하지 않으면 미래는 오지 않는 법이지요. 늙은이들의 정점이자 상징이라고 할 수 있는 그들, 천무삼성과 검존의 몰락이 정체된 무림에 새로운 바람과 새로운 피를 공급해 줄 겁니다. 그리고……."

'그리고 행방불명된 태극신군 혁월린과 은거중인 패천도 갈중혁만 제거할 수 있다면! 강호의 질서는 다시 천겁(天劫)을 중심으로 재편(再編)되리라.'

아직 그는 무신의 죽음을 모르고 있었다.

"볼 만한 대회가 되겠군요. 전 벌써부터 심장이 뛰어 주체할 수가 없습니다."

천무삼성의 몰락을 서슴지 않고 공언하는 사람, 다른 이라면 주위의 손가락질과 함께 미친 놈 취급을 받았겠지만 그 말을 한 사람이 대공자 그였기에 가능성마저 느껴졌다.

"과연 늙은 생강이 매운지 작은 고추가 매운지, 갓 자란 생강이 매운지 이번 기회에 판가름이 날 겁니다. 그리고 그 날 새로운 무림 역사의 장이 열리겠지요."

"아참, 한 가지 잊고 묻지 않은 게 있는데 군사의 서도(書道) 솜씨는 어떻습니까?"

갑작스럽게 대공자가 물었다.

"명필이라고는 할 수 없지만 남 보이기 부끄럽지 않을 정도는 된다고 생각하고 있습니다."

"그래요? 그럼 조만간 그 실력을 발휘할 기회가 오겠군요. 군사가 할 일은 간단합니다. 그 안에 글을 채워 넣는 것이지요."

치사한은 대공자에게서 아까 받은 책자를 바라보며 어리둥절한 표정으로 반문했다.

"이 빈 책자에 무슨 내용을 채워 넣으면 되는 것입니까?"

치사한의 질문에 대공자는 허공을 보고 알 수 없는 표정을 한번 지었다. 희미한 미소 같기도 하고, 한숨 같기도 하고 치사한은 도무지 대공자의 본심을 짐작할 수 없었다.

이윽고, 대공자는 수려한 얼굴에 자리한 붉은 입술을 열어 한 자 한 자 또박 또박 말했다.

"신(新)·무(武)·림(林)·기(記)!"

사랑이란?

"진설은 어때요? 요즘 좋아하는 사람과는 잘되고 있어요?"
은설란이 웃으며 이진설에게 물었다. 연애니, 사랑이니, 남자니 이런 것을
화제로 삼는 것은 이들 중에 은설란뿐이었다.

그래서 이진설은 은설란이 좋았다. 나예린과 독고령과 함께 있는 게
싫지는 않았지만 그녀들은 이런 화제와는 백만 년쯤 떨어져 있었다.

'남자? 쓰잘데기 없는 것들!' 독고령이 어느 날 그녀에게 해준 말이
었다. 남자들을 보는 독고령의 시선이 함축적으로 잘 나타나 있는 말
이었다. 지금 일행들은 잠시 행보를 멈추고 쉬고 있는 중이었다.

이곳은 호북성 양양(襄陽)에서 곡성(谷城)으로 가는 길목으로 꽤나
지대가 높은 곳이었다. 이곳에서 조금만 더 가면 무당파(武當派)의
영역에 들어서게 된다.

지대가 높은지라 낮은 지대의 풍경이 일목요연하게 눈에 들어왔
다. 대지는 늦가을 무르익은 곡식으로 황금의 물결을 이루고 있었다.
가을바람에 황금바다 위로 잔물결이 잔잔히 일렁였다.

"빨리 말해 봐요. 어서, 어서!"

은설란이 재촉했다.

"그게 저……."

이진설은 얼굴을 붉히며 슬쩍 효룡이 있는 쪽을 바라보았다. 그는 옆에 있는 장홍과 뭔가 정신없이 이야기를 주고받고 있는 중이었다.

'저 아저씨는 왜 저렇게 말이 많은 거야?'

이진설은 이유도 모른 채 발끈 화를 냈다. 그녀의 고운 아미가 상큼 치솟았다.

"몰라요, 요즘은 여자보다 남자가 더 좋은가 봐요. 흥!"

이진설이 삐친 채 고개를 돌렸다. 요즘 들어 효룡이 자기를 잘 상대 안 해주자 화가 많이 나 있었던 것이다. 효룡으로서는 남들의 시선을 의식해 그런 것이지만, 그런 이유 따위는 발랄한 행동 우선 원칙주의자인 이진설에게는 약발이 먹히지 않았다.

은설란은 듣지 않아도 다 알겠다는 듯 미소 지었다. 이진설은 참 알기 쉬운 성격이었다. 그래서 너무 귀엽게 느껴졌다.

"요즘 비 공자와는 잘되고 있어요?"

질문의 화살이 이번에는 나예린을 향했다. 어쩌다 보니 은설란에게 발목을 잡혀 이 자리에 있게 되었지만 느닷없이 이런 질문을 받을 줄은 상상도 하지 못했었다.

"네? 그게 무슨……?"

나예린이 당황하며 반문했다.

"에이, 절 속이려 하지 말아요. 이래 봬도 사람 보는 눈은 있다고요. 솔직히 관심 있죠? 좋아하죠?"

은설란은 다 알고 있으니 순순히 자백하라고 말하는 판관 같았다.

"관심 없습니다."

나예린이 무뚝뚝하게 대답했다. 그러나 은설란은 그 무표정과 무뚝뚝함 아래 숨겨진 동요를 눈치 챘다. 그 동요는 아주 미약한 정도였지만, 이 얼음공주 아가씨가 이 정도로 감정을 표출한다는 것은 엄청난 일이라는 것을 그녀는 잘 알고 있었다.

역시 나예린에게 은설란은 상대하기 어려운 존재였다. 그녀의 말은 언제나 나예린을 당황시키게 만드는 묘한 힘이 있었다.

"어머! 정말 관심 있나 보네요? 사실 다들 환마동이 무너진 그 44일 동안 그 암흑 안에서 무슨 일이 있었는지 궁금해 죽으려 한다고요."

나예린은 환마동이라는 말에 일순 당황해하며 극구 부인하였다.

"누, 누가 그런 걸 궁금해하겠어요? 그런 하잘것없는 것을!"

"어라? 그건 천만의 만만의 말씀이에요. 벌써 여기 있는 남자 관도들의 삼분지 이 이상이 그 사실을 궁금해 미칠 지경에 빠져 있을걸요? 그 안에서 무슨 일이 있었는지 알려만 준다면 천금을 줘도 아깝지 않다고 생각하는 사람도 있다고요."

'천금을 내놓을 수 있다면 류연을 찾아가는 게 가장 빠를지도!'

나예린은 무의식중에 그렇게 생각했다. 아마 성사율이 십이할일 것이다.

"그리고 여기 눈앞에 있는 한 소녀도 가슴 두근거리는 심정으로 그 일을 궁금해한다고요."

"헤헤헤!"

은설란이 지적한 꿈 많은 한 소녀는 바로 이진설을 가리키는 것이었다. 그녀들의 대화에 동참하고 있던 이진설은 은설란의 지적에 뒷머리를 긁적이며 혀를 쏙 빼물고 쑥스럽게 웃어 넘겼다.

나예린은 어쩔 수 없는 아이라는 얼굴로 고개를 가로저었다.

"혹시 정말로 그 안에서 무슨 일 있었던 거 아니에요?"

은설란이 계속 짓궂게 질문했다.

"은 소저가 상상하는 그런 일은 절대 없었습니다."

나예린의 단호한 대답에 의외로 은설란은 손뼉을 치며 좋아했다.

"어머, 그렇다면 그 외의 무슨 일은 있었다는 거로군요!"

이런 일에 순진한 나예린은 은설란의 상대가 되지 않았다. 그녀가 장난으로 흑천맹 조사관이 된 것은 아니었다.

"그, 그건……."

나예린의 변명을 들을 생각도 하지 않고 은설란이 계속 말했다.

"그러니까 표면적으로는 아무 일도 없었지만, 본인의 마음속에서는 뭔가 변화가 있었다는 말이로군요."

그녀의 말은 나예린의 정곡을 찌르는 비수와도 같았다. 은설란도 자신처럼 독심술의 능력이 있단 말인가? 나예린의 당황한 시선이 은설란의 시선과 마주쳤다. 은설란은 마주보며 생긋이 웃어주었다.

"그 눈빛은 어떻게 알았냐고 묻는 눈빛 같네요. 항상 예린의 표정은 읽을 수 없었는데 오늘은 드물게 얼굴에 자주 감정이 나타나요. 확실히 그날 이후 많이 부드러워 진 것 같아요. 본인이 인정하고 싶지 않아도 사실이 변하는 건 아니죠. 왜 누군가의 이야기만 나오면 그럴까요? 보통 때는 얼음을 깎아놓은 게 아닌가 생각될 정도로 차가운데 말이죠."

나예린은 자신이 그렇게 보이고 있다는 사실에 뜨끔했다. 요즘 들어 감정이 자신을 이반(離叛)하는 것 같은 느낌이 강하게 들었다. 왜 자신은 느끼지 못하는데 남들은 느꼈다고 하는 걸까?

"어떻게 알았냐고 묻는다면 간단해요. 남녀가 단둘이서 그 폐쇄된 공간 안에서 44일 동안 같이 지내다 보면 감정에 변화가 생기는 게 인지상정이죠. 그것이 어떤 형태를 띠던 변화는 일어나게 마련이에요. 더구나 생사의 경계선에서는 특히나 더 말이죠."

은설란의 지적 중에 틀린 점은 없었다. 여기서 만족할 수 없는지 은설란은 최후의 일격을 날렸다.

"난 들었어요. 예린이 비공자를 '류연'이라고 다정하게 부르는 것을요. 과연 누가 있어 냉정한 얼음 공주님 예린에게 이름을 불릴 수 있을까요? 그것도 그렇게 다정한 목소리로 말이죠."

은설란의 얼굴에 회심의 미소가 어렸다.

"어머, 예린 언니! 진짜예요?"

이진설이 화들짝 놀라며 반문했다.

듣고 있던 독고령은 그게 정말이라면 당장 가서 그놈을 ─ 비류연 ─ 베어버리겠다는 무시무시한 기세였다. 그녀의 사매 보호는 지극정성이라 좀 지나칠 때가 있었다. 지금도 그녀에게 비류연은 사매의 차가운 마음을 풀어준 햇살 같은 최초의 남자가 아닌, 사매를 잘못된 길로 이끄는 잡귀일 뿐이었다.

"……"

예린은 침묵했다. 은설란의 정연한 말에 이 차가운 얼음 공주님도 반박할 말이 없었던 것이다. 그리고 그녀의 말을 막을 생각도 없었다. 은설란이 마치 자신의 그동안 혼란스러웠던 감정을 시원스레 정리해 주고 있는 것 같은 느낌이 들었던 것이다.

'정말 그럴까?' 라고 의문을 품었던 감정이 은설란의 말을 모두 들었을 때는 '정말 그럴지도 몰라' 로 바뀌어 있었다.

'그러나 정말 그런 걸까?'

아직 거기에 대해서는 확신이 서질 않았다.

고민하는 나예린을 바라보는 은설란의 입가에 미소가 어렸다. 달빛 조각같이 차갑던 평소보다 지금이 훨씬 더 사람답고 인간적이었다. 그런 나예린의 모습이 은설란은 무척이나 귀여운 모양이었다.

"한때 지독한 사랑의 열정에 사로잡혀본 여자로서 하는 말이니 믿어도 좋아요. 나의 첫 사랑은 비련(悲戀)으로 끝났지만 예린은 이제 시작일 뿐이에요. 사랑을 하도록 하세요. 그것이 어떤 슬픔과 고통과 번뇌를 안겨준다 해도, 사랑은 아름다운 거예요. 한번 해볼 만한 거죠. 아직 깨닫지는 못하고 있지만 언젠가 자기 가슴속에 존재하는 것이 사랑이란 걸 느낄 거예요. 어느새 자기 곁에 다가온 신비로운 불청객을요."

그 말을 하는 은설란의 시선은 현재가 아닌 아득한 과거를 향하고 있었다. 그녀의 입가에는 앙상한 초겨울처럼 쓸쓸한 미소가 걸렸다.

"언니는 약속된 정인이 없나요?"

아직 어린 탓인지 분위기를 완전히 파악하지 못한 이진설이 지금 이 순간 올릴 화제로는 별로 좋지 않은 화제를 골랐다.

"진설!"

나예린이 제지했지만 이미 때는 늦었다. 아련한 눈빛을 하고 있던 은설란의 입가에 슬프고 쓸쓸한 미소가 번졌다.

"있었죠. 한때 이 세상의 전부와도 같았던 분이 있었지만 이제는 그 분을 만날 수 없답니다. 여행을 좋아하는 분이라 이제는 제가 만날 수 없는 곳으로 가버리셨거든요. 아주 먼 곳으로요. 절 이곳에 혼자 두고 말이에요."

'아파…….'

나예린은 순간 가슴 저미는 슬픔과 회한이 자신의 가슴속으로 밀려들어오는 것을 느꼈다. 무엇이 그녀의 차갑게 얼어붙어 있던 마음을 이토록 애절하게 만드는 것일까? 분명 그 원인의 중심에는 은설란이 서 있음이 분명했다. 그러나 그녀는 차마 그녀에게 그 사랑에 대해 질문할 수가 없었다. 과연 그 사랑은 얼마나 큰 상처를 은설란의 가슴에 남긴 것일까? 그녀는 지금 무엇을 보고 있는 것일까?

아무도 대답하는 이가 없었다.

"응? 어머? 다들 분위기가 왜 이렇게 침울하게 죽어 있어요? 얼굴들 펴요. 얼굴들! 누가 보면 초상난 줄 알겠어요."

갑자기 자기 탓에 분위기가 확 주저앉아버리자 그제야 자신의 실수를 깨달은 은설란이 사태수습에 나섰다. 이 정도 이야기에 주책없이 빠져들다니…, 아직 가슴속에 난 상처가 다 아물지 않은 모양이었다.

은설란은 슬픔을 털어버리기라도 하듯 한층 더 밝은 목소리로 말했다.

"그 남자 괜찮은 남자일지도 몰라요. 얼음 공주님의 마음을 이 정도로까지 움직이려면 보통 사람으로는 어림도 없는 일이겠지요. 좋은 남자인지는 확실히 모르지만 재미있는 남자라는 것만은 보장하죠."

은설란은 옥같이 투명한 손가락을 들어 지평선 저쪽을 바라보고 있는 비류연을 가리켰다. 비류연은 시선을 멀리 두고서 무언가를 뚫어지게 유심히 바라보고 있었다. 그리고 그보다 조금 떨어진 곳에 홀로 서 있는 모용휘가 보였다. 여전히 아름답다 표현해도 부족함이 없을 정도로 수려한 청년이었다. 완벽이란 말은 그를 위해 존재하는 단어 같았다.

　　"너무 슬퍼하지 말아요, 언니! 모용 공자가 있잖아요. 저 정도면 특급 신랑감이라고요. 서너 살의 나이 차이쯤이야 아무것도 아니에요. 분명 모용공자도 언니 같은 미인을 거절하지 못할 거예요."

　　이진설이 씩씩하게 말했다. 그녀 나름대로의 위로일 것이다. 다시 한 번 은설란의 입가에 미소가 그려졌다. 이번에는 초봄같이 잔잔하고 따스한 미소였다.

　　"그러네요. 저 정도면 특급의 남자죠. 어떤 여자가 저런 멋진 남자를 잡지 않으려 하겠어요? 분명 수많은 여자들의 눈물을 흐르게 만들었을 거예요. 나쁜 분이시로군요. 물론 고의는 아니지만요. 호호호!"

　　"까르르르!"

　　은설란과 이진설이 동시에 교소를 터뜨렸다.

　　"하하하! 뭐가 그리 즐거우신지 소인도 낄 수 있는 영광을 주시겠습니까?"

　　그녀들의 대화에 불쑥 끼어든 이는 바로 지난 화산지회 사강(四强)의 주역인 취영검(翠影劍) 신유성이었다. 그의 시선이 은설란에게 집중되어 있는 것으로 보아 아무래도 그의 잠정 목표는 그녀인 모양이었다.

"죄송하지만 이곳은 지금 여인들 간의 은밀한 이야기가 오가는 곳이라 남자 분은 낄 수가 없겠는데요?"

은설란은 찡그림 하나 없이 미소 지으며 완곡히 거절했다.

"하하하! 이런 제가 실수를 한 건가요? 그렇다면 나중에 저게 미인과 함께 이야기를 나눠볼 수 있는 영광을 주시겠습니까, 은 소저?"

"죄송합니다. 전 부끄러움이 많아서요. 하지만 저분보다 더 매력적으로 느껴지면 생각해 보죠."

"호오? 저기 저 사람 말입니까?"

신유성이 흥미롭다는 표정으로 그자를 바라보았다. 은설란의 옥지가 가리킨 것은 바로 모용휘였다.

"네! 저분이요."

도대체 지금 그녀는 무슨 생각을 품고 있는 걸까? 나예린도 이진설도 독고령도 알 수가 없었다.

"좋습니다. 두고 보십시오. 확실히 제가 저 사람보다 멋진 남자란 걸 소저께 증명해 보이지요."

그는 자신이 있는 모양이었다. 저 칠절신검 모용휘에게 서슴없이 도전장을 내밀 수 있는 남자는 현 강호에서 그리 많지 않았다.

"기대하겠어요!"

은설란의 붉은 입술 사이로 폭풍을 예견하는 미소가 맺혔다.

쿠쿠쿠쿠!

대지를 울리는 소리가 가볍게 공기를 진동시켰다. 소리의 원천을 향하다 보니 그녀의 눈에 저편 산으로부터 이곳까지 이어지는 먼지

구름이 보였다.

"이제 돌아오나보군요."

비류연이 고개를 돌려 신비할 정도로 아름다운 목소리의 근원으로 시선을 향했다. 나예린이었다.

"별난 일이네요! 예린이 먼저 다가오다니!"

비류연이 즐거운 듯 웃으며 말했다. 솔직히 그는 지금 몹시 기뻐하고 있었다. 이제껏 그런 적이 한 번도 없었던 것이다. 그러자 나예린은 다급히 화제를 다른 것으로 돌렸다.

"과연 이번에는 성공할 수 있을까요?"

안쓰러운 목소리로 나예린이 물었다. 그녀의 걱정을 받을 수 있다니 주작단원들은 운이 좋은 녀석들이었다. 지금 비류연과 나예린 두 사람 쪽을 향해 맹렬히 달려오는 것은 한 무리의 사람이었다. 그러나 먼지구름은 일선과 이선으로 나뉘어져 있었다.

처음 16명으로 시작했던 이것은 사람이 한 명씩 늘어 지금은 거의 30명에 육박하고 있었다. 능숙한 자와 미숙한 자의 속도 차이가 나다 보니 두 무리로 나뉘어 진 것이다. 이들 선두 무리는 20명이었고 그들 중 16명은 주작단원들이었다. 이제는 달리는데 이골이 난 그들이었다.

선두 무리에 속한 이들이 군마처럼 두 사람의 앞을 쏜살같이 스치고 지나갔다. 거대한 바람 덩어리가 질풍을 일으키며 두 사람을 스쳐 지나갔다.

일등은 남궁상이었다. 그는 주작단 단주의 체면을 지켰다. 요즘 본인도 인식하지 못하는 사이 점점 더 강해지고 있는 남궁상이었다. 본인은 별로 자각하고 있지 못한 듯하지만.

"헉헉헉!"

쓰러지기 일보 직전의 상태로 도착한 남궁상은 숨을 몰아쉬면서 다급하게 향로를 바라보았다.

'서, 성공인가?'

남궁상뿐만 아니라 뒤이어 달려 들어온 수십 개의 시선이 향대를 향했다. 향은 아직도 자신을 불사르며 잘 타고 있었다.

남은 향은 하나, 둘, 그리고 반이었다.

"우와아아아!"

함성이 터져 나왔다.

눈물이 나올 것만 같았다. 그들은 드디어 자신과 자연과 염도의 심술과의 싸움에서 승리한 것이다. 감격 때문에 눈물이 나올 것만 같았다. 그만큼 염도의 수련은 힘들었던 것이다.

"흐흠……."

염도는 피로와 기쁨과 환희로 뒤범벅이 된 채 쓰러지기 일보직전의 제자들을 물끄러미 바라보았다. 그의 볼 살이 실룩거리고 있었다. 기쁨을 억지로 자제하고 있는 것일까? 향대와 제자들을 번갈아 바라본 염도는 마음과는 달리 심드렁하게 말했다.

"이제야 좀 빨라졌구나. 이제 겨우 굼벵이는 탈피한 것 같다."

매몰찬 한마디였다. 갑자기 주위가 찬물 끼얹은 듯 조용해졌다.

"…하지만 칭찬해 주마. 잘했다!"

이 칭찬 한마디가 그렇게 힘든 것일까? 그는 얼른 고개를 돌려버렸다. 더 이상 바라보고 있다가는 주책없이 대소를 터뜨릴 것만 같았기 때문이었다.

"우와아아! 해냈어! 우린 해냈다고!"

주작단원들은 서로를 얼싸안으며 자축했다. 이제 다시는 심장이 터질 만큼 뜀박질을 하지 않아도 되는 것이다. 향대 3개가 채 타기도 전에 저 멀리 있는 산의 정산까지 왕복하는 데 성공한 것이다.

화산까지 가는 동안 이들은 멀리서 산이 보일 때마다 계속해서 뛰어야 했다. 체력 경공 강화와 내공 증진이 그 이유였다. 염도가 선택한 산 중 그 어느 것도 쉬운 것은 없었다. 그동안 계속해서 실패의 연속이었다. 정상까지 올라갈 때 힘을 너무 소진하는 바람에 돌아오는 힘이 모자랐던 것이다. 그러나 포기는 허락되지 않았다. 도전은 계속되었다. 그리고 그들은 끝내 성공했다.

주작단원들이 피만 안 튀었지 살벌했던 전투에서 승리하고 승전가를 높이 부르며 즐거워하고 있을 때, 살며시 일어나 숲 저쪽으로 사라지는 사람이 있었다. 그러나 아무도 그에게 신경 쓰지 않았기에 그 누구도 그가 사라진 사실에 대해 신경 쓰지 않았다. 단 한 사람을 제외하고는.

'어? 저 녀석 어디 가는 거지?'

비류연의 눈은 그 사실을 놓치지 않았다. 그는 바로 주위 사람들로부터 겁쟁이라고 놀림받고 있는 윤준호였다.

또 다른 재회
- 칠매검(七梅劍)의 위용

"후우……."
혼자 따로 떨어져 숲 안으로 들어온 윤준호는 가슴속에 담고 있는 모든
무거운 것을 뱉어내기라도 하듯 땅이 꺼져라 한숨을 내쉬었다.

아직도 고치지 못한 그의 버릇이었다. 주위에서 비류연과 효룡과
장홍이 합심하여 그렇게 고치기를 종용했지만 세 살 버릇이 괜히 여
든까지 가는 게 아닌 모양이었다.

"난 아직도 멀었구나, 멀었어! 내가 과연 잘 해낼 수 있을까? 천무학
관의 명예에 누가 되지 않게, 금이 가지 않게, 먹칠하지 않게 잘할 수
있을까?"

비류연이 봤다면 또 혼자 짱 박혀서 궁상떨고 있다고 구박했을 것
이다. 신뢰할 수 있는 사람과 의논하는 게 훨씬 더 긍정적인 효과를
기대할 수 있겠지만 겁쟁이라 놀림받으며 왕따당하다 보니 남과 의
논하는 것 자체가 어색했다.

요즘 그의 고민은 더욱 깊어졌다. 대홍산에서 녹림총채인 마랑채

와 조우하여 3천 녹림도들에게 둘러싸였을 때, 그는 또다시 두려움에 굴복하고 말았다. 심장을 옥죄는 긴장과 폐부를 쥐어뜯는 공포 때문에 그는 주위 상황도 제대로 파악할 수 없었다. 비류연과 이름도 기억 안 나는 구릿빛 장한이 뭐라뭐라 나눈 이야기조차 하나도 기억나지 않았다. 긴장과 공포와 두려움에 마음의 여유를 잃어버린 탓이었다. 그만큼 감각도 둔해지고 시야도 좁아져버렸다. 만일 전면전이 일어났다면 자신은 시체가 되어 아마 대홍산에 뒹굴고 있을 것이다. 윤준호는 또다시 두려움에 지레 겁을 먹었던 자신이 너무 싫었다.

"하압!"

답답한 마음에 검을 마구 휘둘러보았다. 검풍이 바람처럼 일어나 숲을 휩쓸었다. 정작 실전에는 약하지만 연습할 때 그의 검기는 나무랄 데가 없었다. 검기가 나무들을 종횡으로 베어 나갔다.

쿵!

그러자 갑자기 나무 위에서 뭔가가 떨어졌다. 그것은 검붉은 덩어리였다.

"뭐, 뭐야?"

윤준호는 화들짝 놀라 입을 빼끔거렸다.

"크으으윽!"

검고 붉은 덩어리로부터 신음 소리가 새어나왔다. 그것은 온몸을 피로 붉게 물들인 사람이었다. 하지만 아직 몸을 일으킬 기력은 남아 있는 모양이었다. 그러나 몸을 일으키는 그 한 동작도 윤준호의 눈에는 무척이나 힘겹게 보였다.

"아, 아니 당신은!"

윤준호의 눈이 크게 떠졌다. 온몸이 붉게 물들어 있는 이 의외로 평범한 얼굴의 중년인을 그는 얼마 전에 본 적이 있었던 것이다. 그는 바로 흑랑채 부채주인 군자소요검 이송학이었다.

"아니! 다…, 당신은!"

이송학의 눈도 따라 커졌다.

"누군가?"

이송학은 처음 보는데 왜 아는 척하느냐는 뜻이 담긴 목소리로 반문했다. 윤준호가 워낙 존재감이 없다 보니 그의 기억 속에 인식되어 있지 않았던 것이다. 게다가 지금 전신에 퍼지는 통증으로 괴로워하고 있었다. 윤준호의 얼굴이나 떠올리는데 심력을 소모할 여유 따위는 없었다.

윤준호는 바짝 들었던 어깨의 힘이 주루룩 빠져나가는 느낌이었다.

"천무학관 대표단의 윤준호입니다. 그 상처는 어떻게 된 겁니까?"

"아!"

그러나 이송학은 다시 만나 반갑다는 인사를 할 여유가 없었다.

"어서 피하게!"

다급한 목소리로 이송학이 외쳤다.

"왜요? 무슨 일 있습니까?"

이런 상황에서는 어리석은 질문이었다. 이송학은 계속해서 달라붙는 지독한 추격을 간신히 뿌리치고 여기까지 겨우 도망쳐 왔던 것이다. 총채로 가는 길목은 모두 막혀 있었다. 그래서 할 수 없이 우회로를 선택했던 것인데 그만 종적이 발각되고 말았다. 그는 윤준호를 힘주어 바라보았다. 윤준호가 그 강한 눈빛에 움찔했다.

"무서운 자가 따라오고 있네. 자네는 얼른 피하게나. 내가 그자를 유인할 테니."

그러나 윤준호는 움직이지 않았다.

"그 몸으로는 싸울 수 없을 텐데요?"

한눈에 척 보기에도 너무 출혈이 심했다. 아직도 저렇게 기력을 유지하고 있는 게 기적이었다. 아마 의지의 힘일 것이다. 몸은 이미 껍질뿐만 아니라 내부까지 엉망진창이 분명했다.

"상관없네! 자네는 한 가지 소식만 녹림총채에 알려주게. 흑랑채가 정체 불명의 집단에게 습격당해 몰살당했다고 말일세."

이미 알고 있는 일이었다. 그리고 그 때문에 흥미진진한 바보 부자의 비무까지 보지 않았는가.

"알고 있습니다. 그에 대한 누명도 뒤집어썼는걸요."

이송학은 놀란 얼굴이 되었지만, 이내 딱딱하게 굳어졌다. 자신을 향해 빠른 속도로 다가오는 살기를 감지했던 것이다.

"어쨌든! 빨리 이곳을 벗어나게! 그들은 지옥의 사신 같은 자들일세! 시간이 없어!"

이송학의 얼굴 곳곳에는 피가 흘러내린 자국들이 남아 있어 더욱 끔찍하게 보였다. 피로와 고통에 찌든 그의 얼굴은 지칠 대로 지쳐 있었다. 출혈도 심했다.

"부상자를 놔두고 갈 수는 없습니다."

윤준호가 반발했다.

"만용을 부리지 말게. 자네가 감당할 사람들이 아니라네."

이송학이 언성을 높였다. 그의 눈에는 이 청년이 너무 무모하게 보였던 것이다.

"그럴 수는 없습니다."

"별로 실력도 없어 보이는 데다가 심약하기까지 해보이는데 무슨 쓸데없는 만용인가? 개죽음당하고 싶나? 빨리 피하게!"

"그럴 수 없습니다!"

윤준호가 고함쳤다.

"이런 고집불통! 빨리 가!"

짙은 살기를 뿌리며 뒤따라온 놈들이 근처에 느껴졌다. 이송학은 급히 자신의 검을 뽑아 손에 쥐었다.

'이걸 몇 번이나 더 휘두를 수 있을까?'

이송학은 서서히 모든 것을 체념하고 싶어졌다. 쫓기는 동안 너무 지쳤기 때문이다. 하지만 이렇게 허무하게 당하기에는 그의 자존심이 너무 강했다.

"어서 가래두!"

그의 목소리에 다급함이 가득 묻어 나왔다. 이제 살기는 지척까지 다가와 있었다. 이미 늦었는지도 몰랐다.

"싫습니다. 전 겁쟁이가 아닙니다."

윤준호가 발작적으로 소리쳤다. 순간 윤준호의 전신을 타고 벽력 같은 전율이 흘렀다. 그는 속으로 외쳤다.

'그래, 난 겁쟁이가 아니야! 난 화산파의 제자로 천무학관 대표단 중 한 사람이야! 난 강하다. 난 약하지 않아. 난 겁쟁이가 아냐!'

윤준호가 검을 뽑아들었다. 그의 눈에 흔들림과 동요와 두려움은 사라지고 불꽃 같은 의지가 타올랐다.

"흐흐, 여기 있었군!"

나직하게 깔리는 살기어린 목소리! 그리고 그와 함께 두 사람의 앞에 5명의 복면인이 나타났다. 바로 여기까지 이송학을 추격해 온 십이혈마대 제8대의 조원들이었다.

'이제 끝이구나!'

이송학은 속으로 탄식했다. 더 이상 버틸 힘은 남아 있지 않았다. 여기까지 오는 험난한 피의 여정으로 힘은 우물 밑바닥까지 이미 소진된 지 오래였다.

"응?"

목표 이외의 인물이 한 명 더 있는 것을 본 8조 대원들의 눈살이 가볍게 찌푸려졌다. 그들은 서로의 눈을 보며 의견을 교환했다. 의견 조율은 눈 깜빡할 사이에 이루어졌다. 이런 경우 당연히 살인멸구였다. 그들의 얼굴을 본 자는 누구라도 결코 살려둘 수 없었다.

"운이 나빴다고 생각해라!"

스르릉!

5명의 혈마대원은 일제히 허리 뒤에서 도를 뽑아들었다. 죽음처럼 검은 도신을 지닌 불길한 도였다. 그들이 도를 역수로 쥐며 먹이를 사냥할 자세를 취했다. 검을 쥔 윤준호의 손에 땀이 배어 나왔다.

"헉!"

윤준호는 기겁했다. 이들이 베어 들어오는 도법은 일반 상리를 벗어난 도법이었던 것이다. 그는 여태껏 역수도를 상대해 본 적이 없었기 때문에 그들의 도법이 더욱더 생소했다. 흑의 복면인들의 도법은 매우 악랄하고 또한 음험했다. 때문에 그 궤적을 파악하기가 무척이나 힘들었다.

서걱!

번개 같은 혈마대원의 일격에 그의 가슴이 길게 베어져 나갔다. 그러나 재빨리 몸을 뒤로 피한 터라 피부만 베이고 말았다. 그러나 차가운 한기가 살갗에 닿자 무의식적인 공포가 치밀어 올랐다. 아직 수행이 부족한 모양이었다.

하지만 흑의인은 흑의인대로 자신의 일격이 빗나간 데 대해 놀라워하고 있었다. 분명히 제대로 베었다고 생각했는데 실패했기 때문에 그의 놀라움은 더욱 컸다. 그는 곧 윤준호가 보통내기가 아니라는 결론에 도달했다. 그래서 좀더 확실한 방법으로 숨통을 끊어야겠다고 생각했다.

그는 옆의 동료를 향해 눈짓을 했다. 그러자 두 명의 동료가 알았다는 신호를 보냈다. 그의 신호가 다시 한 번 떨어지자 세 명이 동시에 윤준호를 향해 도약했다. 그들의 손에서 검은 도신이 죽음의 향기를 내뿜었다.

다급히 이십사수 매화검법의 수비식을 이용해 좌측을 노리고 베어 들어온 흑의인의 도를 흘려보낸 윤준호는 재빨리 몸을 틀어 자신의 오른쪽을 아래에서 위로 긁어 올라오는 우측 흑의인의 도를 쳐냈다.

챙!

'헉!'

윤준호는 속으로 비명을 토했다. 우측 흑의인의 도에 그만 자신의 검이 봉쇄되고 만 것이다. 그의 정면은 완전히 무방비 상태였다. 정면 흑의인의 역수도가 검은 빛을 발했다. 윤준호는 눈을 질끈 감았다.

챙! 챙! 챙!

아무리 기다려도 사신의 손길은 느껴지지 않았다. 조금 전까지만 해도 죽음을 가장 가까운 곳에서 느꼈던 윤준호는 눈을 빼꼼이 뜨고 자신이 지금 저승에 있는 건지 현세에 있는 건지 살펴보았다. 흑의인들은 자신으로부터 5장이나 멀리 떨어져 있었다. 다들 손을 움켜쥐고 있었는데 그들이 왜, 그리고 언제 저기까지 물러났는지 윤준호는 이해할 수가 없었다.

"재미있게 놀았냐?"

윤준호의 귓가에 울리는 목소리와 함께 표홀한 신법으로 윤준호 앞에 등장한 사람은 다름 아닌 바로 비류연이었다. 낙엽이 그의 신형 주위로 소용돌이쳤다.

"쯧쯧쯧, 아직 멀었군. 자기보다 약한 상대에게 그렇게 쩔쩔매서야!"

앞섶이 베인 채 혈흔을 내비치고 있는 윤준호를 바라보며 비류연이 혀를 차며 말했다.

"조무래기들이랑 지금 뭐하는 거야?"

"아, 아니 저…."

윤준호는 뭐라 대답할 말이 없었다.

"이분들이 다짜고짜……."

무의식중에 자신을 죽이려 한 살해 기도자를 분이라고 정중히 부르는 윤준호였다.

"뭐 설명을 듣지 않아도 나쁜 사람이라고 한눈에 알아볼 수 있겠네. 얼굴에 써붙이고 다니고 있잖아. 이야기에 나오는 전형적인 악당의 모습이거든.”

시커먼 도에 시커먼 옷, 그리고 시커먼 복면, 더 이상 무슨 말이 필요하겠는가!

십이혈마대 대원 다섯 사람은 서로 눈짓을 교환했다. 그리고 약속이라도 한 듯 고개를 끄덕였다. 비류연도 함께 제거해야 한다는 의지를 표명한 것이다. 살인멸구야말로 그들의 최우선 행동지침인 것이다. 그들은 너무 임무와 의무에 충실하다 보니 상대의 실력을 전혀 판단하지 못하는 우를 저질러버리고 만 것이다.

“자! 그럼 열심히 해봐!”

윤준호의 앞을 막고 서 있던 비류연은 이송학을 들쳐업고는 한쪽 편에 있는 나무 그늘 아래로 가 앉았다. 그러나 마음 씀씀이가 깊은지라 격려는 잊지 않았다.

“어? 아, 안 도와주나요?”

비류연의 돌발적인 행동에 윤준호의 얼굴이 울상이 되었다. 그는 비류연이 당연히 도와주리라 여겼던 것이다. 저들은 다섯, 이쪽은 전투 불능의 부상자를 합쳐 둘! 상황은 극명했다.

“이 정도 일은 스스로 해결해야지. 걱정 마! 죽더라도 뼈는 잘 추려줄게. 남길 유언 있으면 지금 남겨도 돼. 수수료 없이 처리해 줄게.”

‘오늘 날씨 참 좋지?’라고 느껴질 정도로 너무나 태평스러운 말이었다.

“치, 친구 맞나요?”

“그럼, 우린 친구지. 그러니깐 잘해 봐! 내 친구가 저런 조무래기들하고 싸워서 져서야 되겠어?”

피도 눈물도 없는 한마디였다. 비류연이 생긋 웃으며 손을 흔들었다. 윤준호는 울고 싶었지만 차마 그럴 수가 없었다. 적에게 얕보임당하면 기세에서 밀릴 수도 있다는 상식 정도는 그도 알고 있었던 것이다.

"그…, 그래도……."

울상인 채 뭐라고 한마디 더 하려던 윤준호를 비류연이 제지했다.

"준호! 내가 왜 강자의 편을 들어야 하지? 난 자기보다 약한 상대랑 싸우는 사람은 도와주지 않아!"

'약하다고? 저들이 나보다 약하단 말이야? 말도 안 돼!'

윤준호는 비류연의 말을 선뜻 이해할 수가 없었다.

"정말 저 청년을 도와주지 않아도 되나?"

그렇게 물어온 사람은 비류연에게 업혀 나무 그늘까지 실려온 이송학이었다.

"그럼요. 아저씨는 누가 이길 것 같은데요?"

"당연히 저 흑의인들이 이기네. 저들은 무서운 자들이야. 나라도 빨리 저 청년을 도와주어야겠네. 그렇지 않으면 저 청년은 금방 죽을 거야. 자네는 어서 원군을 부르러 가게!"

다급한 목소리로 이송학이 외쳤다. 그러나 비류연은 마이동풍이었다.

"그럼, 우리 내기할까요?"

"내기? 이런 위급한 시기에 무…, 무슨 내기?"

"그러니깐 더욱더 내기를 해야지요. 서로 의견이 갈렸으니 누구 의견이 맞는지 결말을 지어야 하지 않겠어요? 자신의 신뢰를 보여주는

데 있어 내기만큼 좋은 것은 없죠. 은자 열 냥 어때요? 전 혼자서 충분히 이긴다는 데 걸죠!"

이상하게도 이송학은 이 어처구니없고 농담 같은 제의를 거절할 수가 없었다. 왠지 그냥 믿고 있어도 될 것 같다는 생각이 들었던 것이다.

"조, 좋네!"

"좋아요! 그럼 내기 성립이군요."

얼떨결에 비류연의 말에 휘말린 이송학은 내기를 받아들이고 말았다. 그는 오늘처럼 내기에 져보기를 간절히 바란 적이 없었다. 은자 열 냥 따위는 생명의 값어치에 비하면 아무것도 아니었다.

"내가 내 이름을 걸고 장담하지. 넌 확실히 저들을 몽땅 합해 놓은 것보다 강해! 그러니 두려워하지 마! 좀더 자신을 믿으라고. 날 믿어! 증거로 난 네가 이긴다는 데 돈을 걸었어. 그러니 꼭 이겨야 돼! 넌 할 수 있어!"

비류연이 자신 있게 외쳤다. 나름의 응원이란 것이었다.

'자신을 믿으라고? 내가 저들보다 강하다고? 그리고 비류연이 나에게 돈을 걸었다!'

분노해야 마땅한 이 웃기지도 않는 상황이 오히려 그에게 용기를 주었다. 그가 보아온 비류연은 절대 손해보는 짓을 하지 않는 사람이었다. 그리고 그는 이제껏 한 번도 돈을 건 내기에서 진 적이 없었다. 그러자 갑자기 그때의 아침 여명이 머릿속에 떠올랐다.

'이제부터 절대로 무슨 일이 있어도 도망치지 말자!'

환마동 입관 시험이 있던 그날 떠오르는 태양을 보며 맹세하지 않았던가! 난 아직 그 맹세를 지키고 있는 건가?

'난 도망치지 않아! 난 겁쟁이가 아냐!'

윤준호의 검이 파르르 떨리며 무수한 매화를 그려내기 시작했다. 검극에서 검기로 피어오른 매화가 붉은 궤적을 그리며 십이혈마대 대원을 향해 쭉 뻗어 나갔다.

겨울도 아닌데 매화향이 숲 전체를 가득 물들였다.

검향지경(劍香之境)에서 발현해지는 칠매검(七梅劍)이었다.

헉헉헉헉!

윤준호가 땀으로 범벅이 된 채 검을 아래로 내렸다. 검을 쥔 팔이 벌벌 떨렸다. 아직도 심장이 쿵쾅거리는 것이 터져버릴 것만 같았다.

"이게 정말 내가 한 일인가?"

주위를 둘러본 윤준호는 자신의 눈을 믿을 수가 없었다. 다섯 명 모두가 검기에 당한 채 사방에 널브러져 있었던 것이다. 그들의 몸에 새겨진 검흔으로 미루어 보아 칠매검의 흔적이 틀림없었다.

"서, 설마…, 죽은 건가요?"

비류연이 고개를 끄덕였다. 그는 자신이 살인 방조자가 되었는데 도 아무렇지도 않은 모양이었다. 비류연의 무언의 대답에 윤준호의 얼굴이 사색이 되었다. 그의 안색은 파랗게 질려 있었다. 여태껏 순 진하게 세상을 살아온 그로서는 첫 살인은 푸르름 속에서 일순간 내 리꽂히는 번개였다.

"어차피 예견된 수순이었어. 그들이 죽지 않았으면 저 차가운 땅에 피 묻은 얼굴을 처박고 있는 것은 너 자신이 되었을 거야. 저들도 너를 공격했을 때는 죽음이란 걸 염두에 두었겠지. 물론 널 무시해서 네가 그런 꼴을 당하지는 않았지만……. 방심했던 거야."

잠시 벌벌 떨고 있는 윤준호를 바라보던 비류연은 단호하게 자신의 생각을 말했다.

"목숨을 취하기 위해서는 목숨을 걸어야 한다. 그게 강호의 규칙이야!"

비류연은 다른 건 몰라도 이 절대 명제의 규칙만은 알고 있었다. 구대문파를 몰라도, 팔대세가를 몰라도 상관없었다. 그런 잡다한 지식보다는 이런 사소한 진실 하나가 더 중요했다. 윤준호는 정신없이 자신이 저지른 만행을 보다 뭔가 이상함을 느꼈다. 잘 살펴보니 두 사람의 사인은 칠매검이 아니었다. 하나는 심장을 관통하는 도흔이었고, 나머지 하나는 독살이었다.

"내, 내가 어떻게 한 거죠?"

윤준호가 떨리는 목소리로 물었다. 머리가 깨끗이 청소라도 된 것처럼 아무런 생각이 나지 않는 모양이었다. 아직도 몸의 떨림이 가시지 않고 있었다.

"나중에 얘기해 줄게!"

어리둥절해하는 윤준호를 보며 비류연은 피식 실소를 터뜨렸다.

"아직 멀었어! 넌 정말이지 너무 손이 많이 가서 번거로워!"

마침내 윤준호는 바닥에 풀썩 주저앉고 말았다. 한 사람 몫을 제대로 해내려면 아직 단련이 더 필요한 것 같았다.

"내기엔 내가 이긴 것 같죠?"

활짝 웃으며 이송학을 돌아보던 비류연의 얼굴에서 웃음이 걷혔다. 이송학은 아무런 대답이 없었다. 서둘러 이송학에게 다가가 맥을

짚어보았다. 다행히 죽은 것은 아니었다. 미약하나마 맥은 뛰고 있었다. 윤준호의 승리를 보자 마지막 남아 있던 최후의 긴장이 풀린 모양이었다.

"이런, 이런!"

아무래도 내기 돈을 받으려면 시간이 좀 걸릴지도 모른다고 생각하는 비류연이었다.

"흐흠…, 이놈들이 바로 이송학을 노렸던 놈들이란 말이지?"

불쾌한 시선으로 염도는 흑의인들의 시체를 쭈욱 훑어보았다.

"모두 죽었군."

비류연은 고개를 끄덕였다.

"한 놈 잡아서 정체를 캐보려 했는데, 마지막 남은 한 놈이 보통 지독한 놈이 아니더군요. 아직 숨이 붙어 있던 쓰러진 동료를 자기 손으로 죽이고 자신은 입 안에 있던 독환을 깨물고 자살했어요."

윤준호가 본 두 사람의 사인이 그렇게 생긴 것이었던 모양이다. 비류연에게 사건의 정황을 들은 염도와 빙검의 얼굴이 싸늘하게 굳어졌다. 스스로 자결할 정도라면 보통 훈련을 거쳐서는 도달할 수 없는 정신 영역이었다.

"아마 최면암시(催眠暗示)를 포함한 지옥 훈련을 거쳐서 육성된 살인 병기들인 것 같군."

흑의 복면인들의 여기저기를 살펴보며 염도가 중얼거리자 비류연은 고개를 끄덕였다.

"역수도라 특이하군!"

도를 거꾸로 잡는 역수도는 중원에서는 잘 쓰지 않는 방법이었다. 때문에 이들의 정체가 더욱 궁금했다. 염도가 그들이 지닌 도 하나를 집어들어 이곳저곳을 살펴보았다. 특별한 표식은 보이지 않았다.

"살기가 지독한 도로군. 얼마나 많은 피를 삼킨 물건이기에……."

도의 표면은 어둠 속에서의 기습이 용의하도록 달빛이 반사되지 않도록 검게 암광 처리가 되어 있었다.

"세상에 존재해 봤자 해만 끼칠 도로군. 이 따위 도는 필요 없다. 정화되지 못한 도는 부러뜨릴 수밖에 없지."

빙검이 차가운 시선으로 암도(暗刀)를 바라보았다.

"전문가들이 분명한 것 같습니다. 이런 복장에 이런 무기를 쓰는 놈들은 많지 않죠. 철저하게 실전을 위해, 실용성을 위주로 해서 만든 장비들입니다."

장홍이 매의 눈같이 날카로운 시선으로 그들을 살펴보며 침중한 어조로 말했다. 걱정하던 일이 드디어 발생한 것이다. 어둠의 그림자가 모습을 드러냈다.

'이제부터 시작인 건가?'

그의 얼굴이 잔뜩 굳어졌다. 온몸 구석구석으로 긴장이 소리 없이 퍼져 나가는 게 느껴졌다.

"이제 저걸 어쩌지?"

비류연이 가리킨 곳은 현재 이송학이 누워 있는 표물 마차였다. 구하긴 구했는데 구해 놓으니 그 처치가 곤란했다. 일단 사태를 수습한 그들 일행은 계속해서 길을 떠났다. 이송학은 구명환을 먹었음에도 불구하고 아직 정신을 못 차리고 있었다. 추격을 뿌리치는 동안 출혈이 너무 심했던 것이다. 게다가 상처의 응급조치도 미흡해 여러 군데에서 상처가 곪아 고름이 흘러나오고 있었다. 때문에 온몸에 상처로 인한 발열도 심했다.

그냥 이대로 화산까지 갈 수는 없었다. 도중에 상처가 도져 죽을 확률이 십이 할이었다.

"이 상태로 계속해서 데리고 다닐 수는 없고…, 역시 어딘가에 맡겨야 되겠지. 그 흑의 복면인들도 감히 손댈 수 없는 안전한 곳 말이야. 내 내기 돈을 안전하게 지켜줄 그런 장소!"

이때 머릿속에 떠오르는 곳은 그곳뿐이었다.

"역시 거기밖에 없는 것 같군!"

비류연의 말에 다들 고개를 끄덕였다.

낙뢰곡(落雷谷)
- 안개 속에 부는 피바람

낙뢰곡(落雷谷)
낙뢰지지(落雷之地 : 낙뢰의 땅)
수십 년의 세월을 비바람과 함께 싸워온 경계석에 새겨진 일곱 글자였다.

"휘이유!"

장홍은 가볍게 휘파람을 불었다.

"이야! 굉장한 절경이로군요."

효룡이 눈앞에 펼쳐진 장대한 자연의 조화에 탄성을 터뜨렸다.

"여기가 바로 그 벼락이 대지를 쪼개놓은 것 같다 해서 낙뢰곡이라 불리는 곳이로구나. 과연 명불허전이로군."

그곳은 호북성과 섬서성의 경계에 위치한 거대한 협곡이었다. 자연의 조화라고밖에는 경탄할 수 없는 깎아지른 절벽이 서로를 마주보며 신경전을 벌이고 있었다. 그리고 그 사이로 시야를 가릴 정도가 아닌 적당한 안개가 마치 살아 있는 생물처럼 바람을 타고 움직였다. 때문에 협곡의 절경이 더욱더 신비롭게 보였다. 협곡의 폭은 십 장이

채 되지 않을 듯하고 높이는 측정이 불가능했다. 위로는 안개인지 구름인지 모를 하얀 기운들이 운무(雲霧)를 일으키고 있어 그 높이를 가늠하기 힘들게 만들고 있었다.

"이런 곳에서 공격당하면 뼈도 못 추리겠군."

남궁상에게는 이런 자연의 비경을 즐길 만한 심적 여유가 부족했다.

"불길한 소리는 집어치우라고."

노학이 투덜거렸다. 그도 감상선호파인 모양이었다. 남궁상 같은 걱정 선호파와는 어울리고 싶지 않은 모양이었다. 말이 씨가 되는 꼴은 사양이었다.

"오늘 따라 안개가 짙군!"

"오늘처럼 이렇게 안개가 짙게 깔린 적은 없었는데……."

빙검이 눈살을 살짝 찌푸렸다. 몇 번 이곳을 지난 적이 있으나 오늘만큼 짙게 안개가 깔린 적은 없었다. 감이 좋지 않았다. 빙검은 조금 불안해지기 시작했다. 룰루랄라 근심 걱정이라고는 전혀 없다는 표정으로 태평스럽게 길을 걸어가는 염도가 심히 눈에 거슬렸다.

'저놈은 생각도 안 하고 사나?'

애들이 다 룰루랄라 즐거워해도 인솔자는 걱정을 해야만 한다. 그런데도 애들하고 정신연령이 같은 수준이라니……. 자신이 세 배는 더 고생을 떠맡아야 하는 입장이 되어버린 것 같아 한심스러웠다.

'바보자식!'

속으로 욕이라도 한 바가지 해주지 않으면 직성이 풀리지 않았다.

'이럴 때 기습 공격이라도 한번 당해 봐야 정신을 차리지! 차라리 뒈져버리는 게 만인에 대한 축복일지도…'

빙검이 막 그렇게 생각한 그 순간이었다.

"윽!"

신음을 터뜨린 사람은 바로 늑기한이었다.

"무슨 일인가?"

빙검이 다급한 목소리로 물었다. 지금 그의 신경은 무척이나 예민해져 있었기에 사소한 소리에도 민감하게 반응했다. 사색이 된 늑기한의 안색은 마치 독에 중독된 사람처럼 새파랬다. 때문에 보통 때의 느끼한 인상이 많이 죽어 있었다.

"자네 안색이 좋지 않군. 무슨 일 있나?"

그러자 빙검의 귓가로 파고드는 은밀한 전음성이 있었다.

[이 일은 절대 다른 사람이 알아서는 안 됩니다.]

[알았네!]

빙검도 신중하게 전음으로 대답했다.

[아, 아무래도 아침에 먹은 생선이 탈이 난 것 같습니다.]

늑기한의 얼굴에는 난처함이 가득했다. 무척이나 엄청난 비밀이라도 털어놓는 사람 같았다. 하긴 그는 속은 시꺼멓든 말든 겉모습만큼은 남들 시선을 의식해서 깨끗 깔끔해야 한다고 생각하는 부류의 사람이었다.

[난 또 뭐라고…….]

긴장되어 있던 빙검의 얼굴이 다시금 무뚝뚝해졌다. 그게 무슨 대수로운 일이라고 전음까지 사용한단 말인가?

[빨리 다녀오게!]

늑기한이 태연을 가장하며 저 뒤편의 왔던 길로 멀어져갔다. 그는 아무래도 많은 여관도들 앞에서 체면을 잃고 싶지 않은 모양이었다. 여관도 앞에서는 항상 깔끔해야 한다는 게 그의 지론인 것 같았다.

아마 자기 같은 미남이 뒷간을 간다는 사실을 여성들에게 알리는 것은 천벌받을 죄악이라도 된다고 생각하는 모양이었다. 착각도 유분수지만 빙검은 남의 착각에까지 일부러 빠져줄 의무는 없었다.

운무를 뚫고 자리한 협곡의 정상부, 뉘엿뉘엿 서녘으로 지는 해가 황혼(黃昏)을 드리우며 새하얗던 운무를 붉게 물들이고 있었다. 붉게 지는 노을이 산에 긴 그림자를 드리울 때, 그 사이로 양쪽 협곡 위로는 일렬로 늘어선 희끗희끗한 검은 인영의 무리들이 포진해 있었다.

그들은 지금 기척을 죽이며 살기를 갈무리한 채 협곡 아래를 주시하고 있었다.

"제1대부터 제12대까지 모두 배치 완료했습니다."

혈검의 보고에 적혈이 고개를 끄덕였다. 지금 그의 시선은 창공에서 먹이를 노리는 매의 눈으로 천무학관 대표단 일행을 바라보고 있었다.

'이곳을 반드시 지날 거라 하더니 정보대로군.'

"제10대 조장 혈쇄(血鎖)는?"

"준비를 모두 마쳤습니다."

"제9대 조장 혈궁(血弓)은?"

"명령만을 기다리고 있습니다."

"자네는 어떤가?"

"저의 검은 언제든 피를 마실 준비가 되어 있습니다."

혈검은 자신있게 대답했다.

십이혈마대는 대의 번호에 따라 맡은바 임무가 나뉜다. 그들이 소속된 대에도 그 나름대로 부여된 의미가 있기 때문이다. 가장 기본적으로 대의 숫자가 적을수록 직접 공격을 감행하는 자들이다. 중앙 핵심 공격수들인 것이다.

제1대는 혈검대라 불리우며 그곳의 조장은 혈검이란 이름을 갖는다. 그의 원래 이름이 전에 무엇이었든 전혀 관계없다. 그들은 주로 살기 짙은 검법을 특기로 사용한다. 제2대 혈도대 조장은 혈도로 그와 그가 이끄는 제2대는 잔혹한 도법을 장기로 삼는다. 제3대 혈창대 조장은 혈창으로 창을 특기로 사용한다.

이처럼 숫자가 작아질수록 각자 특징이 다른 무기로 직접 공격을 담당하고 숫자가 커질수록 후방 지원이나, 원거리 사격, 추적, 포위, 그리고 각종 기진술을 담당한다. 때문에 숫자가 많은 대일수록 가지고 다니는 물건들이 무겁고 다양하다.

그리고 두 자리 수의 대는 서로가 서로를 보좌, 연계하는 입장이라 제10대 한 명, 제11대 한 명, 제12대 한 명, 이런 식으로 삼인 일조를 짜서 움직이는 경우가 많았다.

특히 제10대는 십이혈마대 중 가장 무거운 짐을 등에 지니고 다닌다. 그 짐은 속이 꽉 찬 두꺼운 바퀴처럼 생겼는데 그 안에 무엇이 들었는지 아는 사람은 십이혈마대뿐이다. 왜냐하면 그 안의 내용물을 본 자는 여태껏 모두 죽었기 때문이다. 죽은 사람은 입을 놀리지 못하기 때문에 십이혈마대를 제외하고는 그 안에 무엇이 들었는지 아무도 몰랐다.

제9대의 대명(隊名)은 혈궁대, 이름 그대로 강호에서 가장 무서운 궁술을 보유하고 있는 조였다. 제9대 조장 혈궁은 지금 날카로운 시선으로 자신이 수렵할 목표물을 노려보고 있었다. 그 먹이는 붉은 머리에 붉은 수염이라는 매우 특이한 신체 특징을 가지고 있어 무리 중에서 구분하기도 편했다. 상대하기 가장 귀찮고 껄끄러운 인물을 우선적으로 저격하는 것이 그의 임무였다. 그는 자신의 전통에서 붉은 빛이 도는 화살 한 대를 꺼내 붉은 시위 위에 걸었다.

　화살의 이름은 혈마전, 저주받은 마물이란 별칭을 지니고 있는 화살이다. 이 혈마궁과 혈마전을 동시에 쓸 수 있는 사람은 이곳에서 자신뿐이었다. 아쉬운 점은 저 정도 최절정 고수는 두 명을 동시에 쏘아 맞힐 수가 없다는 것이었다. 불가능하지는 않지만 성공 가능성은 희박했다. 그래서 그는 하나를 잡고, 그리고 남은 하나를 잡기로 했다.

　하나를 쏘고 다른 하나를 장전하는 데는 한 번의 눈 깜박임이면 충분했다. 그는 천천히 혈마궁의 시위를 당겼다. 그의 화살은 지난 30년 동안 단 한 번도 빗나간 적이 없었다.

“그 세 분들은?”

　적혈이 물었다.

“차례를 기다리고 계십니다.”

“좋아!”

　준비는 완벽했다. 적혈은 손을 들어 신호를 보냈다. 혈검의 손에서 붉은 깃발이 올라갔다.

　피웅!

대기를 찢는 날카로운 파공성이 협곡 안을 메아리쳤다.

'맞았다!'

제 9대주 혈궁은 속으로 주먹을 꽉 쥐었다. 뭔가 관통하는 느낌, 틀림없었다. 그런데…….

'뭐지?'

그것은 본능의 산물이었다. 염도는 왜 자신이 한 발짝 옆으로 물러섰는지 깨닫기까지 잠깐의 사유 시간을 가져야만 했다.

쉐에에엑!

송곳같이 예리한 살기의 바람이 그의 볼을 스치고 지나갔다.

푹!

염도의 볼에서 그의 머리 색과 동색의 액체가 흘러내렸다. 염도는 왼손을 들어 자신의 얼굴에 난 상처에 갖다대었다. 염도의 시선이 화살이 박힌 곳을 향했다. 그곳에는 화살이 없었다.

단지 점 하나만이 남아 있을 뿐이었다.

"노사님! 괜찮으십니까?"

이변을 느낀 관도 몇 명이 달려왔다. 화살은 보이지 않았다. 강하게 날아온 화살은 화살촉부터 깃털 달린 꼬리까지 몽땅 땅속에 파묻혀버렸던 것이다. 얼마나 강하면 이런 위력을 발휘할 수 있는 것인지…, 사람들의 얼굴 위로 긴장이 흘렀다.

염도가 땅으로 손을 아래로 뻗치자 땅이 갈라지며 불쑥 화살이 뽑혀져 나왔다. 아무런 망설임 없이 두둥실 떠오른 화살이 염도의 손아귀에 잡혔다. 훌륭한 접인지기(接引之氣)였다.

화살은 피처럼 붉은색이었고 화살촉은 낚싯바늘처럼 끝이 살짝 휘어져 있었다. 한 번 살에 박히면 살을 절개하지 않고서는 빼낼 수 없도록 야비하게 만들어진 물건이었다. 하긴 이 정도 위력이면 아예 사람을 관통하고 지나갈 것 같지만. 염도는 곧 알 수 있었다. 직접 본 적은 없지만 소문으로는 들은 적이 있었기 때문이다.

"혈마전(血魔箭)……."

염도가 침음성을 터뜨렸다.

"백 년 전 강호를 피의 혈풍 속으로 몰아넣었던 저주스런 마물이 왜 지금 나타났단 말인가?"

불안감과 함께 위험을 알리는 경고가 전율처럼 온몸을 훑고 지나갔다. 그때 임성진이 다가와 물었다.

"이게 도대체 무슨 물건입니까?"

공부와는 담쌓고 사는 자신도 아는 사실을 감히 모르다니! 염도가 버럭 화를 냈다.

"이런 무식한 놈들! 네놈들 무림 역사 시간에 도대체 무슨 공부를 한 게야?"

그의 입에서 불호령이 떨어졌다.

"혈마궁 혈마전으로 말할 것 같으면 백 년 전 천겁혈세 당시 강호를 피로 휩쓸었던 십대 기문병기 중 하나다. 그 무시무시한 빠름 때문에 절대로 잡을 수 없고, 유일한 회피 방법은 피하는 게 고작이다. 절대 먹이를 놓치지 않는 사냥꾼이라 불리며, 이 화살에서 살아남을 수 있다면 그것만으로도 엄청난 구사일생이라 불리우는……."

순간 염도는 입을 다물었다. 다른 관도들도 마찬가지였다. 염도와 비류연의 시선이 마주친 것이다.

"이런 젠장!"

지금 한가롭게 한담이나 나눌 때가 아니었다.

"위험해! 전원 방어 태세!"

슈슈슈숙!

그 순간 하늘로부터 화살비가 폭우처럼 쏟아져 내렸다.

"일제히 사격!"

한 번 쏘면 반드시 한 명이 죽는다는 일시일사(一矢一死)를 자랑하는 자신이 쏜 화살이 빗나갔다는 사실 때문에 너무 당황한 혈궁은 일제 사격 지시를 내리는 절호의 기회를 그만 놓치고 말았다. 혈궁의 자신감은 염도의 심장이 피분수를 뿜어내는 것을 신호로 잡아놓고 있었던 것이다. 설마 빗나갈 줄은 꿈에도 생각지 못한 터였다.

천무학관 대표단들은 자신들이 그냥 얼굴이 잘생기거나 인맥이 좋아서 백도의 대표로 뽑힌 게 아니라는 사실을 극명하게 보여주었다. 다들 분연히 무기를 뽑아들어 자신들을 향해 퍼부어지는 화살들을 쳐냈다. 내공이 실린 탓인지 화살들이 무거웠다.

'보통 놈들이 아니군!'

감탄하는 와중에도 염도는 도를 휘둘러 수십 개의 화살들을 동시에 박살내고 있었다. 염도를 노리고 날아드는 화살들이 작은 나무조각이 되어 주위로 산산이 흩어졌다.

"크윽!"

"으아악!"

화살이 쉴새없이 쏟아지다 보니 끝내 피해를 입는 자가 나오고 말았다. 무더기로 쏟아져 내리는 화살비 중 하나가 미처 피하지 못한 관도 한 명의 허벅지를 꿰뚫은 것이다. 염도가 기억하기로는 종남파 출신의 졸업생인 듯했다. 이름은 잘 기억 안 나지만······.

화가 난 염도가 소리쳤다.

"야 이, 빙충아! 이런 기습 따위에 당해 허벅지를 다쳐? 너 내 손에 죽어볼래? 네가 그러고도 천무학관 대표단의 한 명이냐? 넌 평생 후보야!"

감히 자신이 인솔하는 대표단을 공격하다니! 염도의 분노가 지옥의 업화처럼 거세게 타올랐다. 그 불길을 식혀주겠다는 듯이 그의 머리 위로 다시금 화살비가 거세게 쏟아져 내렸다.

진홍십칠염(眞紅十七炎) 검염기(劍焰氣)
오의(奧義) 폭염산(暴炎傘)

염도의 애도 홍염이 다시 한 번 빛을 뿜으며 거대한 붉은 우산을 허공중에 드리웠다.

"노사님, 역시 그를 그곳에 맡기고 오길 잘한 것 같습니다."

남궁상이 사방팔방으로 정신없이 쏘아져오는 화살들을 열심히 쳐내며 말했다. 그때 이송학을 그곳에 맡긴 것은 탁월한 선택이었던 것이다.

"그렇구나. 만일 여기 있었다면 지켜내기 힘들었을 거야! 멀쩡하다면 모를까, 아직도 인사불성의 상태니…….”

빙검은 남궁상의 의견에 동의하지 않을 수 없었다. 확실히 빙검이 고수라고 느껴지는 점은 남들은 조금 힘겹게 화살들을 쳐내는 데 비해 그는 파리 쫓듯이 여유롭게 화살들을 쳐내고 있다는 사실이었다.

“저희가 가는 길목에 그곳이 있었던 게 다행이지요. 그곳이라면 그를 안전하게 보호해 줄 겁니다.”

“중양표국 사람들이 잘해 주기를 바래야지.”

“잘했을 겁니다.”

남궁상은 자신의 뒤통수를 향해 날아오는 화살을 보지도 않고 쳐내며 대답했다. 중양표국 일행이 이곳에 없다는 사실도 참으로 다행이었다. 아마 그들이 지금 이 자리에 있었다면 그 표물은 영영 목적지에 도착하지 못하는 신세가 되었을 것이다.

“당황하지 마라!”

“침착해!”

여기저기서 분전하고 있는 일행에게 주의를 주며 빙검은 몇 개의 날아오는 화살을 손을 빠르게 움직여 잡아버렸다. 그에게 그것은 별로 고난이도의 묘기가 아니었다. 그래서 그는 더욱 묘기의 난이도를 높이고 싶었는지도 모른다. 빙검의 손이 번개처럼 뻗어 나가자, 열 개쯤 쥐어져 있던 화살이 돌아온 주인을 향해 열 방향으로 날아갔다.

“크아아악!”

협곡 위에서 아홉 개의 피보라가 일었다.

“하나는 놓쳤나?”

저렇게나 멀리 떨어져 있는데도 알 수 있단 말인가? 평범한 인간은 상상조차 불가능한 초감각의 세계이다.

"운이 좋은 놈이군."

빙검이 혼자 중얼거리며 다시 한 번 날아오는 화살들을 잡아챘다. 빙검의 묘기에 가까운 기술을 본 대표단들은 너나 나나 할 것 없이 빙검의 묘기를 흉내 내기 시작했다.

슈슈슈슉!

순간 백여 개가 넘는 화살들이 본 주인을 향해 날아갔다. 그러나 빙검만큼의 정확성은 다들 보유하고 있지 못한지라 생각보다 적의 피해는 크지 않았다. 하지만 적의 예봉을 꺾었다는 점에서 칭찬할 만했다. 그 증거로 폭우처럼 쏟아지던 화살비는 어느덧 가랑비로 변해 있었다.

"되돌려져 날아오는 화살을 주의해라! 연사를 멈추지 마! 대형을 유지해!"

혈궁은 입 안이 바짝 타들어갔다. 예상외로 반격이 심했다. 설마 쏘아 보낸 화살을 손으로 잡아 되던지다니…, 생각지도 못했던 반격을 당하고 나니 어이가 없었다. 활을 든 궁수 부대가 화살만 든 인간들에게 당하다니 부끄러운 일이었다. 이대로 놔둔다면 피해가 점차 커질 수 있었다.

"이놈들! 죽어라!"

혈궁이 붉은 화살 아홉 대를 오른손으로 동시에 쥐고 그 중 하나를 시위에 걸었다. 그의 최고 절기를 선보이기 위한 사전 작업이었다.

혈겁마궁(血劫魔弓) 비기(秘技)

구궁연환사(九宮連環射)

혈야구성(血夜九星)

'가라!'

하나의 혈마전이 시위를 떠났다.

거창한 외침과 날아가는 화살은 의외로 느렸다. 하지만 너무나 느린 게 문제가 되었다. 보통 저 정도로 느린 속도면 화살은 포물선을 그려야 정상이었다. 그러나 화살은 똑바로 직진해서 날아오고 있었다.

느린 대신 화살은 무서운 속도로 회전하고 있었다. 안개가 혈마전의 회전에 빨려들듯 휘말려 들어갔다. 화살이 직진하는 곳에는 빙검이 있었고, 그 앞에는 차가운 서리발 같은 검광을 내뿜으며 검을 휘두르고 있는 나예린이 위치해 있었다. 화살이 빙검에게 도달하기 위해서는 나예린을 관통하고 지나가야만 했다.

위협적인 살기를 느낀 빙검의 시선이 그 원흉을 향했다. 나예린의 시선도 소용돌이치는 안개 속에 파묻힌 전율스런 화살을 바라보았다. 그때 나예린의 시야를 가로막는 그림자가 있었다. 그것은 한 남자의 등이었다.

"류연!"

그 순간 나예린은 스쳐 지나가는 비류연의 미소를 본 듯한 느낌이 들었다. 그러나 이미 그의 시선은 일말의 두려움도 없이 정면으로 혈마전을 바라보고 있었다. 안개가 기이한 나선의 조합을 그리며 소용돌이쳤다.

"피해!"

염도가 다급한 목소리로 외쳤다. 느리게 다가오던 안개 소용돌이의 사방 여기저기에서 느닷없이 화살이 튀어나왔다. 안개 소용돌이 중심은 일종의 연막이었던 것이다. 시간차를 두고 연속적으로 아홉 대의 화살이 연거푸 날아왔다. 살기가 가득한 절체절명의 공격이었다.

슈슈슈슉!

파박파바박!

8대가 연환된 화살이 비류연의 몸에 작렬했다. 비류연은 한 발자국도 움직이지 않았다. 그리고 안개의 소용돌이를 일으키던 가장 느린 화살이 비류연의 몸에 작렬했다.

콰쾅!

화산이 폭발하는 듯한 무시무시한 굉음이 울려 퍼졌다. 주위의 공기가 질풍을 일으키며 거칠게 요동쳤다. 엄청난 돌풍이 사방을 휩쓸었다. 순간 주위가 조용해졌다. 이 순간만큼은 하늘에서 쏟아져 내리던 화살비라는 독특한 기후 현상도 일어나지 않았다. 사람들의 시선이 일제히 자욱하게 일어난 먼지구름 한가운데로 쏠렸다.

"헉!"

염도의 두 눈이 화등잔만 하게 커졌다. 그는 잠시 뒤 들려온 목소리에 자신의 두 눈을 세차게 비벼야 했다. 그의 눈에 어떤 믿기지 않는 장면이 눈에 들어왔던 것이다.

"히야! 이거 좀 비싼 물건인 것 같은데?"

태평스럽기 짝이 없는 목소리! 도저히 생사가 아슬아슬한 외줄타기를 타는 전장의 한가운데라고 여겨지지 않는 목소리였다. 이 생사

간두의 순간에도 어김없이 여전히 생기발랄한 목소리의 주인은 바로 방금 전 화살꼬치 신세가 되지 않았나 의심되던 비류연이었다.

나예린의 잔뜩 굳어져 있던 얼굴이 봄날의 얼음이 녹아내리듯 사르르 녹아버렸다. 그녀는 안도의 한숨을 내쉬며 가슴을 쓸어내렸다. 안도의 한숨을 내쉬던 나예린은 갑자기 멈칫했다. 자신이 방금 전 얼마나 긴장했는지, 그리고 지금 그녀가 얼마나 안심하고 있는지를 깨달았던 것이다. 이것은 곧 그녀의 행동이 비류연의 행동에 영향을 받고 있다는 명확한 증거였다.

나예린이 맑고 심연한 시선으로 자신을 이토록 놀라게 한 남자를 물끄러미 바라보았다. 왠지 손해보는 느낌이었다.

'저건 또 뭐야?'

"하나, 둘, 셋, 넷…, 아홉!"

분명 아홉 대였다. 염도는 다시 한 번 검산해 보며 자신의 계산이 틀리지 않았나, 되짚어보았다. 분명 아홉 대였다. 자신이 머리가 좋지 않다는 것을 알고는 있지만 아직까지 열 이하의 숫자를 세는 데는 문제없었다. 그 먼지구덩이 속에서 비류연은 화살 아홉 대 중 하나를 손에 들고 이리저리 돌려보며 만지작거리고 있었다. 화살에 먼지 하나 묻어 있지 않는 걸로 보아 땅에 깊숙이 박혔던 것을 뽑아낸 건 분명히 아니었다. 저런 살기 가득한 특색 있는 붉은 화살이 아닌 밤중의 홍두깨처럼 나타났을 리는 만무했다.

그렇다면 결론은 단하나 뿐이었다.

'어, 어떻게 저럴 수가! 맨손으로 잡는 것은 거의 불가능에 가까운 일이거늘!'

경악한 것은 비단 그뿐만이 아니었다. 빙검도 고약한도 잠시 자신들이 하던 일을 멈추고 비류연을 바라보았다.

'무슨 속임수를 쓴 거지?'

대부분의 사람들은 그렇게 결론짓는 게 고작이었다. 그렇지 않다면 다른 어떤 이유로도 설명이 불가능했기 때문이다. 아무리 보고 또 봐도 저 아홉 대의 화살이 각기 다른 시간 간격을 두며 연속해서 날아오는 것은 분명 전설적인 궁술인 구궁연환사가 분명했다.

그러나 그런 전설적인 명성과 피비린내 나는 소문을 일축시키기라도 하듯 비류연은 보란 듯이 혈마전을 들고 이리저리 돌려보며 좋아하고 있는 것이다.

'역시 괴물은 어쩔 수 없는 괴물인 건가?'

염도뿐만 아니라 다들 어이없는 시선으로 비류연을 쳐다보고 있었다.

"일단 받은 건 돌려줘야겠죠?"

차마 아까워 손에 쥔 혈마전은 어쩌지 못하고 비류연은 바닥에 꽂혀 있는 화살 하나를 주워들었다. 그의 시선이 아홉 개 화살의 주인이 있는 방향을 향했다. 그의 눈은 지금 무엇을 보고 있는 것일까?

팟!

순간 그의 손에는 아무것도 들려 있지 않았다. 한 줄기 번개가 공기를 찢으며 비상했다.

"크악!"

안개 저편에서 울려 퍼진 단말마!

툭!

붉게 물든 혈마궁이 땅바닥에 떨어졌다.

그날, 십이혈마대 제9대는 조장을 잃어버렸다.

"생각보다 기습의 효과가 적군요. 저렇게 쏘아대는데도 사망자가 한 명도 없다니 말입니다. 게다가 저항 또한 격렬합니다."

혈검이 여기저기에서 반 토막 신세가 되는 화살들과 무서운 속도로 되돌려져 날아오는 화살들을 바라보며 말했다.

"저래 봬도 백도의 대표들이다. 오히려 이 정도 공격에 당하면 내가 섭섭하지."

적혈은 이미 예상했다는 투였다.

"화살은 발만 묶어주면 충분해. 제2진을 발동시켜라!"

"복명!"

혈검이 푸른 깃발을 올렸다.

"제2진 발동!"

혈쇄가 이끄는 제10대 대원들이 등에 메고 있던 둥근 바퀴같은 짐을 꺼내들었다. 바퀴를 감싸고 있던 천을 풀어내자 그 안에서 쇠사슬이 둘둘 말려 있는 바퀴가 나왔다. 그들은 땅에 쇠막대를 박고 그 한가운데에 바퀴를 끼웠다. 막대는 중간에 접을 수 있도록 장치가 되어 있어 바퀴의 각도를 원하는 각도로 조절이 가능했다.

그들은 바퀴를 약간 비스듬하게 설치했다.

제10대 대원들은 각자 오른손에 바퀴에서 흘러나온 쇠사슬의 시작 부분을 잡았다. 쇠사슬은 아주 거무튀튀 하면서도 심연한 색을 지니고 있었다. 보통의 평범한 철로 만든 게 아닌 것이 분명했다. 그들은 자신의 허리춤에 차고 있던 단창을 꺼내 쇠사슬 끝에 장착했다. 단창의 창날은 여섯 개나 됐는데 특이한 모양으로 안으로 휘어져 있었다.

"철쇄봉혼진(鐵鎖封魂陣) 발동(發動)!"

촤라라라락!

신호와 함께 수십 개의 철봉에 연결된 수십 개의 바퀴가 요란한 소리를 내며 맹렬히 회전하기 시작했다.

콰콰쾅!

좌우 협곡에서 일정한 간격을 두고 날아온 검은 철쇄가 요란한 굉음을 내며 지면에 박혔다. 철쇄 끝에 있는 창은 생기긴 무시무시하기 짝이 없게 생겼지만 그것으로 사람을 상하게 할 정도는 아니었다. 하지만 사방에서 날아온 철쇄가 좌우로 거미줄을 치자 대표단은 진퇴가 용의하지 못했다.

"이건 또 뭐야! 우릴 이곳에 가둬보기라도 하겠다는 이야기야!"

염도가 신경질적으로 소리쳤다.

까앙!

모용휘는 어이없다는 눈으로 자신의 검을 바라보았다. 검기를 최대한 주입시켜 베었음에도 불구하고 결과는 손톱만큼의 흠집도 나지 않았다. 도대체 어떤 재질로 만들었기에 이렇게 단단한 것일까? 검날이 상하지 않은 것만 해도 행운이었다.

"후후후, 그 철쇄는 만년한철을 제련해 만든 것이라 그 어떠한 날카로움으로도 벨 수 없지!"

적혈의 입가에 비릿한 비웃음이 맺혔다.

"적들은 우리의 발목을 여기에 묶어두고 싶은 모양이군."

빙검이 사방에 쳐진 철쇄의 거미줄을 둘러보며 말했다. 그러자 염도가 같잖다는 듯 투덜대며 말했다.

"흥! 하지만 어차피 철쇄는 봉쇄하기 위한 물건! 이런 새끼줄 따위로는 우리의 발길을 묶을 수 없다. 게다가 아직 다른 유효한 공격 수단도 없잖아?"

이런 상태라면 저들도 화살 공격 이외에 다른 직접적 공격이 불가능했기 때문이다.

"비차륜진(飛車輪陣)을 전개하라!"

협곡 위에서 상황을 지켜보던 적혈이 명령했다.

"알겠습니다."

혈검이 다시 황색 깃발을 올렸다.

좌라라라락!

쇠와 쇠가 맹렬히 회전하며 격렬히 부딪치는 소리가 협곡 전체에 메아리쳤다.

"저…, 저게 뭐지?"

노학과 당삼은 당황하여 눈을 크게 떴다. 사방에 쳐진 흑빛 쇠사슬을 타고 칼날 달린 철륜이 무시무시한 속도로 회전하며 아래로 떨어져 내려오고 있었다. 날카로운 철의 이빨을 지닌 이 맹수는 매서운 속도로 몸을 회전시키며 피의 제물을 물색하고 있었다. 게다가 철쇄와 철쇄 사이는 거리가 좁아서 방어하기도, 그렇다고 회피하기도 용의하지 않았다.

수십 개의 쇠사슬을 타고 수십 개의 철륜이 폭포처럼 떨어져 내리는 모습을 상상해 보라! 상상하기조차 두려울 것이다.

"모두 피해!"

염도의 외침이 채 끝나기도 전에 무시무시한 바람을 일으키며 철륜이 그의 옆을 스쳐 지나갔다. 하나를 피했다고 안심하던 염도는 그만 그의 뒤통수를 향해 접근하는 차가운 돌풍에 기겁하며 공중으로 몸을 날렸다.

"허걱!"

아슬아슬한 순간이었다. 반대쪽으로 쳐져 있던 쇠사슬을 타고 다른 철륜 하나가 시간차 공격을 해왔던 것이다. 이 철쇄의 간격은 두 개의 철륜이 서로에게 부딪치는 일이 없도록 교묘하게 설치되어 있었다.

"무서운 놈들이로군!"

위에는 화살비, 아래는 철륜! 신경이 분산되는 것을 피할 수가 없었다.

"크아악!"

"아악!"

이미 일행 중 몇몇이 무시무시한 속도로 회전하는 철륜의 이빨에 상처를 입었다. 처음만큼은 아니지만 아직도 하늘에서는 잊을 만하면 한 번씩 화살비를 내려주고 있었다.

'이대로는 위험해!'

빙검과 염도가 동시에 같은 생각을 품었다는 것은 기념할 만한 일이었다. 뭔가 해결책을 제시해야만 하는 순간이었다.

바로 그때였다.

염도에게서 얼마 떨어지지 않은 쪽에 있던 쇠사슬이 한 번 크게 출렁거렸다. 그 위로 사뿐히 비류연이 올라섰던 것이다. 그러나 묵룡환의 무게 때문에 크게 출렁거렸던 것이다. 파도치듯 심하게 출렁이고 흔들리는 쇠사슬 위에서도 비류연은 태연하게 균형을 유지하고 있었다.

'어쩔 속셈이지?'

사람들의 시선이 비류연에게로 집중되었다.

찰그랑!

쇠사슬이 다시 한 번 출렁거리며 비류연이 도약했다.

비뢰문(飛雷門) 독문신법(獨門身法)
봉황무(鳳凰舞) 오의(奧義)
봉무등천(鳳舞騰天)

파바바밧!

비류연은 쇠사슬을 타고 거꾸로 협곡 위로 거슬러 올라가고 있었다. 사람들의 눈이 크게 떠졌다. 그것은 협곡 위에서 쇠사슬 곁을 지키고 있던 혈마대원들도 마찬가지였다.

"서둘러!"

제12대 대원이 재빨리 철쇄에 비차륜을 장착했다.

쐐애앵!

바람을 가르며 무시무시한 속도로 칼날을 회전시키며 비차륜이 비류연을 향해 쏜살같이 내려갔다.

"위험해요!"

나예린의 얼굴이 창백해졌다. 지금 그녀의 마음속에는 오직 한 가지 생각뿐이었다. 비류연이 위험하다고 느껴지자 그녀의 얼굴에 씌워져 있던 얼음 가면이 산산이 부서지며 나예린이 절규하듯 외쳤다.

"류어어언!"

〈『비뢰도』 12권에서 계속〉

사과마녀님, 항상 멋진 그림 감사합니다!

검류혼장편신무협판타지소설

飛雷刀

01.8 벨리슈

비류연과 그 일당들의 좌담회

비 류 연 : 안녕하세요, 비류연입니다. 이렇게 또다시 독자님들께 정
기적인 방문을 하게 되어 무척이나 기쁩니다.

장홍 & 효룡 : 저희도 기뻐요.

비 류 연 : 우선 독자님들께 사과하지 않으면 안 되겠네요.

10권의 오타 부분 말입니다. 10권이 나간 이후 많은 독자
님들이 질문해 오셨습니다. "왜 정육면체의 꼭지점이 13
개예요?"라고 말입니다.

장   홍 : 참 많았었지!

효   룡 : 음음!

비 류 연 : 저도 세어봤는데 애석하게도 13개가 아니더군요. 답은 8

개였습니다. 흑흑.

장홍 & 효룡 : 당연하잖아!

비 류 연 : 그럼 왜 이런 어처구니없는 실수가 생긴 걸까요? 작가의
산수 점수가 엄청 나빴기 때문일까요? 작가가 기하학에
젬병이었기 때문일까요?

효　　룡 : 아마 그럴걸.

비 류 연 : 그럼 여기서 잠시 작가 M씨를 모시겠습니다. 개인의 프라
이버시를 존중하기 위해 화면 모자이크 처리와 목소리를
변조하겠으니 그 점은 양해해 주시기 바랍니다.

작 가 M : (변조된 목소리로) 에…, 사실은 저도 정육면체의 꼭지점이
8개라는 것을 알고 있었어요. 여기가 4차원 공간도 아닌
데 정육면체의 꼭지점이 13개일 리가 없잖아요. 물론 4차
원 공간이라 해서 꼭지점이 반드시 13개여야 된다는 보장
은 없지만…… 그 대사가 문제였거든.

장 홍 왈 : 그건 바로 정육면체일세. 그렇다면 가장 완벽한 도형인 정
육면체를 이루는 꼭지점은 모두 몇 개인가?

비류연왈 : "열세 개!" (⇦ 여기가 바로 그 문제의 대사였죠.)

이 대사 사이에는 많은 말이 들어갈 예정이었습니다. 그
런데 작가가 장면만 설정해 놓고 '나중에 채워 넣어야지'
하고 넘어가버린 게 실수였습니다. 그 후 계속 미루고 미
루다 마감 때가 되자 작가는 '마감 증후군' 에 걸려 머리

가 멍해지고 말았습니다. 자신의 머릿속에 이 장면은 완성되어 있던 것이기에 생각 없이 넘어가버리고 만 것이지요. 이 점에 대해서는 변명의 여지가 없다고 생각합니다. 이런 기본적인 것도 짚고 넘어가지 못하는 것이 마감 중 후군의 무서운 점이지요. 독자 여러분께 사죄의 말씀을 드립니다.

장　　홍 : 그래서 어떻게 하겠다는 거야?

작 가 M : 사람이 조급하기는! 그걸 지금부터 얘기할 거니깐 기다리게. 원래 의도됐던 장면은 다음과 같았습니다.

　　　　"쏼라쏼라……. 꼭지점은 몇 개인가?"

　　　　"여덟 개!"

　　　　"그럼 면은?"

　　　　"여섯 개!"

　　　　"그럼 모서리는?"

　　　　"열두 개!"

　　　　"이 세 수를 더한 합은?"

　　　　"이십육!"

비 류 연 : 오옷! 과연 나의 수학 실력은 대단했군!

효　　룡 : 저건 산수 아닌가?

비 류 연 : 쯧쯧, 모르는 소리! 기하학이 들어갔으니 수학이야! 수학!

장　　홍 : 아직 안 끝났어, 계속 보자고. 그다음에 내가 이렇게 말하지.

　　　　"그럼 그걸 반으로 나누면?"

　　　　"십삼!"

작 가 M : 이렇게 해서 13이라는 숫자가 나오게 되는 것입니다.

효　　룡 : 왜 거기서 굳이 반으로 나눈 거죠?

장　　홍 : 그건 13이 1과 자기 자신 이외에는 나눌 수 없는 소수이기 때문일세. 에흠!

비 류 연 : 굳이 그래야 할 이유는?

작 가 M : 너…, 너희들은 지금 건드려서는 안 되는 암흑의 영역을 건드리고 있어. 그냥 그렇다면 그런 줄 알아!

장　　홍 : 자자, 더 이상 추궁하면 작가도 곤란할 것 같으니 그냥 넘어가자고.

비 류 연 : 잠깐! 우리 예린이 문제도 확실히 해결하고 넘어가야지!

작 가 M : 아! 미안, 미안! 잠시 깜빡했었네. 사람이 살다 보면 그럴 수도 있지.

비 류 연 : (찌리릿!) 실수를 한 개로 줄여보려는 계획된 음모 아냐?

작 가 M : (허걱!) 그…, 그럴 리가 있나. 자네의 과민한 착각이야!

장　　홍 : 심히 믿기 힘들군.

효　　룡 : 신용이 가질 않아!

작 가 M : 아아, 믿음이 땅에 떨어지고 말았구나. 이렇게 사람이 사람을 믿지 못하는 불신의 세상에서 내가 살고 있다니…….

비 류 연 : 서론이 기니 본론으로 빨리 들어가자고.

작 가 M : 나예린이 무림맹주 나백천의 손녀냐 딸이냐 묻는 분이 계신데 원래 '딸'이라는 설정이었습니다. 앞에 건 잊어주시고 앞으로는 무림맹주의 딸로 기억해 주세요. 죄송합니다.

장　　홍 : 그럼 10권 문제는 일단 끝난 건가?

비 류 연 : 그런 것 같군. 아마 다음 권에도 또 생길 거야. 내 장담하지.

작 가 M : 악담을 해라! 악담을 해!

비 류 연 : 그럼 내기를 하자고!

작 가 M : (이, 이놈이) 무서운 놈, 그냥 넘어가자고! 넘어가!

비 류 연 : 좋아, 일단 넘어가주지! 나같이 순진무구하고 견실하고 마음씨 좋은 사람을 주인공으로 고용해서 운이 좋은 줄 알라고!

작 가 M : 앗! 저기 새가 날아간다.

비 류 연 : 아, 그러고 보니 작가 M씨, 이번에 재미있는 일이 있었다면서?

작 가 M : 재미는 무슨 재미. 아, 물론 나야 유쾌 상쾌 통쾌했지만 한편으로는 끔찍하기도 했지. 그 마감의 처절함이란……. 정말 무시무시하더군.

비 류 연 : 무슨 일인데?

작 가 M : 우리 사무실에 전설적인 엽기맨, 또는 그 험악한 인상 때문에 통칭 깍두기라 불리는 일묘 형이라고 있거든. 그 형이 마감을 미루고 미루고 또 미루다 이번에 된통 걸렸지.

비 류 연 : 호오, 그런 일이 있었나?

작 가 M : 엽기의 극치, 엽기대왕, 케세라세라, 휠 오브 포춘, 깍두기 등등으로 불리며 사해에 그 엽기성을 떨치는 일묘 형의 전설은 현영 형의 마천루 스토리에 잘 나와 있지. 그러니 구차하게 부연 설명하지는 않겠네. 그래봤자 재탕일 뿐일 테니깐.

비 류 연 : 아, 부록으로 무슨 거지 이야기가 딸려 있다는 그 소문의
마천루 스토리 말이지.

작 가 M : 그렇지, 아 물론 거기 나와 있는 나에 대한 이야기는 다 뻥
이야. 모함이지. 그런 건 믿지 말게.

비 류 연 : 잡설은 그만두고 본론만 말하게. 그래서 뭘 본 건데?

작 가 M : 아아, 난 그런 일은 만화에나 있는 줄 알았지. 왜 그 있잖
아. 작가의 담당이 사무실까지 찾아와서 진을 친 다음, 원
고를 받을 때까지 3일이고 4일이고 버티는 거지.

비 류 연 : 아아, 작가에게 전설의 영약 박카스를 먹여가며 24시간
글 쓰게 만들거나, 원고 완성하게 만드는 그거? 만화에서
자주 나오잖아. 그 부작용으로 만화가들이 다들 폐인이
되어 좀비처럼 움직이는 것 말이야. 근데 뭘 쓰고 있었는
데 그렇게 산고의 고통이 심했던 거야?

작 가 M : 뭐, 무협 소설이라고 하던데 엄청 재미있나 봐! 여기에서
는 차마 그 제목을 밝히지는 못하겠지만(뭐 본인도 글로 승
부하겠다고 했으니 알아서 하겠지) 정말 제목답게 무상(無
想)하게 쓰고 있었거든.

비 류 연 : 무상?

작 가 M : 응, 무상(無上)인지 무상(無常)인지 무상(無想)인지, 어느
무상인지는 잘 모르겠지만 어쨌든 중요한 건 그게 아니라
그 이야기가 재미는 억수로 있는데 억수로 안 나온다는
데 문제가 있었지!

비류연 & 효룡 & 장홍 : 호오~.

장   홍 : 그거 아마 2번일걸!

작 가 M : 가장 큰 문제는 그 형이 그 무상검을 무상하게 쓰는 것까지는 좋은데 원고 마감조차도 무상(無想)하게 넘기고 있었다는 거였거든. 원고 마감일이란 게 언제였는지 워낙 고대에 있었던 일이라 잘 기억은 안 나지만 그 후로 세월이 무상(無常)하게 흐른 것만은 확실해.

비 류 연 : 과연 그 이름 그대로구만. 이름값을 한다고 해야 하나?

작 가 M : 뭐 난 그 출판사의 인내에 박수를 보냈지만, 아무리 그래도 현실 세계에는 한계라는 게 존재했지. 드디어 인내심에 바닥이 드러난 그 출판사는 최후의 카드를 쓰기로 했대. 그리고 드디어 그가 마천루를 방문하게 된 것이지!

비 류 연 : 그가 누군데?

작 가 M : 전설의 남자 담당 장, 혹은 통칭 장 독사라 불리우는 남자지.

비 류 연 : 어? 어디서 많이 듣던 이름인데?

작 가 M : 아마 그럴 거야. 아는 사람은 다 알지. 그 사람도 한때는 전설의 ㅇㅇㅇㅇ였거든!

비류연 & 장홍 & 효룡 : 그 소문의 ㅇㅇㅇㅇ 말인가!!

작 가 M : 그렇다고 할 수 있지. 더 이상 깊이 알려고 하지는 말게. 나도 계속 살아야 하지 않겠나. 이 세계에는 금기시되는 영역과 어둠의 영역이 존재하지. 함부로 건드리면 좋은 꼴 보기 힘들어.

비류연 & 장홍 & 효룡 : 흐흠……

작 가 M : 그 후로 전설이 시작되었지. 장 독사는 위성 궤도를 도는 감시 위성의 초정밀 초고해상도 감시 카메라를 능가하는 눈으로 일묘 형을 감시하기 시작했지.

비 류 연 : 그래서 어떻게 됐는데?

작 가 M : 어떻게 되긴 뭘 어떻게 돼? 지은 죄가 있는 일묘 형은 찍소리 못 하고 아우슈비츠 가스실에 끌려 들어가는 유태인처럼 작업실로 터벅터벅 걸어 들어갔지. 사실 이건 일묘형 본인의 피해 의식적 부분을 강조한 거고, 실상은 배트맨에게 잡혀 들어간 펭귄맨이라 할 수 있었지.

이때부터 엉덩이 가볍기로 유명한 일묘 형이 엉덩이에 접착제라도 붙은 듯이 앉아 책상에 박카스 한 박스를 올려놓고 마감의 혼을 불태우기 시작했어. 간간이 의자를 이탈해 유흥의 세계에 몸담아 보려 시도하기도 했지만 장독사의 물샐틈없는 감시와 철통 같은 방어에 번번이 고배를 마시고 말았대. 프로젝트 2501처럼 전자 네트 속으로의 도망도 용납되지 않았어. 미라클 장 독사가 — 요즘 우리 사무실은 그를 그렇게 부르고 있네 — 랜 선을 추호의 망설임도 없이 뽑아버렸거든.

효 룡 : 좀 불쌍하군. 그래서 사무실 사람들은 그 깍두기라 불리는 남자를 도와주지 않았나?

작 가 M : 물론 도와줬지. 얼마나 성심성의껏 도와줬는데! 바로 장독사를 말이야. 장 독사가 잠시라도 자리를 비우면 그 시간들을 우리들이 메워줬지. 눈물 나는 우정 아닌가?

비 류 연 : 누군가에게는 피눈물 나는 우정이겠군.

작 가 M : 인과응보, 뿌린 대로 거둔다, 하늘은 불의를 참지 않는다, 콩 심은 데 콩 나고 팥 심은 데 팥 난다. 믿는 도끼에 발등 찍힌다 등등의 속담이나 사자성어를 떠올리면 우린 유쾌 상쾌 통쾌한 기분을 느꼈지. 그 3일처럼 즐거웠던 날들도 근래에 들어서는 드물었지. 어때? 아름다운 우애이지 않나?

장　　홍 : 요즘 '아름답다'의 용법이 많이 바뀐 건 같군.

효　　룡 : 그래서 어떻게 됐나? 쓰긴 다 쓴 건가?

작 가 M : 어허! 사람 성급하기는. 차근차근 절차를 밟아 질문하게. 아직 과정도 다 끝나지 않았는데 결과부터 물으면 어떻게 하나. 소문에 의하면 그때 3일 동안 쓴 양이 일묘 형이 지난 3천 년 동안 쓴 양보다 훨씬 더 많다고 하더군.

효　　룡 : 그…, 그건 좀 과장된 게 아닐까?

작 가 M : 뭐 소문은 언제나 좀 과장되는 법이지. 하지만 출판 작가가 아닌 영원한 계약 작가로 머물 거라 생각했던 일묘 형이 그리하여 한 남자의 힘으로 끝내 출판 작가가 되기에 이른 거지. 일묘 형이 마감을 해서 출판을 하다니……. 그런 날은 영원히 안 올 줄 알았거든. 기적이 일어난 거야. 그래서 그때 3일은 기적의 3일, 지옥의 3일, 피와 마감의 3일, 인간 승리의 3일 등등으로 불리운다네. 아, 물론 여기서의 인간 승리는 미라클 장 독사를 가리키는 것이지.

효룡 & 장홍 : 대…, 대단하군.

작 가 M : 아마 당분간 장 독사 볼 때마다 경기를 일으킬걸. 담당 내 습이라……. 나도 소문으로만 들었지 직접 눈으로 보는 건 처음이야. 나같이 성실하고 착실한 작가는 그런 일 당해 본 적이 없어서.

비 류 연 : 그건 왠지 미심쩍은 말이군.

작 가 M : 그, 그래서 자네는 믿음이 부족하다는 소리를 듣는 거라고. 난 너의 창조주라고! 내가 말하면 그냥 좀 믿어! 난 이래 봬도 제 날짜에 꼬박꼬박 내고 있다고!

비 류 연 : 글 속의 캐릭터가 작가 맘대로 움직이던 시대는 이미 지났어. 그런 건 구시대의 유물일 뿐이야. 이제부터라도 신세대의 캐릭터들은 작가의 손을 벗어나 알아서 움직일 줄 아는 강한 의지를 지녀야 한다고!

작 가 M : 제…, 제발 더 이상 타락과 방종의 길로만은 들지 말아줘! 제발!

비 류 연 : 일단 생각해 보고.

작 가 M : 여기서 더 이상 시간을 끌었다가는 무슨 사건이라도 하나 일어날 것 같으니 이만 끝내자고.

비 류 연 : 그럴까? 그럼 그만 하도록 하지 뭐.

작 가 M : 항상 하던 건 하고 끝내야지.

비 류 연 : 물론! 이번 그림은 비뢰도 다음 카페, 검류혼 장편 신무협 환타지 소설☆비뢰도★ (cafe.daum.net/TGSNOSF)와 ▶▷비뢰도◁◀ (cafe.daum.net/biroido)에서 활발히 그림 활동을 하고 계시는 사과마녀님의 그림입니다. 〈사과마녀님,

항상 멋진 그림 감사합니다!)다른 그림도 많지만 다 싣지 못하는 게 아쉬울 뿐입니다. 감사합니다! 이분께는 역시 마찬가지로 비뢰도 11권 사인북을 보내드리겠습니다. 혹시 다른 건 없냐고, 또 그거냐고 그러셔도 죄송하지만 이것뿐입니다. 양해해 주시기 바랍니다.

그 외에도 카페에 여러 종류의 그림을 갖가지 개성을 발휘해 올려주고 계시는 많은 독자님들께도 아울러 감사드립니다.

작 가 M : 정말 감사합니다. 꾸벅!

비류연 & 효룡 & 장홍 & 작가 M : 여러분! 지금까지 『비뢰도』 11권을 읽어주셔서 감사합니다. 특히나 사서 보신 분들께는 더욱더 감사드립니다. 미숙한 점이 있더라도 넓은 아량으로 용서해 주세요. 다음 권에서는 더 좋은 모습으로 찾아뵙도록 하겠습니다. 정말 감사합니다!

『비뢰도』다음 카페 소개

검류혼 장편 신무협 환타지 소설 ☆『비뢰도』★

카페 주소 : http://cafe.daum.net/TGSNOSF

운영진 : 노사부님, 레디아, 이메리아, 시류, 검류혼, 뢰매, 세를리오즈, 진령

회원수 3만 5천 명의 국내 최대『비뢰도』카페입니다.

『비뢰도』신작에 대한 가장 빠르고 폭넓은 정보를 구할 수 있고, 작가 목정균 씨에게 직접 메일을 보낼 수 있습니다. 『비뢰도』와 관련된 다양한 이벤트, 작가가 선물하는 푸짐한 상품을 받으실 수 있는 기회도 있습니다.

'천무학관', '마천각', '중앙표국' 등의 게시판과 함께 창작 소설을 연재할 수 있는 게시판이 준비돼 있습니다.

▶▷『비뢰도』◁◀

카페 주소 : http://cafe.daum.net/biroido

운영진 : 비류연, 세레니티, 뇌룡운비

회원수 1만 명을 자랑하는 두 번째로 큰『비뢰도』카페입니다. 실속 있는 자료를 위주로 운영되며, 소모임 활동이 활발합니다.

'소설정리'라는 문서들을 정리해 놓은 소모임과 신비(?)에 가려진 소모임 '비류연파'가 운영되고 있습니다. 특히 '비류연파'는 뇌룡운비 문주를 중심으로 4천왕과 직속 12지신 호위가 모두 선남선녀 분들이라고 알려져 있습니다.

비뢰문, 애소저회, 비류연파 일당들의 좌담회, 안목 품평회 등 재미난 제목의 게시판을 운영하며, 『비뢰도』에 대한 심도 깊은 작품평 및 등장인물평을 하실 수 있습니다.

정팅은 매주 수요일, 토요일 늦은 10시, 카페 대화방에서 열립니다.

신인 작가 모집

시작이 반이라고 했습니다.
작가의 길에 대한 보이지 않는 벽을 과감히 깨뜨리십시오!

청어람은 작가 지망생 여러분들의
멋진 방향타가 되어드리겠습니다.

저희 도서출판 청어람에서는 소설 신인 작가분들을 모집합니다.
판타지와 무협을 사랑하시는 분들의 많은 참여를 바랍니다.
소정의 원고를 메일로 보내주시면 검토 후 출판 여부를 알려드리겠습니다.

경기도 부천시 부일로 483번길 40(14640)
TEL 032-656-4452 FAX 032-656-9496 e-mail chungeorambook@hanmail.net
https://blog.naver.com/chungeoram_book